Stay!
ステイ!
ぼくとシェパードの5カ月の戦い

青谷真未
Mami Aoya

早川書房

ステイ!

ぼくとシェパードの5カ月の戦い

目次

プロローグ

帰ろう。ここにぼくの居場所なんてない。

そう思ったときにはもう家を飛び出していた。

正月と夏休みくらいしか訪れない伯母の家にはいつも父親の運転する車で来ていたから、帰り道なんてわからない。

父が運転する車の後部座席に座って眺めていた光景を必死で思い出す。玄関脇のガレージを出たらまず左折。あとは道なりに進み、どこかでまた左に曲がった気がする。

善治《よしはる》は歩きながら、確かこの辺、と方向転換してみるが、小学二年生になったばかりの子供の記憶なんて曖昧だ。すぐに現在位置がわからなくなった。

曲がり角を曲がるたび、今度こそ見知った景色に行き当たるのではと周囲に視線を走らせるが、期待は何度でも裏切られる。落胆が足を重くして、もう何度曲がり角を曲がったかわからない。もはや現在地もわからないが、それでも立ち止まることはできなかった。

家に帰りたい。

その一心で歩き続け、やってきたのは河原だった。

家を出たのは昼頃だったのに、川面は鮮やかな赤に染まっていた。眩しい光に目を奪われて、立ち止まったらもう動けなくなった。

半日近く歩き続け、爪先が痺れたような痛みを訴えていた。河原に続く土手の斜面に座り込んでみても、なお膝から下に鈍痛が居座る。

川にかかった鉄橋を走り抜ける電車を見て、あれに乗ればよかったのかと思ったが現金の持ち合わせがない。そもそも一人で電車に乗ったことすらなかったのだ。

遠ざかる電車を眺め、帰りたい、と小さな声で呟いた。

住み慣れた家のにおいと、出迎えてくれる母の顔、リビングでテレビを見ている父の顔を思い出したら、喉の奥から空気の塊がせり上がってきた。

――でも、家にはお母さんもお父さんもいないんだ。

きつく唇を嚙みしめても、川底からとめどなく浮き上がる気泡のように嗚咽《おえつ》が漏れる。

顔を伏せ、声を殺して泣く善治の額に汗が滲《にじ》む。五月の半ば、夕日に照らされる背中は温かく、長いこと歩き回っていた善治には暑いくらいだ。

嗚咽が収まってくると、川を渡る風が汗でしめった前髪を優しく撫でた。火照《ほて》った体が緩やかに冷めて体の力が抜ける。そのまま少し、眠ってしまったらしい。

遠くで犬の鳴き声がして目を覚ました。土手沿いの道を飼い主と散歩でもしているのか、わんわん、とのどかな声だ。ゆっくりと顔を上げれば、不規則な波を作る川面から眩しいほどの赤が抜け、暗い淀みを作っていた。

寝起きの顔でぼんやりと川を眺める。

帰りたい一心で伯母の家を飛び出してしまったが、辺りが暗くなると急に不安になった。

これからどうしよう。

帰り道は失った。自宅にも、伯母の家にすら帰れない。

鼻をすすり、川の流れを追うように視線を左に滑らせたところでぎくりとした。

まばらに芝の生えた土手の斜面、自分の隣に誰かが座っている。それも腕を伸ばせば届くほどの距離だ。河原には他にいくらでも腰を下ろせる場所があるのに。

周囲には他に人気もなく、ドッと心臓が脈を打った。とんでもない速さで胸を叩く心臓を服の上から押さえつけ、目だけ動かしてそっと隣の様子を窺う。

白いシャツに黒いスラックスを穿いた男性だ。短く切った髪に、硬く引き結ばれた唇。顔はまっすぐ川に向けられているが、目線はどうだ。こちらを見てはいないか。

そろそろと視線を動かして男の横顔に目を向けた善治は、詰めていた息を一気に吐いた。

傍らに腰を下ろしていたのが、従兄の大我《たいが》だと気づいたからだ。

大我は伯母夫婦の一人息子で、善治より十も年上の高校三年生だ。大柄で、伯父の身長すらすでに超している。善治から見ればほとんど大人と変わりがない。

不審者ではなかったことにホッとしたものの、降って湧いたように現れた従兄になんと言えばいいのかわからず口を引き結んだ。

大我は普段からあまり善治に声をかけてこない。会話をしていても表情は変わらず、不機嫌なのか無関心なのかよくわからないところがあった。伯父や伯母のように目が合うたびあれこれ喋りかけられるのも疲れるが、むっすりと黙り込まれるのもまた居心地が悪い。

声をかけあぐねている間も、夕日は着々と川向こうに立ち並ぶ工場の裏に沈んでいく。ちらちらと様子を窺っていると、大我もようやくこちらを見た。

「もういいのか？」

こちらを見る大我は相変わらず無表情だ。

短い家出をして気は済んだか。そう問われた気がして喉元がカッと熱くなった。

真っ赤に焼けた小石を胸に投げ込まれた気分で拳を握りしめる。胸を焼いたのは確かな怒りだ。自分は本気で、二度と伯母の家には戻るまいと覚悟して家を出たのだ。もういいなんて思えるわけもない。そんな軽い気持ちじゃない。

けれど小石のまとう熱はすぐに消え、今度は悔しさや恥ずかしさといった石本来が持つ鋭い角が胸を刺した。足の裏が痺れるほど歩き続けても家には帰れなかったし、心細くなっていたのも本当だ。

最後の意地も長くはもたず、善治は項垂《うなだ》れるように頷いた。

大我がのそりと立ち上がる。それに続いて立ち上がった途端、足の痛みを思い出した。土手を上がっていく大我を追いかけるが、疲労はまだたっぷりと両足に残っていて意図せず蛇行してしまう。

無口な従兄に弱音を吐くこともできずえっちらおっちら歩いていると、大我が肩越しにこちらを振り返った。善治の不自然な歩き方を見て状況を察したのだろう。道の端で立ち止まり、善治に背中を向けてしゃがみ込む。

乗れ、ということだろうか。常にない従兄の行動に驚いて棒立ちになってしまった。あまりにも言葉が少ないので本当におぶってくれる気か確信が持てないまま、おっかなびっくりその肩に両手をかける。次の瞬間、ひょいと膝の裏をすくわれて体が浮いた。

立ち上がった大我は何も言わず川沿いの土手を歩きだす。あんな場所で何をしていたんだと尋ねてくることもなければ、大丈夫かと訊くこともない。

最初は緊張して体を強張らせていたが、規則正しい揺れに身をゆだねているうちに手足から力が抜けた。何時間も歩き続けてくたくただったし、自宅どころか伯母の家にすら帰れないのではと不安に思い始めていただけに気が抜けて瞼《まぶた》が重くなる。

優しい振動に体を預けていると、ふと懐かしい記憶が蘇った。

今よりもっと幼い頃、迷子になって泣いていた自分をおぶってくれた人がいた。

あれは一体誰だったのだろう。覚えているのは大きな背中だけだ。父親だったかもしれない。あるいは母親。

どちらであれ、二人とももう善治のそばにはいない。

自動車事故で善治が両親を亡くしてからまだ一か月足らず。年に数度しか顔を合わせることのなかった伯母の家に引き取られたはいいが、気心が知れない一家との生活は落ち着かない。伯母夫婦はあれこれと気を遣ってくれるが、両親の突然の死は二人にとっても衝撃だったらしく、憔悴《しょうすい》した顔に無理やり笑顔を浮かべる姿に居心地の悪さを覚えてしまう。

口数の少ない大我のことはもっとよくわからない。嫌われているのではと思っていたが、こうして迎えに来てくれた。何を考えているものやら見当もつかないが、何も訊かずにいてくれるのはありがたかった。

優しい揺れと沈黙に身を任せて目を閉じる。濡れた睫毛《まつげ》が頬に触れた瞬間、また何かを思い出しそうになった。同時に息苦しいほどの懐かしさに胸を摑まれる。

あれ？　前にも誰かに、おんぶしてもらったことあったっけ。

あれは一体誰だったろう。

思い出せないまま、善治は大我の背中で眠りに落ちていた。

シェパードの後ろ足

バンッ、と何かが破裂するような音がして飛び起きた。

こたつに足を突っ込んでいた善治は、あたふたと辺りに視線を巡らせる。

自宅の茶の間は静まり返り、掃き出し窓から薄く西日が差している。天板には広げられたままのアルバイト情報誌。もうすぐ大学に入って初めての春休みがやってくるのでアルバイトでも探そうと情報誌を眺めているうちに、突っ伏して寝ていたようだ。

寝起きのだるさに負けて床に寝転がりそうになったところで再び不穏な炸裂音《さくれつおん》がして、びくりと肩を跳ね上げた。

バンバンバン！　と、ひっきりなしに耳を叩く音は発砲音のように聞こえるが、日本の住宅街で発砲事件などそう起きるはずもない。家の外で響くそれは――犬の鳴き声だ。

掃き出し窓から直接下りられる小さな庭は背の高いブロック塀に囲われて外の様子がわからないが、きっと塀の向こうに散歩中の犬でもいるのだろう。間断なく続く鳴き声がやむのをひたすらに待っていると、ふいに何も聞こえなくなった。

辺りに静けさが戻って肩の力を抜く。

犬の声は苦手だ。どうしても体が強張ってしまう。

いつからだろう。稲葉家に引き取られる前はこうではなかった。直前まで見ていた夢の内容を反芻《はんすう》しながら思う。両親が亡くなった直後の夢を見るのも久々だ。

(あれからもう……十一年か)

過ぎた年月を指折り数えていたら玄関の戸が開く音がした。廊下の向こうから足音が近づいてきて、茶の間に伯母の夏美《なつみ》が顔を出す。

「善治君、ただいま」

短く切った髪を明るく染めた夏美は、パート帰りの疲れも見せず明るく笑う。

「お肉屋さんで揚げたてのメンチカツ買ってきちゃった。今日はおかずこれだけでいい？　あと千切りキャベツ添えて」

言葉の途中で顔を引っ込めた夏美に「いいよ」と返して善治も茶の間を出る。

台所に入ると、調理台の上に夏美が買ってきたメンチカツの入った袋がすでに置かれていた。肉と油の香ばしいにおいに鼻をひくつかせながら冷蔵庫の野菜室を開ける。

「伯母さん、味噌汁の具もキャベツでいい？　キャベツ使い過ぎかな」

「いいわよ、全然気にしなーい」

廊下の向こうから笑い交じりの声が響いてきた。

夏美はいつも、細かいことは大らかに笑い飛ばしてテキパキ動く。

善治たち一家が旅行に向かう途中、父親が運転していた自動車が事故に巻き込まれたときも真っ先に病院に駆けつけてくれた。夏美の他に頼れる親族のいない善治を引き取ると決めるときも早く、当の善治がそのスピードについていけなかったくらいだ。

心の整理がつかず家出を企てたこともあったが、あのときは大我が迎えに来てくれたおかげで半日程度の家出を夏美たちに気づかれることもなかった。

着替えを終えた夏美が台所にやってきて、善治はざっくりとキャベツを切りながら口を開く。

「伯母さん、俺アルバイト始めようかと思うんだけど」

「バイト？　あ、もしかしてお小遣い足りなかった？」

「そうじゃなくて、大学生にもなって小遣いもらってるのもどうかなって」

「ええ？　学生は勉強が本分なんだから気にしないでよ。何か欲しいものでもあるの？」

「まあ、服とか、あと参考書とか、いろいろ」

「そんなの言ってくれたら私たちが買うって！」

やだもうこの子は、と夏美は呆れたような声を上げる。

「あんまり気を遣わないでよ。家の手伝いしてくれてるだけで十分！　小学校の頃からこうしてご飯の支度手伝ってくれてるし、洗濯物取り込んだりお風呂洗ったりしてくれて、こっちこそ申し訳ないと思ってるんだから」

だってそれは、と言いかけた言葉は溜息のような苦笑いに溶ける。

(俺、この家の人間じゃないし)

親ならばそばにいてくれるのが当然だが、夏美たちは違う。厄介者だと思われたら最後、手を放されてしまうかもしれない。

この家に引き取られてから、そういううっすらとした不安が常に善治の胸にはある。

「大学に行かせてもらえただけでもありがたいから、これ以上は」

「まーたそういうこと言う」と夏美は苦笑するが、こちらは高校を卒業したら働く覚悟でいたのだ。けれど夏美も、伯父の幹彦《みきひこ》も「せっかく勉強ができるのにもったいない！」と進学を勧めてくれて、悩んだ末に商学部を受験した。その分野に興味があったというより、就職に少しでも有利になればと思ってのことだ。手堅く就職して早く自立して、稲葉家の人たちにこれ以上迷惑をかけないようにしたかった。

「善治君は気を遣いすぎよ。大我を見なさい、自分の好きなことばっかりして」

前触れもなく大我の名前が飛び出して、キャベツを切る手元が狂いかけた。

年の離れた従兄は高校を卒業した後、犬の訓練所に就職した。夏美たちは大我にも大学へ進んでほしかったようだが、本人が頑として譲らなかったらしい。

訓練所には従業員用の寮もあり、善治がこの家に引き取られてから一年足らずで大我は家を出ていった。そこで訓練士見習いとして働きながら幾つかの資格を取得し、一昨年に独立。同じ訓練所で働いていた同期と、新しい訓練所の共同経営を始めた。

東京西部に位置するこの家から、千葉にある大我の訓練所までは車で三時間以上。犬の世話もあるからと大我は滅多に実家に帰ってこない。去年は年末すら顔を見せなかった。

（別に、俺がいるから帰ってこないってわけじゃないよな？）

そうでないことを祈るが、普段から無口で表情も乏しい大我が何を考えているのか、未だに善治にはよくわからなかった。

「そういえば帰る途中、大我から電話がかかってきたのよ。普段は滅多に連絡よこさないくせに、頼みごとがあるとか言って……。あ、そうだ、あれ善治君に頼んだらどうかな。大我だって善治君にならバイト代出してくれるんじゃない？」

曖昧に首を傾げた善治に、夏美は笑顔で言い放った。

「なんか大我ね、しばらくうちで犬の面倒見てほしいんだって。短ければ三か月くらい」

善治は首を傾げたまま硬直する。

耳の奥で、バン！　と何かが炸裂する音がした。空耳だ。でも体が強張る。

「これから春休みに入るし、散歩とかお願いできない？　善治君も犬好きでしょ？」

「もちろん」

夏美の言葉尻を奪う勢いで即答する。ほとんど条件反射だ。

善治はこれまで、テレビに犬が出てくると率先して「可愛い」と口にしていたし、外で散歩中の犬とすれ違えばいかにも名残惜しげにその背を見送ってきた。どちらも近くに夏美や幹彦がいるとき限定だ。そのかいあって、二人とも善治は犬好きだと思っている。

「どんな犬？」

まな板の上の千切りキャベツをざるに移し替えながら尋ねる。動揺していくらかざるからこぼれてシンクに落ちたが気にしている余裕もない。

せめてチワワやポメラニアンなどの小さな犬ならどうにかなるかもしれない。一縷《いちる》の望みに縋《すが》る善治に、夏美は笑顔で答えた。

「ジャーマン・シェパードよ。元警察犬なんだって」

シェパードという名前に紐づけられた映像が一瞬で脳内を駆け巡る。

大きな耳に精悍《せいかん》な顔立ち。筋肉質でしなやかな体。黒い口元、白い牙。

バンバンバン、という銃撃音のような鳴き声が蘇る。

気が遠くなりそうなのを必死でこらえ、善治は「わあ」と意味も感情もない感嘆詞を漏らした。


後期試験の最終日、明日から春休みが始まるというのに、善治は両肩に米俵でも担がされているかのような重い足取りで自宅への道を歩いていた。

大我の訓練所で預かっている犬の面倒を見ないかと夏美から打診されたのが二週間ほど前。犬が好き、という体《てい》を必死で取り繕っている間に話はまとまり、本当にこの家で犬を預かることになってしまった。

首輪やリード、犬小屋など、いそいそと犬のものを揃える夏美たちとは対照的に、善治は沈鬱な気分でこの二週間を過ごした。試験勉強にも集中できなかったし、後期試験の結果はひどいものに違いない。

のろのろと家まで帰ってくると、玄関脇の車置き場に白いバンが駐まっていた。

大我の車だ。わかった瞬間、緊張で全身の血がさぁっと引いた。

本当のところ、善治は犬が苦手だ。嫌いと言ってもいい。

けれどそれが稲葉家の人々にばれるわけにはいかなかった。中でも大我には絶対に。

（やるしかない。この二週間、イメージトレーニングしてきただろ）

イメージだけでなく学校帰りに駅前のペットショップにも足を運んできた。犬の顔はだいぶ見慣れたはずだ。己を奮い立たせて大股で玄関に入る。

三和土《たたき》には三十センチを超えるスニーカーがどんと鎮座していた。久々に見る大我の靴だ。相変わらずデカいな、と嘆息しつつ隣に靴を揃える。

茶の間から話し声がしたので恐る恐る中を覗き込むと、夏美と大我の姿があった。黒いトレーナーを着てこたつの前に座る大我の、岩のように大きな背中が目に飛び込んでくる。

声をかけようとして逡巡する。大我をなんと呼べばいいだろう。

この家に引き取られた直後は伯母たちに倣って大我と呼んでいたが、大我が家を出て距離が開き、年下の自分が呼び捨てにするのは失礼だろうかと思うようになってからどう呼べばいいのかわからなくなった。だからといって今さら大我さんと呼ぶのも他人行儀だ。

「あ、善治君おかえり」

まごまごしていたらこたつに入っていた夏美が先に声をかけてくれた。ただいま、と返すと、その向かいに座っていた大我もこちらを向く。

振り返った大我は唇を引き結び、善治を見てもにこりともしない。表情のない顔からは感情が読み取れず、善治はあやふやに視線を泳がせ、「おかえり」とだけ声をかけた。

「ああ」

それだけ言って大我は顔を前に戻してしまう。いつものことだ。

いつものことだし、夏美や幹彦に対する態度も似たようなものとはいえ地味に堪《こた》える。あまりにも素っ気ない。

俯《うつむ》いてしまいそうになったが、犬の存在を思い出して庭先に目を向けた。

端から端まで五歩で移動できるくらい小さな庭の隅に、夏美たちが新調した犬小屋が置かれている。その横に、使い込まれた犬用のケージが鎮座していた。ケージの扉は開いていて、中からちらりと黒い尻尾がはみ出ている。

う、と声を上げかけたが、ショルダーバッグの持ち手を握りしめてぎりぎり堪《こら》えた。

「ほら善治君、手を洗ってらっしゃい。あの子のこと紹介してあげる」

いよいよ犬と対面か。尻尾の大きさから犬本体の大きさもぼんやり想像がついて怯《ひる》んでしまう。

最後の悪あがきのつもりで、いつもより念入りに手を洗って茶の間に戻った。

大我が連れてきた犬の名はアレックス。今年で六歳になるオス犬だそうだ。

アレックスはもともと、大我たちの訓練所とは別の訓練所にいた犬らしい。警察犬になるべく訓練を受け、三歳で警察犬の審査会に合格。その翌年も審査をパスし、嘱託の警察犬として現場に出動していたという。

しかし一年ほど前に靭帯《じんたい》を痛め警察犬を引退。半年後、一般家庭に引き取られたそうだ。

アレックスを引き取った飼い主は程なく千葉に引っ越したが、その後立て続けに身内の不幸に見舞われ犬にまで手が回らなくなった。そこで近所にあった大我の訓練所にアレックスを預けたらしい。

訓練所には日帰りのトレーニングと、犬を数か月間預かる預託訓練がある。アレックスは預託訓練として三か月間大我の訓練所に預けられていたが、諸事情が重なり件《くだん》の家族はアレックスを引き取ることができなくなってしまったそうだ。

以前の訓練所に返すわけにもいかないし、大我もすっかりアレックスに情が湧いてしまった。いっそ自分で飼ってしまおうかと考え始めた矢先、今度は訓練所の共同経営者がぎっくり腰で入院した。それまで二人で回していた訓練所を大我はたった一人できりもりしなければいけなくなり、おかげで去年の年末も実家に戻れなかったらしい。

アレックスを引き取るどころの話ではなく、やむなく新しい飼い主が見つかるまで実家で面倒を見てもらうことにしたのだ——と、夏美はまるで我が事のように語ってくれた。

当の大我は、夏美が立て板に水を流すかのごとく状況説明するのを無言で眺めて緑茶をすすっていた。大我の口数が少ないのは、幼少期から夏美が自分の代わりに必要なことを喋ってくれていたせいかもしれない。

善治は窓の外に目を向ける。庭に置かれたケージからは相変わらず黒い尻尾がはみ出ているが、犬が出てくる気配はない。眠っているのだろうか。

そわそわと庭の様子を窺っていたら、おもむろに大我がこたつを出て窓を開けた。

「アレックス」

庭先に置かれたサンダルに足を入れながら大我が声をかけると、ケージからはみ出ていた尻尾が引っ込んで、ぬっと犬の顔が出てきた。

善治は悲鳴になる寸前の声を喉の奥で押しつぶす。

ゆっくりとケージから出てきたのは、毛皮に黒と茶色が交ざったシェパードだ。茶色い顔の鼻先と耳だけが黒く染まっている。体は首裏から背中の部分にかけて黒く、黒いベストを羽織っているように見えた。

美しく背筋を伸ばして立つアレックスを見て、善治はゴクリと喉を鳴らした。大きい。

アレックスは大我に近づいて足元のにおいを嗅いでいる。尻尾を振っているのはいいが、大きな尻尾がケージを打つビタンビタンという音が室内にまで聞こえてきて気が遠くなった。尻尾だけでこんな屈強な音が出せるとは。

「アレックス君、お耳が大きくて可愛いわねぇ」

窓に向かって身を乗り出した夏美が目尻を下げる。善治も「そうだね」と口先だけで同意したものの、大柄で筋肉質な犬を可愛いと言えるその感覚は理解できそうにない。

大我が再び、「アレックス」と声をかけると、アレックスがさっと大我に顔を向けた。

「つけ」

大我が自身の左腿を叩くと、すぐにアレックスが大我の左側についた。

「あら、お利口」と夏美が小さく手を叩いたが、善治はあまりにも短いやり取りを把握しきれない。今何か、大我から指示を出したのか。

「GO」

大我が短くきっぱりした声で言って歩き出すと、アレックスも大我と歩調を合わせて前に進んだ。リードもつけていないのに、ふたりはぴったり寄り添って庭を一周する。

アレックスは「座れ」の声掛けで大人しく庭の隅に座り、「待て」と言われれば大我に背を向けられても後を追いかけようとしなかった。犬小屋の前まで戻ってきた大我に「来い」と声をかけられ、待ってましたとばかり地面を蹴る。

大きな体が大我に向かって走っていくのを見て、善治は思わず腰を浮かせた。あんな犬に飛び掛かられたらさすがの大我もひとたまりもないのではないか。体当たりされたらきっと後ろに倒れる。普段は隠れている鋭い牙で嚙まれでもしたら――。

一瞬で最悪の想像をしてしまったが、アレックスは大我に飛びつくことなくその足元で立ち止まる。大我もその場に腰を下ろし、両手でわしわしとアレックスの首元を撫でた。

「よし。いい子だ」

大我に撫でられると、アレックスは甘えるようにその手に自分の頭を押しつけてきた。大きな尻尾がぶんぶんと揺れる。喜んでいるらしい。

「ねえねえ大我、私もアレックスと遊んでいい？　あと、おもちゃとか用意してるんだけど、この子ボールとか好き？」

夏美が我慢できなくなったように立ち上がり、紫と緑に塗り分けられたカラフルなテニスボールを持ってきた。ついでに玄関からもう一足サンダルを持ってきて庭に下りる。

「このボールどう？　頑丈でよく跳ねるって店員さんがお勧めしてくれたんだけど」

「いいと思う。アレックスはボールを嚙むのが好きだからやわなボールじゃすぐ壊れる」

「じゃあアレックス、取ってこいできるかな？」

夏美はアレックスの気を引くようにボールを振って庭の隅に放る。アレックスは機敏に身を翻《ひるがえ》しボールを取ってくると、迷わずそれを大我の前に置いた。

自分のもとにボールを持ってこなかったにもかかわらず、「いい子じゃない！」と夏美は笑顔でアレックスを褒めた。大我も一心に自分を見上げてくるアレックスを見て、仕方がないなと言いたげにほんの少し口角を上げる。

（あ、笑った）

大我が笑うなんて珍しい。善治の前では滅多に笑わなかったのに。

まだ大我が家にいた頃、表情の乏しい大我の反応を気にする善治に、元からああいう子だから、と夏美たちはよく言ってくれた。けれど、自分のような他人がいるから大我は家の中でもピリピリしているのではないかという不安がずっと拭えなかった。

長じるにつれ、大我が大学に進まなかったのは善治という扶養家族を迎えた両親の懐事情を斟酌《しんしゃく》したからかもしれないとも思うようになった。

自分が転がり込んできたことで、この家の均衡が崩れてしまった気がしてならない。

大我と夏美がアレックスと遊ぶ輪の中に入ることもできず、善治はガラス越しに庭先の様子を眺めることしかできなかった。


「わあ、犬だ！」

伯父の幹彦が帰宅したのは、まだ夕飯も出来上がっていない宵の口だった。普段より格段に早い。「犬が来るから直帰してきちゃった」と満面の笑みで言い放った幹彦は上着を脱ぐのもそこそこに庭へ下り、犬小屋の中のアレックスに「はじめまして」と声をかけた。

「今日はアレックスも疲れてるんだから、あんまり構っちゃ駄目よ」

茶の間に顔を出した夏美が幹彦に声をかけるが、自分もアレックスが気になるらしい。犬小屋から鼻先だけ出して動かないアレックスを、二人揃って目尻を下げて眺めている。

その様子を、善治は大我とともに茶の間のこたつに足を入れて眺めていた。

稲葉家では以前にも犬を飼っていたことがあるらしい。譲渡会で引き取ったという雑種の犬は、茶色い毛並みからチョコと名づけられていた。善治がこの家にやってくる半年ほど前に老衰で亡くなっているが、善治もぼんやりとその姿は覚えている。

久々に犬と触れ合えるのが嬉しいのか、夏美も幹彦もアレックスにべったりだ。大我も犬の訓練士になったくらいだし、一家揃って犬が好きなのだろう。

（本当に、数か月預かるだけで済むんだろうか……）

善治は動物を飼ったことがない。両親と一緒に暮らしていた家はペット禁止のマンションだったし、両親ともあまり動物に関心がないタイプだった。道端で野良猫や散歩中の犬を見かけても一瞥《いちべつ》をくれて通り過ぎるだけだし、動物が出てくるテレビもあまり観ず、両親が動物に対して「可愛い」と目を細める姿をついぞ見た記憶がなかった。

だからこそ、犬小屋からはみ出たアレックスの前足を幸せそうに眺める夏美たちの気持ちがよくわからない。そんなに可愛いものだろうかと首をひねっていたら、こたつのはす向かいに座る大我から出し抜けに尋ねられた。

「本当によかったのか」

慌てて視線を室内に戻すと、大我がじっとこちらを見ている。

「え、な、何が？」

「アレックスを預けて、大丈夫か？」

大丈夫ではないことを見透かされているようでぎくりとした。内心冷や汗をかきながら、

「もちろん」と頷いてみせたが、大我は無表情を崩さない。疑われているのか納得してくれたのか、どちらだろう。

無理やり笑顔を作る善治をしばし眺め、大我はゆるりと窓の外へ視線を向けた。

「本当は、アレックスを家に預けるつもりはなかったんだ」

「え、でも、伯母さんは最初からそう言ってたけど……？」

「母さんには、アレックスの面倒をしばらく見てくれそうな知り合いがいないか訊いてたんだが、ちゃんと伝わってなかったんだか、わざと聞き間違ったふりをしたんだか」

凍えるほど寒い一月の空の下、アレックスに夢中でまだ庭先から戻ってこない夏美の姿を見るに、後者の可能性もありそうだ。

そうこうしているうちにアレックスがのっそりと犬小屋から出てきた。わあ、と幹彦は歓声を上げたが、善治は息を詰めてしまう。何度見てもあの大きさには怯む。

幹彦は躊躇《ちゅうちょ》せずアレックスの前にしゃがみ込んで、慣れた様子でその体を撫でている。

「そういえば、善治君は犬を飼ったことある？」

無言で首を横に振ると、「ちょっとおいで」と手招きをされた。

嫌だ、という言葉が胸を占拠したが、逃げることもできず庭に下りる。庭は大人三人が並ぶには狭く、入れ違いに夏美が家に入った。

アレックスは犬小屋の前に立ってじっと善治を見詰めている。こちらの胸の内を探るようなまっすぐな眼差しはどこか大我に似ていて、とっさに目を逸らしてしまった。

しまったと思ったが、なぜか幹彦に褒められた。

「そうそう、初対面であんまりじっくり犬の目を見ない方がいいんだよ。善治君、わかってるじゃない。もしかして犬の飼育に関する本でも読んだ？」

しゃがみ込んだ幹彦に再び手招きされ、その隣に腰を下ろした。目の前にはもうアレックスの胴がある。近い。視界の端でアレックスがこちらを向いたのがわかったが、目を見るなと言われているので動けない。緊張で息が浅くなる。

「アレックス、座れ」

窓辺に立って様子を見ていた大我が短く指示を出した。たちまちアレックスが地面に腰を下ろして、ほっとする。アレックスにはすでにリードがつけられているが、かなり長さがあるので庭の中なら好きに行き来できる。立ってウロウロされるといつ飛び掛かられるかわからず気が気でなかったのだ。

「善治君、アレックスの方に手を出してごらん。手の甲を上にして」

幹彦がニコニコしながら恐ろしいことを言う。

嚙まれはしないかという不安をねじ伏せ、決死の覚悟でアレックスに片手を差し出した。すぐにアレックスが鼻先を寄せてきて、手の甲に生ぬるい息がかかった。

恐る恐るアレックスに顔を向けると、正面から目が合った。目を合わせてはいけなかったのでは、と血の気が引いたが、アレックスはじっくりと善治の顔を見て、ふいと顔を背けてしまった。嚙むどころか唸ることもしない。むしろ興味のなさそうな顔だ。

「アレックスのこと撫でてあげたら？　いきなり頭を触ろうとするとびっくりさせちゃうから、胸とか首の辺りがいいよ」

幹彦が善意の塊のような笑顔で非情な提案をしてきた。内心悲鳴を上げたが、無理やり笑みを返しておっかなびっくりアレックスの首の辺りに指を伸ばす。ぬいぐるみのような手触りを想像していたが、思ったよりもごわごわと硬い毛だ。

善治に撫でられてもアレックスは嫌がらない。半面、大我に撫でられていたときのように自ら顔を寄せ甘えてくることもない。好きにしろ、と言いたげにそっぽを向いている。なんだか犬に慣れていないこちらの方がアレックスに接待されている気分だ。

まだアレックスと触れ合い足りないらしい幹彦を残してよろよろと茶の間に戻ると、待ってましたとばかり夏美が再び庭に出た。入れ違いに室内に入れば、窓辺に立っていた大我から声をかけられる。

「次の飼い主が見つかったらすぐに引き取るから、無理はするなよ」

善治は顔を上げ、反射的に「無理なんてしてないよ」と言い返す。

むきになるのは心にやましいところがあるからだ。本心を悟られぬよう慌てて目を逸らしたが、大我は「そうか」と言っただけでそれ以上の深追いはしてこない。

自分が犬に対して苦手意識を持っていることがばれているのだろうか。否定しようと顔を上げた、その瞬間だった。

「アレックス、取ってこいができてお利巧ね。おやつあげる！」

庭先に夏美のはしゃいだ声が弾け、思わずそちらに視線を向けた善治は目を見開いた。

夏美がアレックスに小さく刻んだ芋けんぴのようなおやつをあげている。それはいいのだが、なぜか夏美はアレックスの正面にしゃがみ込み、おやつを自身の口にくわえていた。

アレックスは夏美の顔に鼻先を近づけると、夏美の顔の前でがぱりと口を開いた。嚙みつかれる、と悲鳴を上げかけたが、アレックスは夏美がくわえていたおやつを器用に口先で取って、ごくりとそれを丸吞みにした。

腰を抜かしかけた善治の横で、大我が「母さん」と苦々しげな声を上げる。

「口移しで食べさせて感染しても知らないぞ」

突如不穏な言葉が飛び出して、善治はぎょっと目を見開く。

「か……っ、感染って？　人間から犬に？」

「いや、犬から人間に」

人に感染するようなウィルスを保有している犬なのか。顔をひきつらせた善治を見て、大我は言葉を探すように視線を斜め上に向ける。

「犬にとっては正常な菌だ。でも人間の体に入ると病気を起こすこともある。そんなことになるのはごくまれだし、過度に心配する必要はない」

「そうよ。大我もチョコちゃんを飼ってたときはこうやっておやつあげてたじゃない！」

「あの頃はそんな知識がなかったんだ」

否定しないのか、と愕然《がくぜん》として、この一家は本当に犬が好きなのだと改めて実感した。自分に同じことができる気がしない。俺も犬が好き、と言うつもりでいたのに、本物を前にして言葉が引っ込んだ。うろたえていると、今度は幹彦の声が上がる。

「んー！　臭い！　久々に嗅ぐとやっぱり臭いなぁ！」

庭に視線を戻して息を吞んだ。幹彦がアレックスの尻に顔を寄せてにおいを嗅いでいる。

唐突に伯父の変態性を見せつけられて言葉が出ない。顔を引きつらせていたら、それに気づいた大我が「父さん」と低い声を上げた。

「善治がドン引いてるぞ」

幹彦だけでなく、夏美まできょとんとした顔でこちらを見上げる。二人揃って「なんで？」とでも言い出しそうな表情だ。

「肛門腺絞ったほうがいいか確認しようと思って。でも久々にこのにおいを嗅いだら懐かしくてさぁ。ほら、チョコちゃんは結構マメに絞ってあげないといけない子だったから」

「お父さん絞るの下手で、たまに飛び散っちゃって大変だったよねぇ」

「アレックスはそんなに分泌物が溜まる方じゃないから肛門腺絞りはたまにで大丈夫だ」

「そうなの？　久しぶりに腕が鳴ってたんだけどなぁ」

三人は朗らかに会話を交わしているが、善治はさっぱり話についていけない。

唐突に、自分一人蚊帳《かや》の外に追い出されてしまったような気分になった。

稲葉家の面々は揃って犬が好きで、こうしてアレックスを囲んでいればきっと何時間でも話題が途切れないのだろう。

でも自分は違う。犬を見ても可愛いとは思えないし、触りたいとすら思わない。

やはり自分は稲葉家に紛れ込んだ異物なのだ。動物に愛着を見いだせない。亡くなった両親と同じように。

もしここに善治の両親がいたら、こたつに入って稲葉家の盛り上がりを生ぬるく眺めていたに違いない。その隣には、同じように興味もなく携帯電話を弄《いじ》る自分の姿があったはずだ。

もし両親がいたら。あの事故で亡くなっていなかったら。

急速に、体が小学生の頃に縮んでいくような錯覚を覚えた。

こんな疎外感を覚えるのも、傍らに両親がいる姿を想像して胸を詰まらせるのも久しぶりだ。この家に引き取られた直後はよくそんな考えに取りつかれたものだが、さすがにもう親を恋しがることなどないと思っていたのに。

善治の表情に気づいたのか、夏美と幹彦が「驚かせちゃってごめんね」と笑いかけてくる。善治も笑い返すが、自分はどう足掻《あが》いてもこの家の人間にはなれないと突きつけられた気がして弱々しく口角が下がった。もう十年以上ここにいる自分より、夏美と幹彦の間に大人しく座っているアレックスの方がよほどこの場に馴染んでいるようにすら見える。

夏美たちに挟まれたアレックスがこちらを向く。けれどそれは一瞬のことで、ふいと目を逸らしたアレックスは、二度とこちらを見ようとしなかった。


アレックスがやってきてから、あっという間に一週間が過ぎた。

突然見知らぬ家に連れてこられてもアレックスは平然としたもので、餌を出されればぺろりと平らげ、無駄吠えも一切しない。

日中、アレックスの様子を見守るのは善治の役目だ。春休み中はアルバイトをするつもりでいたがそんな計画も立ち消えた。大我は夏美から何か吹き込まれていたらしく本気で善治にバイト代を渡そうとしてきたが、受け取れるはずもなく全力で断った。

家の中と外とはいえ、大きな犬と一対一で過ごすなんてどうなることかと思ったが、善治の想像以上にアレックスは大人しかった。日中は犬小屋の中で休んでいることがほとんどで、その様子をたまに茶の間から確認するくらいで十分だ。

餌と散歩は一日二回。散歩は善治が連れていく。

とはいえ善治は犬を飼った経験もない初心者だ。最初は幹彦から散歩の手ほどきを受け、首輪にリードをつける方法、リードの持ち方、フンの始末などをみっちり教えてもらった。

「それじゃアレックス、行ってくるよ」

出勤前、幹彦は毎朝庭に出てアレックスに声をかける。時間があるときは少しだけボールで遊んでやることもある。時間を忘れて夏美に叱られることもよくあった。

夏美から「そろそろ時間じゃない？」と声をかけられあたふたと出ていく幹彦を見送った後、茶の間の前を通りかかった善治は、掃き出し窓が少し開いていることに気がついた。

庭先ではアレックスが地面に伏せてボールをかじっている。窓を閉めようと茶の間に入ったところで、廊下の向こうから「善治君」と夏美の声が飛んできた。

その瞬間、アレックスの耳がぴんと立った。それまで熱心に噛んでいたボールから口を離して辺りを見回し始める。

善治はその様子をじっと見詰める。単に夏美の声に反応しただけのようにも見えるが、そうであれば立ち上がって尻尾を振っているところだ。けれどアレックスは伏せたまま、警戒しつつ周囲の様子を窺っているように見える。

出勤の支度を終えた夏美が茶の間にやってきて、善治の背に声をかけた。

「今日天気悪くなりそうだから、雨が降ってきたら洗濯物取り込んでおいてね。聞いてる？善治君？」

またアレックスの耳がぴんと立った。それも夏美の口から善治の名が出た瞬間に。

やっぱり、と善治は小さく唸る。最初は気のせいかと思ったが、この一週間で確信した。

アレックスは善治の名前に鋭く反応する。夏美や幹彦、大我の名前が会話の中に紛れ込んでも見向きもしないのに、善治の名前にだけ。理由は皆目見当もつかない。

幹彦と夏美が出勤すると、善治はそっと庭に出た。

ボールに飽きたのか犬小屋に戻っていたアレックスは、善治の足音を聞きつけても出てこない。これが夏美や幹彦なら尻尾を振って出てくるのだが、善治相手だと小屋の中からちらりとこちらを一瞥するだけだ。

この一週間でアレックスはすっかり夏美と幹彦に懐いたが、善治にだけは懐かない。唸られたり嚙まれたりするわけではなく、無関心なのだ。フレンドリーにぐいぐい来られても腰が引けて困るが、見向きもしてもらえないのもまた困る。犬に苦手意識を持っているから懐かれないのだと夏美たちに看破されてしまう前にどうにかしなければ。

善治は小屋から数歩離れた所で立ち止まると、腹に力を入れ「アレックス」と呼び掛けた。大我の真似をして、できるだけ毅然とした低い声で。

アレックスはちらりとこちらを見ただけで動こうとしなかったが、善治にもう一度名前を呼ばれると、ようやく小屋から出てきた。

「す、座れ」

大我がやっていたように指示を出してみるが、アレックスはじっと善治を見て動かない。もう一度「座れ」と言ってみるが動かず、「伏せ」と指示を変えても反応しなかった。

ここまで堂々と無視されるとめげそうだ。夏美と幹彦の指示には従うくせに。

(俺にだけ全力で差をつけてくるんだよな、こいつ……)

犬のしつけについてインターネットでもあれこれ調べてみたがよくわからない。

そもそもアレックスのしつけは万全なはずだ。元警察犬なのだから。その証拠に大我や幹彦、夏美の指示には難なく応じる。しかし善治にだけ従わない。人によって指示に従ったり従わなかったりする犬をどう扱えばいいのか。ピンポイントな疑問を解消してくれる情報は未だ見つけられないままだ。

早々にトレーニングを諦めた善治は、掃き出し窓に腰かけて背中から畳に倒れ込んだ。木目の浮いた天井を見上げ、自分は犬に好かれない人間なのだろうと諦め気味に思う。

思い出すのはこの家に引き取られた直後のこと。小学校の校庭に、犬が迷い込んできたことがあった。

首輪をしていたのでおそらくどこかの飼い犬で、帰り道を見失ってしまったのだろう。善治たちのクラスが校庭で体育の授業をしているときに迷い込んできた犬はあっという間に子供たちに囲まれ、飼い主が見つかるまで学校で面倒を見ることになった。

最初に犬と接触した善治たちのクラスが犬の世話をすることになり、転校してきたばかりでまだクラスに馴染めていなかった善治にしては珍しく率先して犬の世話係に立候補した。飼い主とはぐれ、帰る術《すべ》もなく鶏小屋の隅で丸まっていた犬の姿が、両親を失ったばかりの自分と重なってしまったせいかもしれない。

しかしこの犬が、どういうわけか善治に懐かなかった。

犬はかつてチャボを飼育していた鶏小屋で一時保護することになった。世話係は交代で放課後に小屋まで餌を運ぶことになっていたのだが、犬は餌を持ってきた善治に向かってひどく吠えた。特に犬を興奮させるようなことをした記憶もないので、犬の方が急な環境の変化に苛立っていたのかもしれない。理由はわからないがとんでもない剣幕で吠え立てられ、小屋の中まで餌を運び入れることができなかった。

とはいえ犬に餌をやらないわけにはいかない。さんざん小屋の前で二の足を踏んだ末、小屋の入り口を薄く開け、その隙間から放り込むようにトレイを投げ入れて逃げ帰った。

翌日、餌こそなんとか小屋に入れたものの飲み水を替えることをすっかり失念していた善治は担任の教師から呼び出され、きちんと世話ができないなら世話係を外れるよう言い渡された。いくら激しく吠え立てられたからとはいえ、生き物を蔑《ないがし》ろにするような真似をしたのだから当然だ。小屋の入り口からトレイを投げ込んだのも横着したと思われたらしい。

教室で大々的に注意を受けたわけでもなかったのに、善治が犬小屋に餌を投げ入れたことはあっという間にクラスメイトたちに伝わり、犬がかわいそうだと責められてしばらくはひどく居心地の悪い思いをする羽目になった。

あれ以来、犬に苦手意識を持つようになった。全面的に自分が悪かったのはわかっているが、あんなに吠える犬も悪い。

誰かにそう訴えて、その通りだ、と慰めてもらえればまだ気も楽になっただろうが、あのときはそんな弱音を漏らせる相手がいなかった。

夏美や幹彦には言えない。ただでさえ世話になっているのに、学校で面倒事なんて起こして煩わしいと思われるのが怖かった。大我に至ってはどんな反応をするか全く読めず、一人布団に潜り込んで、お父さんとお母さんがいたら、と涙をこらえるしかなかった。

(家族だったら、俺が何をしたって受け入れてくれるはずなのに)

夏美たちだって自分を受け入れてくれるはずだ、という確信が未だに持てない。十年以上一緒に暮らしてもなお遠慮をしてしまう。

こんなに良くしてもらって、大学にまで通わせてもらっているのに。

でもこれが実の両親だったら、通わせてもらっている、なんて思っただろうか。親なんだから当たり前、くらいの気持ちでいられたのではないか。

ぼんやりと天井を眺めていたら、庭に下ろしていた足に何かが触れた。

アレックスの存在を思い出し、ぎくりとして上体を起こした。足のにおいでも嗅がれているのかと思ったが、アレックスはこちらに背を向け地面に鼻先を押し当てている。方向転換した際に尻尾でも足に当たったのだろう。

溜息をついて体を前のめりにした。だいぶ慣れたとはいえ近くに犬がいると緊張する。でもこの家の中でそれを打ち明けることはできない。両親がいれば、とまた考えかけて首を横に振った。アレックスが来てからこんなことばかり考えてしまっていけない。今は亡き両親に縋る気持ちなど、とっくに始末したつもりだったのに。

「よし、散歩行くぞ」

気を取り直して声をかけると、アレックスが緩慢に顔を上げた。あまり嬉しくもなさそうな顔で、尻尾はぴくりとも動かない。

本当に、犬なんてちっとも可愛くない。心の中で吐き捨てた。


善治の指示に耳を傾けない点を除けば、アレックスはおおむねよくしつけられた犬だ。

だが、一つだけ大きな問題がある。散歩だ。

リードをつけて家を出ると、それまで大人しかったアレックスは溜まった鬱屈を晴らすかのように全力で走り出す。そうなるともう善治の制止の声も届かない。

「アレックス……！　こら、ちゃんとつけ！」

幹彦や夏美がリードを持っているとき、アレックスは決して走らない。大人しくリードを持つ人間に歩調を合わせるのに、相手が善治だけだとこれだ。

リードを引いて止めようにも、むしろこちらが引きずられる。手を放したら終わりだと、毎度掌に爪が食い込むほど必死でリードの持ち手を握りしめた。

アレックスの中では散歩コースが決まっているらしく、必ず川沿いの土手にやってくる。そして土手の斜面や、ススキの生えた河原をしばらく散策して過ごすのだ。

家から土手まで十五分近くほぼ全力疾走しなければいけない善治は、アレックスが草に鼻先を埋めてウロウロしている間になんとか呼吸を整える。

ここは善治が幼い頃、稲葉家から家出をしたときに辿り着いた土手だ。

子供の頃は半日近く歩き回って辿り着いた場所だが、実際は家の近所だった。当時は土地勘もなく、同じ場所をぐるぐる回っていただけで距離を稼げていなかったらしい。

しかしのんびり過去を回想している余裕はない。善治の息が整ってきたとみるやまたアレックスは全力で走り出し、すれ違う人たちが何事かと善治たちを振り返る。

「アレックス！　こら、アレックス止まれ……！」

呼びかけてもアレックスは知らん顔で、善治は苦々しく奥歯を噛む。無視されるのも辛いし、人前でアレックスの名前を連呼するのも恥ずかしい。せめて次郎とか太郎あたりの日本名ならいいものを。

（なんで外国の名前なんだよ！　こんなの俺の趣味じゃないからな……！）

横文字の名前は呼び慣れない。別に格好をつけてこんな名前にしたわけではないのだと誰にも届かぬ弁解をする。

途中、善治と同じように犬の散歩をしていた女性二人組とすれ違った。勢いよく走る善治を見て、揃って眉をひそめる。危ない、とでも思っているのだろう。善治だってそう思う。この勢いで誰かとぶつかったら怪我をさせてしまいそうだ。でも止められない。

二人の傍らを通り過ぎた瞬間、潜めた声が耳元を掠《かす》めた。

「しつけがなってない犬だね」

耳殻《じかく》の端に引っかかり、一瞬で後方にすっ飛んでいったその言葉を追いかけて背後を振り返った。違います、と言いたかったが二人の後ろ姿はあっという間に遠ざかる。

しつけはきちんと受けている。アレックスは元警察犬だ。それに直近ではあの人我が面倒を見ていたのだから、ちゃんとしていないわけがない。

だが、こうして全力で駆け回るアレックスの姿は駄犬以外の何物でもない。

大我の前にいるとき、アレックスは非の打ちどころがない賢い犬だった。相手が夏美や幹彦のときも一緒だ。しかしよく思い返してみると、夏美たちを相手にしているときは若干機敏さが落ちる気がした。指示には従うが、ときどき遊びが交じる。

つまるところこの犬は、相手を見て行動を変えているのだ。

厳しい大我の言いつけはきっちり守り、可愛がってくれる夏美や幹彦の言うことはある程度聞いて、及び腰になっている善治のことは舐めてかかる。

（犬ってそんなに頭が回るもんか？　言葉も通じないくせに？）

意外とさかしいことに驚き、次いで不安に駆られた。

現状、アレックスが一番長くともに過ごしている相手は善治だ。善治のことを舐めているうちに人間全般を侮って、夏美や幹彦の言うことまで聞かなくなったりしないだろうか。

いずれアレックスは次の飼い主に引き渡される。夏美たちは嫌がるかもしれないが、大我は帰り際、「アレックスをずっとこの家に置いておくつもりはない」と二人にきっぱり言い渡していた。すでに次の引き取り手も探しているそうだ。

ぜひとも早急に話を進めてほしいところだが、こんな状態のアレックスを次の飼い主に渡したらどうなる。相手は大我の訓練所でしつけられた犬だと思ってアレックスを引き受けるはずだ。それがこんな駄犬では、訓練所の評判に関わる。

（まずい、まずい、それはまずい……！）

土手を走り抜け住宅街までやってきた善治は「アレックス！」と大声でその名を呼んだ。それなりに交通量もある道だ。もう少し走る速度を落とさせたいが、アレックスはこちらを振り返りもしない。

　これはもう力ずくで止めるしかないと、善治は思い切って渾身の力でリードを引いた。

　ぐんとアレックスの体が後ろに引っ張られ、さすがに走る速度が緩んだ。こちらを振り返ったアレックスが煩わしそうに首を左右に振る。

「と、止まれ！　ていうか、ちゃんとつけ！　ほら、俺の横！」

　左腿を叩いてみるがアレックスは知らん顔だ。むきになってリードを引っ張るが、アレックスも頭を低くして無理にでも前に進もうとする。

「こ、この……！」

　綱引き状態でリードを引っ張っていると、唐突にアレックスが身を翻した。あっと思う間もなく大きな体が近づいて、膝の辺りに頭突きをされる。

　大した力ではなかったが、よろけて民家のブロック塀に背中をぶつけてしまった。突然の攻撃に驚いて硬直する善治の傍らを、自転車と車が次々と通り抜けていく。

　アレックスは、ふん、と鼻から息を吐くと、何事もなかった顔で善治に背中を向けた。

　再びアレックスが走り出しても、もうリードを引っ張って無理やり止めようという気にはならなかった。震える指でリードを握りしめるのが精いっぱいだ。

　リードを持つ指先から見る間に熱が失せていく。気を抜くと膝から崩れ落ちそうだった。走っているせいばかりでなく、心臓が激しく脈打っている。

（こっ、怖ぇ……っ！）

これまで直視しないようにしていた感情に、いよいよ直面してしまった。

犬は怖い。鋭い牙と大きな体、耳が痛くなるほどのけたたましい吠え声。力も強い。犬が本気で襲い掛かってきたら人間なんてひとたまりもない。

アレックスのリードを引いていることが急に恐ろしくなった。それでもなんとかリードを放り出さずにいられるのは、これが大我から預かった犬だからだ。無理はしていないと言ってしまった手前、今さら放り出すわけにもいかない。

それにアレックスは元警察犬だ。特殊な訓練を受けているのだろうし、まさか飼い主に襲い掛かってくることなどないだろう。

(でも俺、こいつに飼い主って認識されてるのか……？)

警察犬は人を襲わない、とは限らない。むしろ不審者に対しては積極的に襲い掛かるよう訓練を受けている。

怖い。もう強くリードを引くこともできない。

だが自分がびくびくしているせいでアレックスがますます人間を舐めるようになっては困る。大我の訓練所の名に傷がつく。

「どうにかしないと……」

走りながら口にした言葉は後方に吹き飛ばされ、前を走るアレックスを振り向かせることもできなかった。

アレックスには再教育が必要だ。それも早急に。

だがもはや、状況は自分の手に負えるものではない。

本来ならまずは夏美たちに相談するべきだろうが、アレックスが問題行動を起こすのは自分が一緒にいるときだけだ。なぜ善治のときだけ、という至極当然の疑問から、善治が本当は犬を苦手に思っていることが露見しそうで相談できなかった。

子供の頃は布団の中で丸まって厄介事をやりすごすしかなかったが、今や自分も大学生だ。ここはプロの手を借りるべく、インターネットで犬の訓練所を探すことにした。

検索すると、善治の自宅から歩いて二十分ほどのところに犬のしつけやトレーニングを行う訓練所があった。調べてみたところ、五年前にできたばかりらしい。

施設は芝の敷かれた広い訓練スペースを有しており、一般家庭で飼われている犬のしつけの他、警察犬の訓練も行われているようだ。家庭犬をしつける場合は訓練士に出張してもらうこともできる。預託訓練も可能だ。

善治が目をつけたのは全十回の日帰り訓練コースだ。朝から飼い主が犬を訓練所に連れていき、夕方に迎えに行く。中型から大型犬は十回で四万四千円。これに施設利用料が上乗せされて、合計五万五千円を前払いする。

結構な出費だが、長年夏美たちからもらってきた小遣いをコツコツと貯めてきたので払えないことはない。

メールフォームから予約のメールを送ると、すぐに先方から電話がかかってきた。

施設で訓練を受けたいが、まず犬をそちらまで連れていくのが難しそうだと相談すると、訓練士が自宅まで来てくれることになった。夏美たちにはばれたくないので、二人が仕事に行っている平日の日中を指定する。

訓練所と電話でやり取りをしてから三日後、自宅に訓練士がやって来た。

「初めまして。アレックス君を担当させていただきます、江波圭一《えなみけいいち》と申します」

玄関先で柔和に笑って頭を下げた江波を見て、若干肩透かしを食らった気分になった。江波の物腰があまりにも柔らかかったからだ。それに思った以上に若い。

ベージュに近い明るい色に髪を染め、黒いブルゾンを羽織った江波は大学内を歩いていても さほど違和感を覚えない風貌だ。少し目尻の下がった優しい顔つきは、髪色と相まってゴールデン・レトリーバーを髣髴《ほうふつ》とさせた。同じ犬でもシェパード似の大我とは真逆のタイプだ。ある程度大きな犬のトレーニングをするのだから大我のような強面で屈強な男性が来ることを想定していただけに、本当にこの人で大丈夫かと少々不安になる。

とりあえず江波を茶の間に通し、簡単な自己紹介をした。江波は二十六歳で、訓練士になって五年目だそうだ。それなりにキャリアがあっていくらかほっとする。

茶の間の窓辺に立った江波は、早速ガラス越しにアレックスの観察を始めた。

アレックスは庭の隅でボールをかじっている。窓辺に立つ江波をちらりと見たものの、近寄ってくることもなければ吠えることもない。

「知らない人を見ても無駄吠えしたりしませんね。人に慣れてるのかな。飼い主さんから見て、何か気になる問題行動はありますか？」

「あります、全然こっちの指示を聞いてくれないんです。座れとか来いとか、全部無視されます。散歩中は特にひどいです。ぐいぐいリードを引っ張って、声をかけても止まりません。ずっと全力疾走状態です」

前のめりに訴える善治にゆったりと相槌《あいづち》を打ち、江波がこちらを振り返る。

「私から指示を出してみてもいいですか？　訓練中はおやつもあげますが」

「構いません。よろしくお願いします」

江波が庭に下りると、さすがにアレックスもボールを放した。立ち上がり、なんだなんだと江波に近づいてくる。

「アレックス、こんにちは」

江波はしゃがみ込み、笑顔で声をかける。しつけをするのだからもっと威圧的な態度で犬と接するのかと思いきやそうでもない。

江波はアレックスに何事か話しかけ、片手を差し出し、あっという間にアレックスと打ち解けてしまった。アレックスも江波にわしわしと胸を撫でられまんざらでもない様子だ。訓練というより遊んでいるようにしか見えず戸惑っていると、江波がすっと立ち上がった。

「アレックス」

呼びかけに、アレックスはすんなりと江波を見上げた。「座れ」と穏やかに声をかけられれば、即座に腰を落としてその場に座る。

たった今顔を合わせたばかりの江波の指示に、アレックスはなんの躊躇もなく素直に応じた。そっぽを向くことすらない。これには善治も言葉を失った。

「待て」や「来い」など、一通りの指示を出した江波はしゃがみ込んでアレックスを盛大に褒め、窓辺に立つ善治を弱り顔で見上げた。

「アレックス君、ちゃんと指示に従ってくれますね。人見知りもしないし、いい子です。問題はお散歩のときだけですか？　これからリードをつけてお散歩に行ってみます？」

返事に迷った。実際にやらずとも、江波がリードを持てばアレックスは問題なく散歩をこなすだろうと予想がついたからだ。

アレックスは賢い。人間のこともよく見ていて、従うべき者を冷徹に見極めている。もっと正しく状況を伝えなければ駄目なのだ。本当に指導が必要なのは誰なのか。

善治は窓のサッシに手を添えると、一度強くそれを握りしめてからゆっくりと力を抜いた。

「違うんです、そいつ……俺の言うことだけ聞いてくれないんです」

問題はアレックスではない。自分だ。

そのことを、認めないわけにはいかなかった。


茶の間に場所を移し、善治は改めてアレックスを引きとった経緯や、アレックスが自分にだけ態度を変えることなどを江波に包み隠さず伝えた。

「元は嘱託の警察犬だったんですか。それであれだけ綺麗に指示に従えるんですね。でも、今年で六歳なら引退するには少し早い気もしますが」

「靭帯を痛めたとかで現場に出られなくなったそうです」

犬小屋に戻って昼寝を始めたアレックスを見ていた江波が、鋭くこちらを振り向いた。

「靭帯を痛めているんですか？　でも、散歩のときは全力で走っているんですよね？」

「え？　あ、そういえば、そうですね？」

「走るとき、動きに不自然なところはありませんか？」

「いえ、特には……」

「靭帯を痛めたことのある犬は反対足の靭帯も痛めやすいんです。お散歩は犬の体調などをチェックする機会でもありますから、よく注意してあげてくださいね」

そもそもアレックスの歩き方など気にしたこともなかった善治は、はい、と力ない声で返事をする。毎日アレックスを世話していたつもりでいたが、実際は飼い主らしいことなどできていなかったと突きつけられた気分だ。

「それにしても、アレックス君はどうして稲葉さんの言うことだけ聞かないんでしょう」

「わかりません。指示以前に、名前を呼んでも俺だけそっぽを向かれるんです」

「もしかして、アレックス君を叱るときに名前を呼んだりしていませんか？」

尋ねられ、善治は目を瞬かせる。

「そう……ですね。散歩中とか、立ち止まらせようとして」

「他にはどんなタイミングで名前を呼んでます？」

他、と間の抜けた声で復唱してしまった。叱りつける以外のタイミングでアレックスを呼んだことなどあっただろうか。

黙り込む善治を見て、江波は合点のいったような顔をした。

「アレックス君は賢いので、稲葉さんに名前を呼ばれるときは嫌なことがあるときだと学習してしまったのかもしれませんね。あの人に呼ばれると面倒くさいから無視しよう、なんて思ってるのかもしれません」

「そんな理由で？」と目を瞠《みは》る。犬のくせに随分人間くさい思考だ。

「そもそも犬には名前という概念がないんです。聞き慣れた音の響きだというくらいの認識しかないと思います」

「でも、他の家族が呼べばちゃんと振り返りますよ」

「それはきっと、他のご家族に名前を呼ばれるときはいいことがあるときだと学習してるからでしょうね」

耳の奥に、夏美と幹彦の弾んだ声が蘇った。あの二人はなにかにつけてアレックスの名を呼ぶ。餌をやりながら、アレックスにブラシをかけながら、家に帰ってきたときも、眠る前も、アレックス、と声をかけては硬い毛並みを愛おしそうに撫でる。

でも自分はどうだ。トレーニングの前に目も合わさずぼそっとその名を呼ぶか、リードを引っ張って後ろから大声で叫ぶくらいしかしていない。

「犬が喜ぶタイミングで名前を呼んであげるといいですよ。おやつをあげるときとか」

「……やってみます」

「それから指示を出すときは、犬と目を合わせてからの方がいいです。アイコンタクトを取ってください」

「え、でも、あんまり犬の目を見ない方がいいって……」

「それはもしかして、初対面のときの話ですかね？」

江波と話をするうちに、自分は犬に関する知識が圧倒的に足りないことが判明した。犬のしつけをしてもらうはずが、こちらの初歩的な質問に答えてもらってばかりだ。

項垂れる善治を、「初めて犬と暮らすんですから、わからないことだらけで当然です」と江波は笑顔で励ましてくれる。最初は物腰の柔らかい江波を見て、本当に犬のしつけができるのかと疑ってしまったが、今はこのソフトな対応がありがたかった。

「今後についてですが、稲葉さんは日帰り訓練コースをご希望でしたね」

日帰り訓練は、朝のうちに犬を預けて夕方引き取りに行くコースだ。一度預けたら数か月帰ってこない預託訓練と違い、夏美たちにばれることもない。

ぜひお願いしたいところだったが、江波は首を傾げてしまう。

「だ、駄目ですか……?」

「駄目なことはないんですが、稲葉さんにお勧めするならしつけ教室かと」

日帰り訓練コースは主にドッグランで行われる。しつけもさることながら、家族とは違う人間や犬がいる場所に慣らすのが主な目的らしい。知らない場所や人間に対して、犬が不用意に怯えたり、警戒したりしないよう前もって慣らしておくのだ。

「お勧めしたしつけ教室は、飼い主さんご自身に訓練をしていただきます」

「それができないからこうしてお願いをしているんですが……?」

「もちろん訓練士も一緒ですよ。マンツーマンで指導を行います」

こちらは預託訓練を終えた犬が、トレーニング継続のために通うことが多いらしい。

「アレックス君は元警察犬ですから、基本的なトレーニングはもうできているはずです。なので力を入れるべきは稲葉さんが犬に関する知識をつけることと、アレックス君との信頼関係を築くことかと思いました」

正論過ぎてぐうの音も出ない。やはり問題はアレックスではなく、自分にあるのだ。

「それに、日帰り訓練コースよりしつけ教室コースの方が少しだけお安いですよ」

下がりかけていた善治の視線が跳ねた。五万を超える出費が少しでも安くなるなら、それに越したことはない。

どうでしょう、と微笑む江波に、善治は一も二もなく「そちらでお願いします！」と頭を下げた。


しつけ教室に通うペースは人それぞれだ。全十回のコースを二か月で終える人もいれば、月一で通って十か月かけて終える人もいる。

善治は江波の勧めに従い、週に二回のペースで教室に通うことになった。最初は短い間隔でトレーニングを行い、慣れてきたら少し間隔を開ける予定だ。

訓練は、訓練所の施設内にある芝の敷かれた広場で行われる。

アレックスは善治がリードを持っていると自分の行きたい方に全力で走り出してしまうので、しつけ教室の日は江波に自宅まで送迎してもらうことになった。江波がリードを持てばアレックスも大人しくその隣を歩く。本当に、露骨なくらい人を見ている。

「アレックス、見て！」

訓練所では、アレックスの名前を呼んで視線を合わせることから訓練を始める。アレックスが反応しなければ、人差し指を動かして視線を誘導するようにした。

目が合ったら、まずは褒める。

こんなことで褒める必要があるのかと疑問に思ったが、江波に「アレックス君はちゃんと呼びかけに応えているんですから、たくさん褒めてあげてください」と言われてしまっては従わないわけにはいかなかった。

名前を呼んで、目を合わせる。どうということもないが、最初はかなり苦戦した。まずアレックスに声をかけるのが気恥ずかしい。

それまで善治は、犬や猫などの動物、あるいは植物、人形など、言葉の通じないものに声をかけた経験がほぼなかった。ただでさえ慣れていないのに、アレックスは名前を呼んでも見向きもしない。吹っ切れるまで何度も江波から励まされた。

ぎこちないながらもアレックスを呼び、視線を捕え、ようやくこちらの呼びかけにアレックスが反応してくれるようになったのはしつけ教室も三回目を迎えた頃だ。

きちんと目を合わせてから「伏せ」や「座れ」といった指示を出せばアレックスも応じてくれる。その都度褒めるのも忘れない。

でもどうしても、江波のように満面の笑みを浮かべて思いきり褒めるのは照れくさくてできない。夏美や幹彦のように可愛くてたまらないと言いたげに撫でるのも難しい。一応アレックスの肩や胸の辺りを撫でるようにはしているが指先が緊張する。

言葉や態度を大げさにするのが難しいならご褒美におやつをあげてみたらどうかと江波に助言され、それでなんとか対応している状況だ。

一進一退しつつ、アレックスも少しずつ善治の指示を聞いてくれるようになってきたが、散歩中の行動だけは改善されない。

　訓練所から自宅に帰る際は、散歩の練習もかねて善治がリードを持つのだが、江波から善治にリードが渡った途端、アレックスは躊躇なく走り出す。

　このときばかりは、江波に声をかけられてもアレックスは止まらない。善治がリードを引っ張ってコースを変えようとしても断固拒否だ。交通量の多い道では何に興奮しているのか、善治に体当たりしてきたりさえする。

　目下の課題は、善治がリードを持っている状態で脚側歩行ができるようになることだ。脚側歩行は散歩トレーニングの基本で、犬を飼い主の隣につけて歩くことである。主導権は人間にあると犬に理解させるためルートも飼い主が決めなければいけないらしいが、そこまで至るにはまだまだ時間がかかりそうだ。

（なんで散歩だけ上手くいかないんだろうなぁ）

　訓練所から帰った後、善治は茶の間のこたつに足を入れて庭を眺める。アレックスは小屋に入って休んでおり、前足と鼻先がちらりと外に出ているばかりだ。

　江波も不思議がっていたが、それ以上に気になるのはアレックスの走り方らしい。

「アレックス君、靭帯を痛めたって言ってましたよね。警察犬を引退するくらいだからそれなりにひどい怪我だったんじゃないかと思うんですが、その割には走り方がスムーズなんですよね」と今日も首を傾げていた。

　本当に靭帯を痛めていたのだろうか。ふとそんな疑問が頭を掠めた。

（実際は怪我なんてしてなくて、何か別の理由で警察犬を引退した、とか）

江波がやけにアレックスの足にこだわっていたのが気になって、携帯電話を取り出し、警察犬、引退、原因、など思いつく限りのキーワードで検索してみた。

出てくる理由は「高齢のため」がほとんどだ。しかし警察犬の引退時期は十歳頃。アレックスは今年で六歳なので、まだ現役で活動できる年齢だ。

あれこれ調べているうちに、不特定多数の人間が疑問や質問を持ち寄る掲示板に迷い込んだ。警察犬が引退する理由を尋ねるスレッド画面をスクロールさせていた善治は、不穏な単語を見つけて指を止める。

『警察犬の引退理由なんて、高齢か人でも嚙んだかのどっちかじゃない？』

嚙んだ、という字面を見た瞬間、ひゅっと喉を鳴らしてしまった。

掲示板には誰でも書き込みをすることができる。このコメントを投稿した人間が正しい筋から情報を仕入れてきたとは限らない。わかっていても一瞬で指先が冷たくなった。

（……靭帯を痛めたっていうのは適当な嘘で、本当は訓練士を嚙んで引退した、とか）

アレックスは散歩中、たまに善治に体当たりをしてくることがある。もしあの勢いで腿に嚙みつかれでもしたら――。

想像して青ざめていたら、夏美が仕事から帰ってきた。

「善治君、ただいま。アレックスもただいまー」

茶の間に入ってきた夏美は善治の横を通り過ぎ、掃き出し窓の前でしゃがみ込む。声に反応してアレックスも犬小屋から出てきた。窓から身を乗り出した夏美に頭を撫でられ尻尾を振っている。

この家に来たばかりの頃は掃き出し窓に前足をかけて善治をぎょっとさせたこともあったアレックスだが、夏美が「駄目よ、いけない」と教えると二度と窓に足をかけることはなくなった。覚えのいい、賢い犬なのだろう。

わかっていても、アレックスの頭を撫でる夏美をはらはらと見守ってしまう。もしかするとアレックスは人間を噛んだことがあるかもしれないのだから。

「そうだ、善治君。駅前のスーパーでプリン買ってきたから後で食べてね」

アレックスを撫でていた夏美が肩越しにこちらを振り返る。瞬間、アレックスが何かを警戒するように耳を立てて周囲を見回した。また善治の名前に反応したのだろう。この反応の理由も謎に包まれたままだ。この家にやってきた当初からこんな反応をしていたので、おそらく善治本人に会う前からその名の響きを知っていたのだろう。

茶の間を出ていく夏美を見送り、善治は庭へと視線を戻す。

この家に来る以前、アレックスの前で善治の名を口にしていただろう人物といったら、大我以外に考えられない。

（どんな顔で俺の名前なんて口にしてたんだろう？）

名前を聞いただけで警戒するということは、よほど忌々しげに自分の名を呼んでいたのかもしれない。

まさか、と笑い飛ばせないのが辛い。悪い想像は放っておくと際限なく膨張していく。善治はこたつを出ると、先程夏美がそうしていたように窓辺にしゃがみ込んだ。

アレックスは庭を囲うブロック塀沿いの地面のにおいを嗅いでいる。ゆったりとしたその足取りを見ていたら、ふと口が緩んだ。

「アレックス」

名前を呼ぶと、地面に鼻先を寄せていたアレックスが顔を上げた。

驚いて声が詰まった。どうせ無視されるだろうと思っていたからだ。

トレーニング中は指先の動きなども使うことでようやくアレックスとアイコンタクトができるようになった。逆に言えば、そこまでしないとアレックスは自分を振り返らない。

今回に限ってどうしてと思ったが、そもそも自分はこれまで、なんでもないときにアレックスの名を呼んだことがなかった。

それなのに今、人間相手にそうするように、アレックスに何かを語りかけようとしてしまったのはなぜだろう。

黙り込む善治を見てアレックスはフンと鼻を鳴らし、用がないなら呼ぶなとばかりに踵《きびす》を返して小屋に入ってしまった。

アレックスの姿が消えると、時間差で胸の底から次々と言葉が浮かんできた。

アレックス、お前なんで警察犬を辞めたんだ？　本当に靭帯を痛めてるのか？　人を噛んだわけじゃないんだよな？　俺の名前に反応するのはなんでだ？　大我はどんな顔で俺の名前を口にしてた？

サイダーの泡のように胸の表面で無数の言葉が弾け、勢いに任せてもう一度アレックスを呼んでしまいそうになった。

自分の呼びかけに応えて振り返ってくれたアレックスの瞳が、思いがけずまっすぐだったから。


二月も後半に入り、全十回のしつけ教室の半分が終了した。

江波の指導のかいもあり、善治もようやく一通りアレックスに指示を出せるようになってきた。訓練所内であれば脚側歩行も完璧だ。

「それなのに、どうして一歩外に出ただけでこうなっちゃうんですかね」

アレックスのリードを持って走る善治と並走しながら、江波は弱り顔で言う。

今日は施設内での訓練を早めに切り上げ、後半は公道を散歩するトレーニングに切り替えたのだが、外に出た途端アレックスは自宅に向かって一直線に走り出してしまった。

「これでもだいぶ改善されてるんですけどね。最初は全力で走らされましたから。今はランニング程度なんだから楽なもんです」

「とはいえ問題ですよ。アレックス君がお散歩のコースを決めてしまうのもよくありません。脚側歩行もできない状態でこういう道を走るのは避けたいんですが」

いま善治たちが走っているのは住宅街の中の細い道で、車も多い。アレックスを制御できないなら、せめてもう少し広い道を走りたいところだ。

家までの道のりを半分ほど過ぎたところで、向かいから散歩中の犬と飼い主がやってきた。飼い主の女性が連れているのは飾り毛のついた大きな耳が特徴的なパピヨンだ。

パピヨンは小さい体ながら、女性の脇にぴったりとついて歩いている。その姿を見たら、自然と顔が下を向いてしまった。

以前土手で犬を連れた二人組とすれ違ったとき、「しつけがなってない犬だね」と囁かれたことを思い出し、強くアレックスのリードを引っ張った。

「稲葉さん、それだとアレックス君が苦しいです」

すぐさま江波から指導が入るが、当のアレックスは意にも介さず走り続ける。

自分ばかり上手くいかない。夏美や幹彦が一緒ならアレックスは大人しく隣を歩くのに。大我の言うこともよく聞く。犬好きがわかるのだろう。稲葉家の面々には懐いている。

あの家の中で、自分だけが異物だ。馴染めない。上手くいかない。

どうにか言うことを聞かせたくて、善治は走りながらますます強くリードを引いた。

「これくらいしないと言うことなんて聞きませんよ」

「苦痛で言うことを聞かせようとしないでください。ちゃんと伝え方があるんです」

「じゃあ、どうしたらいいんです！」

ずっと走り続けていた息苦しさも手伝って、つい声が大きくなってしまった。

その瞬間、アレックスが突然方向転換をした。身を翻して善治を振り返る。

一瞬で距離を詰められ息を呑んだ。「待て」という言葉すら頭に浮かばず立ち尽くす。

アレックスが身を低くして、とっさに善治は両腕で自分の顔を覆った。

（噛まれる！）

間を置かず、ドッと軽い衝撃が膝に走った。ヒッと喉を鳴らしてしまったが、噛まれたような激痛はない。恐る恐る目を開ければ、アレックスが善治の膝に半身を押しつけるように体当たりをしていた。

よろけて後ろに下がったところで、車幅の広い車が善治たちの傍らを通り過ぎていった。

急に体当たりをしてきたアレックスを呆然と見下ろしていたら、江波が素早くリードを拾い上げた。それを見て、初めて自分がリードを手放していたことに気がつく。

「す……すみません、俺……」

動転して声が震える。そんな善治を見て、江波は窺うような口調で言った。

「稲葉さん、もしかして……犬に噛まれた経験なんてありませんか？」

ぎくりとして返事ができなかった。棒立ちになる善治に、江波は重ねて尋ねる。

「本当は、どちらかというと犬は苦手なのでは」

口を開けてみたが、弱く息が漏れただけで声にはならなかった。今の反応を見られた後では何を言ったところで説得力などないだろう。ごまかすのも限界か。

俯けば、こちらを見上げるアレックスと目が合った。普段は呼んでもなかなか振り向かないくせに、こんなときばかり善治から目を逸らそうとしない。

そのまっすぐな視線から逃げるように、善治はますます深く顔を伏せた。

江波がリードを持つと途端にアレックスは大人しくなって、行き先の選択も江波に譲った。

「少し歩きましょう」と告げた江波に導かれるまま土手へ向かう。

道すがら、善治は重たい口調で口火を切った。

「昔から俺、犬に懐かれない質《たち》なんです。小学生の頃、学校に迷い込んできた犬の世話をしていたときも俺だけやけに吠えられて」

「それで犬が苦手に？」

それもある。けれど本当は……もっと決定的な出来事は別にあった。

「俺の従兄、犬の訓練士をしてるんです。従兄が訓練士の見習いをしてた頃、訓練所の中に入ったことがあるんですが……そこで犬に襲われて」

隣を歩いていた江波の顔が見る間に強張ったのを見て、慌てて言い添える。

「襲われたっていうか、襲われかけたんです。嚙まれたりはしてません。犬はリードでつなされてましたし、ものすごい勢いで吠えられただけで。でも、いきなり目の前に牙をむき出しにした犬の顔が迫ってきたもんだからパニック起こしちゃって」

「ちなみに犬種は……」

「シェパードです」

ああ、と江波が納得したような声を上げる。江波も最初からアレックスに対する善治の態度が気になっていたようだ。犬に不慣れなことを差し引いても及び腰すぎる。

「そんなことがあったのなら、ご家族だって稲葉さんが犬を苦手に思っていることをご存じでしょう。どうして無理にアレックス君を引き取ろうなんて……」

「それは、犬が苦手になったことを俺が全力で隠してたからです。むしろ犬を好きな振りをしてました」

「どうしてそんなことを？」

江波は困惑しきった顔だ。つい最近知り合ったばかりの相手に話すにはあまりにも個人的な内容だったが、下手に隠すと話が伝わりにくくなりそうで、善治は自身の両親を事故で亡くしたことから、その後伯母夫婦に引き取られたこと、犬の訓練士になった従兄は伯母たちの一人息子であることなど、順を追って説明した。

「俺を襲いかけたのは、従兄が担当していた犬でした」

・大我の犬はまだ訓練を始めて日も浅かった。不用意に近づいて犬を興奮させた善治が悪かったのは傍目にも明白だ。それでも犬が人を襲ったとなれば、担当していた訓練士が咎《とが》を受けるのは免れない。

自分の不用意な行動のせいで大我が訓練士を辞めさせられるかもしれない。幼い善治は真っ青になった。

ただでさえ、大我が進学を突っぱねて家を出て行ってしまったのは、自分がこの家に転がり込んだせいではないかと悩んでいた頃だ。夏美たちも大我の不在を寂しがっていたし、自分はこの家に来ない方がよかったのではないか。そんなことを考えていた矢先の出来事にひどくうろたえた。

これ以上稲葉家の迷惑になりたくない。この人たちから手を放されたくない。

大我の夢も阻みたくない。大我は最後まで善治に対して素っ気なかったが、一度も邪険にはしなかった。家出をした自分を迎えにも来てくれた。ともに暮らした数か月で、自分は大我に懐き始めていたのだと思う。

だから善治は犬が苦手になったことをひた隠した。訓練所での一件が心に傷を残していることとを、親切で優しい稲葉家の面々に悟られるわけにはいかなかったのだ。

昔のことを喋っているうちに川沿いの土手までやってきていた。

二月の日は短く、すでに西の空が赤く染まっている。土手を歩く人の中には自分たちと同じように犬の散歩をしている人も多い。たまにすれ違う犬がアレックスに興味津々で近づいてくるが、アレックスはまっすぐ前を向いてよそ見もしない。

無駄に吠えることも唸ることもしない。賢い犬だと思う。でも。

「稲葉さんは今もアレックス君が怖いですか?」

こちらの胸の内を読んだようなタイミングで江波が質問を投げかけてくる。

恐い。アレックスがというより、犬全般が怖い。自分に襲い掛かってきた犬の声は、鼓膜どころか全身を震わせるほどの大音量だった。近距離で何かが破裂するようなその音を思い出すと未だに身が竦《すく》むし、犬の鳴き声を耳にすれば体がびくつく。

でもアレックスは吠えない。引き取ってから声らしい声を聞いたことすらない。だから大丈夫だと答えたかったが、いま口を開いたら声が震えそうだ。

善治は唇を引き結ぶ。怖がっていることを認めたら、もう二度とアレックスのリードを持てないかもしれない。もっと大我のように毅然と接しなくては。

アレックスの背中を睨むように見詰めていたら、江波に苦笑された。

「意地でも認めたくないって顔してますね」

「だって、犬は集団の中の序列を大事にするとか言うじゃないですか。こっちが怖がってるってばれたら舐められて、二度と言うことを聞いてもらえなくなるんじゃないかと」

自分の言うことを聞かなくなるだけならまだいいが、人間全体を下に見るようになって次の引き取り先で問題行動など起こしては、大我の訓練所の名に傷がつく。

頑なな善治の横顔を見遣り、江波は笑みを深くした。

「アレックス君が、どうして稲葉さんにリードを持たれてるときだけ走り出すのか、ずっと考えてたんですけど、もしかするとわかったかもしれません」

急に話の矛先が変わって、善治は勢いよく顔を上げた。

「やっぱり、俺が舐められてるって話ですか？」

「かもしれませんが、どうもそれだけではない気がしますね」

全部想像ですが、と言い添えて、江波はリードを軽く掲げてみせた。

「さっき稲葉さんがリードを落としたとき、アレックス君はそれを見ていたはずなのに逃走しようとはしませんでした。それまで稲葉さんを振り返りもせず走り続けていたのに」

言われて自身の手に視線を落とす。確かにあのとき、リードは完全に善治の手を離れていた。アレックスをその場に留めるものは何もなかったはずなのに、一体なぜ。

「アレックス君は、稲葉さんをリードしないといけないと思っているのかもしれません」

「俺を……え、俺を？」

考え事をしながら江波の言葉を聞いていたので、何か聞き間違えたのかと思った。

「これまでも散歩中にアレックス君が体当たりをしてくることがあると前に言ってましたね。どういうときが多かったですか？　決まった場所で体当たりしてくるとか、そういうことはありませんでしたか？」

「しいて言えば、車の多い道で体当たりしてくることが多かったような……？　車に興奮してるんだかなんだか知りませんけど」

「それ、稲葉さんに注意喚起してたのかもしれませんよ。危ないからもっと下がれって」

「えぇ？　まさか」

冗談かと思って笑い交じりに返したが、江波の表情は至って真面目だ。

「さっきだってアレックス君、前から大きな車が来たときに稲葉さんの膝を押してましたよね。『下がれ』って言ってるように見えましたけど」

「犬にそんな賢いことできます？」

「犬は賢いですよ」と江波は即答する。

「多分、アレックス君は全部わかってます。稲葉さんが犬の扱いに慣れてないことも、怖がってることを必死で隠してることも。だからこそ、自分が稲葉さんを引っ張らないと、なんて思ってるんじゃないでしょうか」

まさかの指摘に二の句も継げない。せいぜい面倒を見てやろうと思っていたのに、むしろこちらがアレックスに面倒を見られていたとでもいうのか。

「だから俺がリードを持つと走り出すんですか？　自分の方に主導権があるって示すために？ルートを俺に決めさせてくれないのも？」

「いろいろ考えてみたんですけど、他に理由が思い当たらないんですよね。アレックス君さえその気になれば、この通り脚側歩行も完璧ですから」

アレックスは江波の左側にぴったりと寄り添って歩いている。決して江波の前に出ようとはしないし、江波が声をかけながら軽くリードを引けば、抗《あらが》うことなく進行方向についてくる。やはり問題はアレックスではなく、自分にあるのだ。

「俺、どうしたらいいんでしょう……」

ふがいなさに押しつぶされそうだ。しかし江波は深刻がるでもなく、軽やかに返した。

「嘘をついても犬にはばれます。怖いなら怖いで認めてしまったらどうですか？　そのことをアレックス君に相談してみたらいいと思います」

「犬に相談、ですか……」

「犬は本当に賢いです。言葉はわからなくても、目の前にいる人間の胸の内を敏感に感じ取って行動に移します。とりあえず、実際にやってみませんか」

言うが早いか江波は土手沿いの道を外れ、河原に続く斜面を下りていく。

河原は足元に雑草が茂り、土手の上とは違いほとんど人気がない。覚束ない足取りで斜面を下りれば、先に河原に下りていた江波から「どうぞ」とリードを差し出された。

自分の手にリードが渡った途端アレックスが走り出すのが目に見えて躊躇していると、江波がいったん手を引いた。

「脚側歩行にはコツがあるんです」

「え、ど、どんな……」

「まず人間がリラックスすることです」

起死回生の案があるのではと期待しただけにがっかりした。そんな精神論のようなものでどうにかなるのかと疑心暗鬼になる善治に、江波は続ける。

「犬はリードを持つ人の感情を敏感に感じ取ります。人間がそわそわすると犬もそわそわするんです。稲葉さんはまず落ち着いて、深呼吸してからリードを持ちましょう。大丈夫、アレックス君がちゃんとリードしてくれますよ」

納得したわけではないが、言われた通り深呼吸してからリードに触れてみた。

その瞬間、指先に力がこもったのが自分でもわかった。これを放したらアレックスはどこかに逃げていってしまう。自分が捕まえておかないと。そんな気負いが指先に伝わる。

散歩を終えるといつも、掌に爪が食い込んだ痕が残る。散歩中ずっとリードを握りしめているせいだ。いつ逃げ出されるかと気を抜けず、力を緩めることもできない。強くリードを引こうとしてしまうのはアレックスが怖いからだ。自分の方が立場は上なのだと終始示していないと急に飛び掛かってきそうで。

アレックスのことを信用できない。自分の言うことを聞いてくれると思えない。

こういう気持ちが、リードを通してアレックスに伝わってしまうのだろうか。

「あの、ちょっと待ってもらっていいですか」

善治はリードに伸ばした手を引くと、アレックスに向き直って身を屈める。

アレックスは大人しく江波の隣に座っているが、その目は川に向いていて善治を見ようとしない。それでも目の端に善治の姿は映っているらしく、片耳がこちらを向いていた。

犬は喋らないが、丁寧にその様子を見ていれば意識がどちらを向いているのかはわかる。善治もそれくらいのことはわかってきた。

「アレックス。俺がリード持っていいかな」

声をかければ、ちらりとアレックスの目がこちらを向いた。

「一緒に歩いてくれるか？　同じペースで」

犬に言葉など通じない。話しかけたところで独り言を呟いているのと一緒だ。そう思って何度も呑み込んできた言葉を、今日は照れもなく口にすることができた。

江波が言う通り、きっとアレックスにはこちらの怯えがばれている。これまではそれを悟られぬよう強い口調を心掛けてきたが、虚勢を張っても結局侮られるのだ。ならば素直にアレックスを頼ってみよう。

アレックスが首を巡らせてこちらを向く。じっと見詰められ、善治も殊勝な気持ちでその顔を見詰め返した。と思ったら、アレックスが前触れもなく、ブシッと盛大なくしゃみをした。

勢いよく鼻水が飛んできて思わず顔を背けた善治は、アレックスに横顔を向けたままぎりぎりと歯ぎしりをする。

（……やっぱり犬に人間の言葉なんて伝わらないんじゃないか？）

真面目に話しかけてしまったのが恥ずかしくなって唸っていると、含み笑いした江波に「どうぞ」とリードを手渡された。

気を取り直し、リードの輪をしっかりと親指にかけてから紐を握る。もう一方の手でリードの中頃を持って長さを調節し、「アレックス、ついて」と左の腿を叩いた。

いつもなら「つけ」と言うところなのに、直前まであれこれ話しかけていたせいか、つい人に話しかけるような口調になってしまった。言い直す前にアレックスが立ち上がり、半円を描くように善治の周りを歩いて、その左側で立ち止まった。

傍らについてじっとしているアレックスを見て、へ、と気の抜けた声を漏らしてしまった。突然のことに反応できず立ち尽くしていると、江波から「アレックス君が指示を待ってますよ」と声をかけられる。

「え、あ、い、行こう」

またしても指示を間違った。施設内でトレーニングをするときは大我を真似て「ＧＯ」と言っていた。これでは伝わらないと思ったが、アレックスは涼しい顔ですたすたと歩きだす。善治の半歩前を歩くのは相変わらずだが、ちゃんと歩調も合わせてくれている。

「なんで？」

アレックスはわずかにこちらを振り返ったものの、すぐに前を向いてどんどん土手を上がっていってしまう。もう帰る、ということだろうか。

「やっぱり行き先を決めるのは譲ってくれないんですねぇ」

背後で江波が笑う。善治はうろたえて、アレックスの背と江波の顔を交互に見た。

「なんで急に？　俺なんかしました？」

「ちゃんとアレックス君にお願いしたからじゃないですか？」

「それだけでこんなに変わります？」

「他の子だったらどうかわかりませんが、脚側歩行自体はばっちりマスターしてましたからね。後はもうアレックス君の意思次第ですし」

「それじゃ本当に言葉が通じたとでも……？」

「言葉だけじゃなく、声や表情やリードを持つ強さや、いろんなものを見てますよ、犬は。隠し事なんてできないと思った方がいいです。言葉がないぶん、全部ばれます」

怯えていることも侮っていることも、反省したことさえ伝わってしまうとでもいうのか。

相手は犬ですよ、と言い返そうとしたら、ぐんとリードを引かれた。慌てて前に視線を戻すと、アレックスが肩越しにこちらを見ていた。失礼なことを考えるなと釘を刺されたようで背筋を伸ばす。

「……本当に、ばれてるんですね」

力なく呟いたら、背後から江波の朗らかな笑い声が響いてきた。

笑い声はなかなかやまず、もしかしたらからかわれたのかな、とも思ったが、振り返ってそれを確認するだけの気力はもう残っていなかった。


土手から自宅に向かう途中、江波から「アレックス君のしつけ教室、週一ペースにしていいかもしれませんね」と言われた。アレックスはすでにしつけが行き届いているし、急いでトレーニングをする必要もない。

散歩に関してはまだ改善の余地があるが、これなら週に一度のペースで十分でしょうと江波に太鼓判を押してもらってその日は帰宅した。

その日を境に、アレックスが散歩中に走り出すことがなくなった。数日経っても前の状態に戻ることはない。一時的なものではなさそうだ。

それまでアレックスに振り回されっぱなしだった善治の日常にも少し余裕が出てきた。そうなると、新たな問題にも目が行くようになる。

（……やっぱり五万近い出費は痛い）

金曜の午後、茶の間で善治はアルバイト情報誌をめくる。しつけ教室という予想外の出費があったため情報誌を見る目は真剣だ。春休みはまだ丸一か月残っている。割のいい短期バイトを探して目を走らせていたら、こたつの上に置いていた携帯電話が鳴った。

画面を覗き込んで目を瞠る。表示されていたのは大我の名だ。

何事かと動揺しつつ電話に出れば『もしもし？』と低い声が耳を打った。

「ど、どうしたの、珍しい」

無意識に背筋が伸びる。大我が善治の携帯電話に連絡を入れてきたのなんて初めてではないか。緊張して声が上ずってしまい、ごまかすように咳払いをする。

少々わざとらしかったかと思ったが、なぜか電話の向こうからも同じような咳払いが聞こえてきた。ぎこちない沈黙が流れ、ややあってから『うん』と短い相槌が返ってくる。

『……アレックスは、どうしてる？　調子はどうだ？』

アレックスの様子が気になったのか。用件がわかって肩の力を抜く。

「元気だよ。餌も残さず食べてるし、散歩も朝晩行ってる」

『吠えたりして近所からクレームはきてないか？』

「ないよ。ていうかアレックスの声とかほとんど聞いたことない」

せいぜい夏美に甘えるとき、掠れた高い声を切れ切れに上げるくらいだ。

「そっちにいたときはよく鳴いてた？」

『いや、こっちでも滅多に鳴かなかった。でも環境が変わるとどうなるかわからないからな。そこは住宅街だし、念のため確認しただけだ。他に何か困ってることはないか？』

善治は庭先でボールをかじるアレックスに目を向ける。少し前なら「何も問題ないよ！」と即答したかもしれない。「俺、犬好きだから」なんて言葉も無理やり添えて。

犬が苦手だと大我にばれないように。自分自身すら騙すつもりで。

でもそんな嘘、全部アレックスにはばれてしまう。

「……最初はちょっと、大変だったかな」

日向で無心にボールをかじるアレックスを眺めていたら、ぽろりと本音を漏らしていた。

「伯母さんたちにはすぐ懐いたのに、俺の言うことだけ聞いてくれなくて。名前呼んでもそっぽ向かれるし、散歩に出れば全力で走り回らされるし」

『大丈夫なのか』

大我の声に深刻そうな響きが交じって、慌てて「今は大丈夫」とつけ足す。

「名前呼べばこっち見てくれるし、散歩もましになってきた。俺の前を歩くのは相変わらずだけど」

『一度俺が見に行った方がいいか？　散歩の仕方でもなんでも教えるぞ』

他の訓練士にトレーニングしてもらってるから大丈夫、などと現役訓練士の大我に言えるはずもなく、曖昧に言葉を濁した。

「アレックスは多分、不慣れな俺をリードしてるつもりなんだと思う。交通量の多い道で体当たりされたときは攻撃されたのかと思ったけど、俺のこと車から守ろうとしたんじゃないかな……。あ、さすがにそこまで賢くはないかな？　単にどつかれただけかも」

冗談交じりに口にしたが、電話の向こうから大我の声が返ってこない。

（散歩中にアレックスから体当たりされた話はしない方がよかったか？）

善治に任せておいて大丈夫かと心配されても困るので、慌てて話題を変えた。

「そういえば、アレックスの足のことなんだけど。靭帯痛めてるんだっけ？　それが原因で警察犬も引退したって聞いたけど、あれって放っておいて大丈夫？」

江波に質問されるまで気がつきさえしなかったが、自分はアレックスの痛めた足が前足なのか後ろ足なのかすら知らないのだ。あまりにも無関心だったと反省せざるを得ない。

「靭帯痛めると反対の足も高確率で怪我するって聞いて……いや、自分で調べて知ったんだけど。普通に散歩とかしちゃって大丈夫かなって。時間短めにした方がいい？」

ふと思いついて尋ねてみたが返ってくるのは沈黙ばかりで、善治は耳に携帯電話を当て直す。電話が切れたのかと思った矢先、微かな溜息が電波に乗って伝わってきた。

『……実は、アレックスが警察犬を引退した理由は靭帯を痛めたせいじゃないんだ』

低く押し殺した声に、善治はぎくりと肩を強張らせる。他の理由――まさか本当に人を嚙みでもしたのか。一度は退けた不穏な想像が俄かに存在感を増す。

『アレックスが足を痛めたのは本当だが、靭帯を損傷するほどひどい怪我じゃなかった。場所は右の後ろ足。ごく軽度の捻挫だ。全治三日。後遺症もない』

「え？　じゃあ、なんで引退なんて？」

大我はしばし沈黙した後、『最初の訓練所でアレックスを担当したのは、当時見習い訓練士を卒業したばかりの新人だったらしいんだが』と語り出した。

新人とはいえ、すでに何年も犬と接してきた人物だ。アレックスは気性も穏やかだし問題ないと思われたが、新人が気負い過ぎてしまったらしい。気持ちばかりが先走り、指示のタイミングが早すぎたり遅すぎたりしてアレックスに上手く伝わらない。

『それをアレックスが先回りしてフォローしてたらしい』

「先回りって？」

『指示が出る前に自分で動いた』

訓練士が伏せ、と言う前にもう伏せている。行け、と声を出す前にもう走っている。相手の顔色や仕草、指示のローテーションを覚えて自発的に動くようになったそうだ。

「そんなことできるわけ？」

『訓練士が単調な指示ばかり出していたなら十分可能だ』

結果として、アレックスは訓練士の指示に素早く応える優秀な犬として周囲から評価されるようになった。実際には指示が出る前にもう動いているのだが、最終的に訓練士の方がアレックスの動きに合わせて指示を出すようになっていたらしい。

『下手に評価されたもんだから、訓練士も本当のことを言い出せなくなったんだろう。先んじて動くアレックスを褒めてすらいたらしいぞ。おかげでアレックスはそのやり方が正しいと学習したし、自分の方が人間より上だと認識した。自分の動きに合わせて人間の方が指示を変えるんだからな』

これまでのアレックスの行動を振り返り、はあ、と心底腹落ちした声を上げてしまった。人間に対するアレックスのリーダーシップはそこで培われたわけか。

『競技会なんかでは相当いい成績を残したらしい。臭気選別も未だに得意だ』

「臭気？」

『においの嗅ぎ分けだ。うちにいるときもやらせてみた』

「もう警察犬を引退してるのに？」

『せっかく能力があるんだ。衰えさせるのはもったいない』

競技会などでも優秀な成績を残したアレックスは、見事嘱託警察犬の審査会にも合格した。行方不明者が出た際は捜索活動にも参加していたらしい。

しかしアレックスが警察犬として活動し始めて二年目、とうとう問題が起こった。

その日の現場は人里離れた山の中で、行方不明になった年配の男性の捜索が行われていた。天候は崩れ、足元も悪い。山を流れる沢まで増水している。

一刻を争う状況で、アレックスは訓練士の制止を振り切り単独で山に入った。

平時ならば脚側歩行も完璧にこなすし、訓練士の指示にも大人しく従う。だが競技会の本番や人命救助など、重大な場面での決定権は人間ではなく自分にある。そういうアレックスの認識がそこで表沙汰になってしまったわけである。

無事行方不明者は見つかったものの、現場は荒れて大変だったそうだ。

『交通量の多い道でアレックスが体当たりしてくるって言ってただろ。現場でも同じことをしたらしいぞ。流れの速い沢に近づこうとした訓練士を体当たりして止めたらしい』

あれをやられたのは自分だけではなかったか。新人訓練士に親近感を覚えてしまった。

訓練士がアレックスの言いなりだったことが露見した後、周囲もアレックスの行動を矯正しようと奮闘した。だが、長いこと訓練士をリードしながら実働していたアレックスの行動を変えることは難しく、やむなく警察犬を引退させることになったそうだ。

『表向きは怪我のせいで警察犬を引退することになった。事実を伏せたのは、アレックスを担当した新人訓練士が地元でそこそこ話題になってたからだ』

地方紙の一コーナーで取り上げられ、新人ながら警察犬の審査会を一発で突破した人物として紹介されたらしい。それが訓練所の評判を底上げしていたこともあり、アレックスが警察犬を引退することになった本当の理由は伏せられたままになったという。

『そんなことがあったから、アレックスは人間を信頼してない。人間より自分の方が上手くできると思ってる』

「でも、庭で大我がアレックスに指示を出したときはちゃんと従ってたじゃん」

アレックスの話題に夢中だったせいか、するりと大我の名前を呼んでいた。ここ数年、呼び捨てにしていいものかさんざん悩んでいたはずなのに。

『トレーニングはアレックスにとって、きちんとこなせばおやつがもらえる遊びくらいのものなんだろう。だから普段の指示には従う。でもいざ現場に行くと難しい。人間がピリピリしている状態であればあるほど、自分がリードしようとするらしい』

これには合点がいった。しつけ教室に通う前、アレックスに対して怯える気持ちもあった自分は相当ピリついていたはずだ。そっぽを向かれるわけである。

『愛情には素直に応える質だから、懐いた相手の言うことは従順に聞くみたいだな。警察犬を引退した後に引き取られた家ではよく家族の言うことを聞いてたらしい。その一家はアレックスが引退した本当の理由を知らなかったくらいだ』

「大我は最初から知ってた？」

『いいや。でもアレックスを引き取ったとき、怪我の程度が気になってアレックスのいた訓練所に連絡したんだ。要領を得ない説明をされて、問い詰めてやっと事情を説明してもらった。ただ、できれば口外しないでほしいと頼み込まれて……』

「それなのに、俺には言っちゃってよかったの？」

『構わない。お前はこういうことを面白おかしく言いふらしたりしないだろう』

信用してる、と言われたようで言葉に詰まった。一拍置いて、うん、と返す。

『それで、大丈夫そうか？』

「え、何が」

『アレックスはちょっと癖のある犬だ。まだもうしばらく預かれそうか？』

善治はすぐに返事をせず、窓の外に目を向ける。

大我から話を聞くまでもなく、アレックスが扱いにくい犬であることはわかっていた。家族の中で明らかに善治のことだけ侮って、平気で格下扱いしてくるのだ。

可愛くない、と思う。一方で、無闇に怖いとも思わなくなっていた。

陽だまりで気持ちよさそうに眠るアレックスを眺め、善治は目を細めた。

「大丈夫。俺、アレックスのことは好きになれそうだから」

犬が好きだから、なんて心にもないことは言わず、もう少し本心に近い言葉を口にした。

大我は善治の言葉を反芻するように黙り込み、そうか、と答える。

『だったらもう少し、アレックスをよろしく頼む』

携帯電話を持つ手に力がこもった。大我に何か頼まれるのなんて初めてだ。子供の頃は自分の方が大我の世話になってばかりだったのに。

面映ゆいような、少しだけ誇らしいような気分で「わかった」と頷く。

話を切り上げて電話を切った善治は、携帯電話を握りしめたまま畳に寝転がった。

(なんか、こんなに長く話せたの久々だ)

軽く走った後のように心臓が弾んでいる。しばらく木目の浮いた天井を凝視してから、善治は起き上がってこたつを出た。

窓を開けて庭に出ると、日向でまどろんでいたアレックスが顔を上げた。犬用のブラシを手にした善治を見て、興味深そうに耳を立てる。

「……アレックス、ブラッシングするか?」

サンダルをつっかけた善治を見たアレックスは、返事の代わりにごろりと横向きに寝転がる。大きな態度に苦笑して、その傍らに屈みこんだ。

ブラッシングのやり方は江波に教わった。「これもコミュニケーションの一環です」とのことだ。何度もブラシを手の甲に当て、強さを確認してからブラシをかける。

アレックスは善治のするに任せているが、その目はしっかりと開けられたままだ。こちらの様子を窺っているようにも見える。

「そんな変なことしないから、リラックスしてくれよ」

ブラシを当てながら声をかけるが、アレックスはなおも宙を見詰めている。その姿を見て、善治はぽつりと呟いた。

「……まあ、いきなり信用しろって言われても難しいよな」

平日の午後、家には善治とアレックスしかおらず、町全体がうたた寝でもしているような静けさに満ちている。どうせアレックスしか聞いていないのだと思ったら唇が緩んだ。

「俺もお前と一緒で、途中からこの家に引き取られたんだ。ここを追い出されたら他に行く当てもないし、いつまでここにいられるんだろうってすごく不安だった」

子供の頃から誰にも打ち明けられなかったことが、なぜかアレックスの前では言葉にできる。アレックスが自分と同じく、別の場所からやって来た新参者だからかもしれない。

「だから俺、なるべくいい子でいようとした」

それまで年に数回しか顔を合わせることもなかった伯母一家は善治にとって身近な存在とは言い難く、どれほど優しくされてもその優しさがいつまで続くかわからず怖かった。

そんな善治に唯一できたことは、誰もが認めるいい子でいることだけだ。

両親のもとで暮らしていた頃は家の手伝いなどろくにしなかったのに、この家に来てからは率先して家事を手伝うようになった。態度も子供らしく素直であるよう心掛けた。小学二年生なんて背伸びしたって子供にしか見えないのに、より子供らしく見えるよう何かにつけてわざとたどたどしく振る舞っていたのだから我ながらあざとい。

でもそれは、子供なりの必死な生存戦略だった。

今思えば、夏美たちは善治のそうした戦略を何もかもわかっていたのかもしれない。ともすれば、痛ましい目で見守っていたのではないだろうか。それでも善治の好きにさせてくれて、何かすれば手放しで褒めてくれた。

「でもさ、俺が頑張って家の手伝いすると、必然的に大我に小言が飛ぶんだよな」

食べ終えた食器を流しへ運ぶ善治を見て、夏美はよく「大我も善治君を見習いなさい」と呆れたように言っていた。そういうとき、大我はいつも無言で食器を下げていたものだ。

今ならば単に口数が少ないだけだとわかるが、当時の善治には大我が怒っているように見えた。自分のせいで夏美に叱られ、ふてくされているのではないか。

「伯母さんがさ、たまに俺のことファミレスに連れて行ってくれたんだけど、大我のことは誘わないんだよ。なんだか俺だけ贔屓《ひいき》されてるみたいで心苦しくてさぁ……」

喋りながらブラシを動かしていたら、むくりとアレックスが起き上がって反対側に寝転がった。こちらもやれということか。

アレックスの体についた土を軽く払い、ひっそりと溜息を吐く。

「大我から、親を横取りしたような気分になった」

夏美たちが善治にかかりきりになって、大我は寂しい思いをしていないだろうか。

当時大我は高校三年生。もう親と一緒にファミリーレストランに行きたがるような年ではなかったかもしれない。けれど小学二年生だった善治は罪悪感で胸をいっぱいにしていた。自分が両親を亡くしたばかりで寂しい思いをしていたせいもあるかもしれない。大我も同じ気持ちになっていないかと気が気でなかったのだ。

おまけに自分の不用意な行動のせいで、危うく大我が訓練士になる道を閉ざさせてしまうところだった。

あのときの罪滅ぼしがしたい。胸の奥でくすぶる気持ちは消えず、未だに稲葉家の顔色を窺ってしまう。進学するときも学部を決めるときも、きっと就職先を決めるときだってそうなるだろう。

家族でもなんでもない相手が、無条件に自分を受け入れてくれると信じることは難しい。この家の中で、自分ばかりがいつまで経ってもよそ者だ。

「でも今日は、ちょっとだけ大我と話ができた」

お前のおかげで、とつけ足してみたが、アレックスはどこ吹く風だ。こちらの顔を窺うようなこともなく、善治の好きにさせてやっている、とでも言いたげな顔で寝転んでいる。

「よほどお前のことが気がかりだったんだな。意外と普通に喋れた気がする。あ、そういえばお前、謎に俺の名前に反応するんだよな。善治って言うと」

ぴっと耳を立てたアレックスに、「それ、俺の名前」と自分の顔を指さしてみせた。

「なんで俺の名前に反応するの？　やっぱり大我がお前の前でなんか言ってた？」

まさか悪口とかじゃないよな、と冗談めかして言ってみるが、もし本当にそうだったらさすがに落ち込む。

「なあ、大我俺のことなんて言ってた？　善治って言うときどんな顔してた？」

アレックスが起き上がってこちらを向く。善治だよ、ともう一度繰り返すと、ふいにアレックスの尻尾が動いた。地面に箒《ほうき》でもかけるように、黒い尻尾が左右に揺れる。

「……尻尾振ってんの？　なんで？」

善治の質問を聞き流し、アレックスは再び体を横たえる。それきり尻尾も動かなくなってしまった。

首を傾げつつもブラッシングを終え、立ち上がったところでズボンのポケットに入れていた携帯電話が鳴った。同じ学科の広崎《ひろさき》からだ。掃き出し窓に腰かけ電話を取る。

『稲葉ぁ、合コン行かない？　今日来る予定のメンバーに欠員がでてさぁ』

前置きもなしに本題を切り出されて眉根を寄せた。

広崎は大学進学と同時に一人暮らしを始めたらしく、バイトをいくつも掛け持ちしている。おかげでやたらと顔が広く、よく合コンにも参加しているのだ。

大学に入学して間もない頃、一度だけ誘いに乗って合コンに参加したことのある善治は「いかない」とにべもなく断る。大きなテーブルを囲んでほぼ初対面の人たちと飲み食いするのは楽しいよりも気の詰まることで、できれば二度は行きたくなかった。

『えー、行こうよ』

「行かないって。これからアレックスの散歩だし」

散歩という言葉に反応して、伏せていたアレックスがこちらを向いた。またしても尻尾で地面を掃いている。散歩中はあまりはしゃいだ様子を見せないが、散歩自体は楽しみにしてくれているらしい。

『散歩終わってからでいいからさ』

「行かない。金もないし」

『実家から通ってるのに？』

「アレックスのしつけ教室に金がかかる」

『犬のためにそこまでしてんの？』と広崎は声を裏返らせる。

「俺のせいでアレックスが駄犬になったら困る」

『何、そいつ駄犬なの？』

「俺の言うことを聞かないだけで駄犬じゃない」

『もうそれ駄犬じゃん』

「駄犬じゃない！」

むきになって言い返すと、底なしに明るい笑い声が返ってきた。

『最近お前、犬の話しかしなくなったよな。犬バカってやつ？』

はぁ？　と善治は語尾を跳ね上げる。

『アレックス、アレックスってうるさいから、俺まで名前覚えちゃったよ』

「違う、俺はアレックスが駄犬にならないか心配なだけで……」

『心配するのは大事にしてる証拠じゃん？』

広崎は少しばかり軽薄なところがあるが、ときどきハッとするようなことを言う。

アレックスは庭の隅に寝そべり、前足に顎を乗せてくつろいでいる。興味もなさそうな顔をしているが、善治の口から自分の名前が出るたびに黒い耳が小さく動く。

聞き耳でも立てているようなアレックスの仕草を見たら嘘などつけず、善治は喉の奥で低く唸った。

「そうだよ、悪いか」

『なんで軽くキレてんだよ』

電話の向こうで広崎が笑う。「とにかく行かない」と告げて電話を終えた。実際もう散歩の時間だ。アレックスの首輪にリードをつけて玄関の前に立った。

善治は外門を開ける前に身を屈め、「今日もよろしく」とアレックスに声をかける。

——お前が急に走り出すと俺の力じゃ止められないんだからな。車にぶつかったら大怪我するから、俺の心配ばっかりしてないでお前もちゃんと気をつけろよ。たとえ俺がリードを取り落とすようなことがあっても逃げないでくれ。本当は、一人でお前を連れて散歩に出るの、毎回緊張してるんだ。

そんな言葉を口にする代わりに強くリードを握りしめるが、アレックスはちらりとこちらを見ただけで特になんの反応もしない。それでもこうしてリードを握りしめてから散歩に出るようになってから、アレックスは善治を置いて走り出すことをしなくなった。

とはいえ散歩のコースをアレックスが決めるのは相変わらずだ。自分の方が上手に人間をリードできると思っているのだろう。歩きながら、ちゃんとついてきてるか？　と確認でもするように何度も善治を振り返る。

今日も今日とてこちらを振り向くアレックスに「大丈夫だよ」と声をかけると、アレックスの表情が変わった。軽く口を開け、口角を上げてにやりと笑う。

（えっ、笑っ……？）

不敵な笑みは、少しだけ大我の笑い方に似ていた気がした。しかし犬が笑うなんて聞いたことがない。見間違いかともう一度呼びかけてみるが、アレックスはもう振り返らない。実に素っ気ない。そういうところも大我に似ている。

アレックスの背中を見ながら、大我のことを考えた。

(さっきの電話、アレックスのことを心配してかけてきたんだよな……?)

歩きながら、「善治」と自分の名を呟いてみた。ぴくりと耳を動かして振り返ったアレックスは、やっぱり笑っているように見える。

実家から離れた場所で、大我はどんな顔で自分の名を口にしていたのだろう。自分が広崎にアレックスのことを語るときのような、苦笑いくらいだったらいいのだけれど。

そんなわけないか、と否定しかけ、直前で思い留まった。リードを持つ手に力がこもる。

信じることは難しい。それと同じくらい、信じてもらうことも難しい。

善治がなかなか稲葉家の人たちを信じられないように、アレックスだってもう簡単には人間を信じてくれないだろう。

だからこそ、前を行くアレックスの背にこう言わずにいられなかった。

「俺のこと、いつか信用してみてよ」

声は耳に届いていただろうにアレックスは振り返らない。少し強めにリードを引いてみてもその進行方向を変えることはできず溜息を吐く。

けれど散歩はまだ始まったばかりだ。

アレックスに置いて行かれぬよう、善治はいつもより少し大きな歩幅で土手に向かった。

フレンチブルドッグの散歩道

「春といえば、変質者の季節だな」

駅前の小さな喫茶店。枝先に蕾《つぼみ》をつけ始めた桜の木が見える窓際の席でコーヒーを飲んでいた善治は、げんなりした顔でカップをソーサーに戻した。

せっかくの土曜日に広崎なんかの誘いに乗ってしまったことを後悔した。駅前で買い物をしようと思っていたらタイミングよく広崎から連絡があって、たまには大学の友人と出かけるのもいいかと思ったのだが。

休日の店内はほとんど席が埋まっていて、潮騒のようなざわめきで満ちている。広崎はこちらの表情に頓着することもなく、漂う声の波をかき分けるように身を乗り出してきた。

「実は先週の合コンの帰り、仲良くなった女の子と夜道を歩いてたら露出狂が出て」

「もういい。聞きたくない」

「びっくりして俺まで悲鳴上げて逃げちゃった。あと、一緒にいた女の子がハイヒール履いてたのにめちゃくちゃ走るの速くてそっちにもビビったんだけど」

「聞きたくないって言ってんだろ」

「豪快なフォームだなってぎょっとしたら、元陸上部だって」

「……そんなところ見てるなんて割と余裕あったんだな」

広崎が全く話を聞かないので、無理に会話を止めるのは諦めて適当に流すことにした。

春といえば、という広崎の言葉には賛同しかねるが、陽気が日に日に春めいてくるのは善治も実感している。三月に入って冬の寒さも緩み、喫茶店の窓から差し込む午後の日差しが木目の浮いたテーブルをほんのりと温めている。

広崎はレモンスカッシュに浮いた氷をストローでからからと回しながら「稲葉も合コン来ればよかったのに」などと言う。

「今の話聞いて行きたくなると思うか？」

「合コン自体は楽しかったよ。女の子たちもノリよかったし」

へえ、と気のない返事をする善治を見て、広崎はつまらなそうに口を尖らせた。

「稲葉って修行僧かなんか？　無欲っていうかほぼ枯れてるじゃん。俺なんて彼女作るために大学入ったようなもんだけど」

広崎は周囲を盛り上げようとして話を盛るところがある。半分は冗談だろうが、だとしてもそういうことを口にできるのがなんだか羨ましい。

善治だって恋愛に興味がないわけではないが、実の親でもない夏美たちに学費を出してもらっているのだ。勉強そっちのけで遊び回る気にはなれなかった。

言葉少なにコーヒーを飲んでいたら、もしかして、と広崎が声の調子を変えた。

「インターン始めるから忙しいとか？」

期せずしてまともな話題に目を瞠る。まだ二年生にもなっていないのにインターンなんて気が早いと思いきや「同じ学科にももう探し始めてる奴いるよ」と言われて動揺した。

「稲葉は何系狙ってんの？　商社？　ＩＴ？　密かに大手狙いだったり？」

「いや、具体的なことは全然。経理の仕事とかできたらいいかな、とは思ってるけど」

「こんなときまで欲がねぇなぁ。就職してからやりがい見失いそう」

「仕事にやりがいなんて求めてない」

「じゃあ何にやりがい求めるんだよ。あ、もしかして今は愛犬に夢中？　アレックス元気にしてる？」

真面目な話になったと思ったのに、あっさり話題を変えられてしまった。広崎と喋っていると話がとっ散らかるのはいつものことだ。

「犬飼うの初めてなんでしょ？　可愛い？」

「いかつい」

「どういうことだよ。写真とかないの？」

ない、と言いたいところだが実はある。たまにアレックスがニヤッと笑うのを写真に収めたくて撮り始めた。いつも不意打ちのように笑うのでシャッターチャンスを逃し続け、手元に残るのは手振れのひどい写真ばかりだが。

庭先に伏せてくつろぐアレックスの写真を見せてやると「これは確かに、可愛いって言うより格好いいな！」と広崎ははしゃいだ声を上げた。

「いいなぁ、犬。うちアパートだったから飼えなくてさぁ。犬のいる生活ってどんな感じ？

なんか新しい発見とかあった？」

発見ならいろいろある。犬の毛並みは案外ごわついているし、おやつをやると噛まずに呑み込む。狭い場所が好きで、意外と眠っている時間が長い。それから相手によって態度を変える。それはもう、露骨なくらいに。

犬を飼った経験のない自分は初めて知ることばかりで、数え上げればきりがない。なんと答えるべきか迷ったものの、口から出たのは直近で知り得たことだった。

「アレックス、今日は家族とドッグランに行ってるんだけど」

「ドッグランって？」

「いろんな犬が集まって自由に走り回れる広場みたいなところ」

善治も行かないかと夏美たちから誘われたが、広崎との約束を理由に断った。人人しくてほとんど吠えないアレックスには慣れたものの、それ以外の犬にはまだ抵抗がある。

犬嫌いがばれぬよう留守番を選んだわけだが、夏美たちは「本当に行かなくていいの？」と何度も念を押してきた。善治が遠慮しているとでも思ったのだろう。

最終的に楽しそうに家を出ていった二人と一匹の姿を見送って、つくづく思ったのだ。

「こういうふうに家族に置いていかれても、案外寂しくないもんだな、と」

「そりゃそうだろ、子供でもあるまいし……。え、何、冗談じゃなく？　置いてかれたら寂しくなるとでも思ってたってこと？　今日俺が誘ってやんなかったら泣いてたとか？」

「泣くか。そんなことあるわけないことくらいわかってる」

わかっていたつもりだったが、実際一人だけ家に置いていかれてようやく確信を持てた。善治が稲葉家に引き取られた当時高三だった大我も、夏美と一緒にファミレスに行く善治を見送るときは、こんなどうということもない心境だったのだろう、と。

「少し気が楽になったけど。……いや、でもやっぱり犬と人間はちょっと違うのかな」

「なんだよ、自分の世界入んなよー」

善治の気を引くように、広崎はわざと音を立ててジュースをすする。

アレックスと暮らし始めてから、もう一つわかったことがある。犬はすぐに吠えるからうるさいばかりだと思っていたが、違った。

目の前の友人より、アレックスの方がずっと静かだ。

自宅から河原に向かう途中に立つマンションは、敷地の入り口に桜の木が一本植わっている。春先は毎年、このマンションの桜を見上げて開花の時期を知る。

今年ももう枝の先にはいくつも蕾が膨らんでいた。そろそろ花が咲いている枝もありそうだと目を凝らしたところで、グイッとアレックスにリードを引っ張られた。

善治は頭上から前方に顔を戻す。アレックスとの散歩中は立ち止まるどころか、歩調を緩めることすら許されない。それでもこうして周囲の状況に目を向けられるようになっただけ、事態が好転していると言えるだろうか。

いつものようにアレックスの先導で土手までやってきて足を止める。

アレックスの全力疾走につき合わされていた頃は、このタイミングで息を整えたり、体力の回復に努めたりしていたが、今はアレックスが草花のにおいを嗅いだり川を眺めたりするのを後ろから見守っていられるのだからのんびりとしたものだ。

夕暮れが近づいて空気が冷えてきたものの、格段に肌あたりが柔らかくなった春の風が川の上を吹き渡る。

春風はいつも少し埃《ほこり》っぽい。目に何か入った気がして川から顔を背けた善治は、数メートル先の土手に立つ人影に気づいて動きを止めた。

土手に立って川を眺めていたのは、黒いパーカーのフードを目深にかぶった人物だ。背丈は善治の肩にやっと頭が届くくらい。小さな体にパーカーとジーンズを合わせているが、どちらもサイズが全く合っていない。他人の服を借りているのかと訝《いぶか》るくらいにぶかぶかだ。フードを目深にかぶっているため顔は見えず、男か女かも判断がつかなかった。

何をするでもなく土手に立っているその人物に視線が縫い留められたのは、前日も同一人物と思しき人影を善治が目撃していたからだった。

昨日は週に一度のしつけ教室の日だった。例によって散歩の訓練を兼ね江波とともに訓練所を出たとき、施設の前をうろつくあの人物を見かけたのだ。

相手は江波の姿に気づくと、ぎくりとしたように身を震わせてその場を去った。明らかにサイズの合っていない服と不審な行動が気になってその背中を見ていたら、隣にいた江波が思わずといったふうに「また……」と呟いた。

「あの人、ここの訓練所の利用者さんですか？」と尋ねると、渋い顔で否定された。

「そういうわけではないんですが、ああしてよくこの辺りを歩いてらっしゃるんです。どうも施設の中を覗こうとしているみたいで」

訓練所の周囲は高いフェンスで囲われ、内側に目隠し代わりの木を植えている。その木々の隙間から中の様子を窺おうとしているらしい。訓練所の職員も気になって声をかけようとしているのだが、すぐに逃げられるので相手の目的がよくわからないそうだ。

「犬が好きとか、そういう理由ならいいんですが」

憂い顔で呟いた江波が何を案じているのか、言葉にされなくとも想像がついた。

世の中、犬が好きな人間ばかりではない。犬が苦手な人にとっては犬の鳴き声もにおいも苦痛でしかない。今でこそ少しは改善したが、善治もそうだったのでよくわかる。

訓練所には毎日のように犬がやってくるし、時間によっては施設の外まで犬の声が響く。施設は住宅街から少し離れた場所にあるが、それでも近所の人や通行人からクレームなども届くのではないか。

訓練所の周囲をうろついている人物が単にクレームをつける機会を窺っているだけならまだいい。だが、万が一犬や職員に危害を与えようとしていたらどうする。

幼い頃、大我が勤めていた訓練所で「自分がしでかしたこと」を思い出せば楽観視できない。何か事件が起こる前に手を打つべきだと思ったが、自身の過失について江波に打ち明ける勇気はなく、結局何も言えなかった。

あのとき江波と一緒に見かけた人物が、数メートル離れた場所に立っている。

春先の風が再び土手を吹き抜けたが、目深にかぶられた重たいフードは動かない。こんなときに広崎の「春といえば変質者の季節」などというセリフを思い出してしまった。

（だからって俺が声をかける義理もないし、そんなことしたらむしろ俺が不審者だし）

相手は小柄だ。女性か、もしかすると子供という可能性もある。下手に声をかけ事案になっても困る。余計なことはしないでおこう、と思った矢先、相手がこちらに顔を向けた。

フードの陰から一瞬顔が見えた。とっさに目を逸らすこともできず善治が会釈をすれば、相手は江波と顔を合わせたときのようにびくりと身を震わせ、勢いよく善治から顔を背けた。そのまま走り出そうとしたようだが、よほど気が急いていたのだろう。足をもつれさせて派手に転んだ。しかもただ転んだだけでなく、土手の斜面に足を滑らせ途中まで落ちていってしまう。

それを見て真っ先に動いたのはアレックスだ。元警察犬の血でも騒いだか、転んだ相手に向かって一直線に駆けていく。

「うわ、ま、待て待て！」

制止したところでアレックスは止まらない。土手の斜面にへばりつくようにして倒れている相手のもとまで引っ張られてきてしまい、仕方なく「大丈夫ですか？」と声をかけた。

善治の声に反応してゆっくりと上体を起こした相手は、すぐそばに迫るアレックスの顔に気づいて息を呑んだ。犬が苦手なのかもしれない。慌ててリードを引き「ついて」と腿を叩くと、アレックスは不承不承としか言えない緩慢な動きで善治の脇についた。

「立てます？　どこか怪我とか……？」

屈みこんで声をかけると、ようやく相手も立ち上がった。

弾みでフードが落ちる。その下から現れたのは、まだあどけない少年の顔だった。

小学校の高学年といったところか。華奢《きゃしゃ》で目が大きく、一瞬ショートカットの女の子と間違えかけたくらい中性的な顔立ちだ。

少年はアレックスのことを気にしてちらちらと視線を送っている。大きな犬は怖いのかと一歩前に出てアレックスを背後に隠すと、泣き出す直前のようにその顔が歪んだ。

「あ、やっぱりどこか痛めた？」

「いえ、大丈夫です、けど、あの……それより、ちょっと」

声変わりする前の細い声で、少年はしどろもどろに何か言おうとしている。気弱そうに眉を八の字にしているが、やはり犬が怖いのか。距離を取るべく後ろに下がろうとすると、俯きがちだった少年が思い切ったように声を上げた。

「あの！　す、少しだけ、その犬に触らせてもらってもいいですか……！」

必死の形相で訴えられ、善治は目を丸くした。

「いいけど……。犬、好きなの？」

尋ねると、言葉もなく何度も頷かれた。

善治はアレックスを振り返り、しばし思案する。

初対面の相手に触れられてもアレックスは大人しくしていられるだろうか。一瞬悩んだが、アレックスは元警察犬だ。普通の犬より人間慣れしているはずである。

ここはアレックスを信じてみよう。リードを握りしめ、頼むぞ、と念を送ってから少年を振り返る。

「どうぞ。急に触ると犬が驚くから、ゆっくりね」

少年は善治の言葉に従いゆっくりアレックスの隣に移動すると、ちょこんと膝を抱えてそっと片手を差し出した。以前幹彦が善治にレクチャーしてくれたのと同じ動作だ。

アレックスに掌のにおいを嗅がれながら、少年がこちらを見上げてきた。

「名前はなんていうんですか……？」

「え、俺？　稲葉善治だけど……」

「いえ、あの、犬の……」

「あ、犬の名前ね!?　ごめん、ええと、アレックス」

素で間違えてしまったのが気恥ずかしく口早に答える。少年は横目でそっとアレックスを見て「アレックス？」と小声で呼びかけた。

「初めまして、中野《なかの》悠真《ゆうま》です」

アレックスに横顔を向けたまま、悠真はぼそぼそと自己紹介を始める。悠真は十一歳で、この春六年生になるらしい。自宅は土手から歩いて十分ほどのところにあるアパートで、この土手は通学路の途中にあって、夕方になるとよく一人で散歩をしているそうだ。

悠真の話に気長に耳を傾けていたアレックスが、べろりと悠真の手の甲を舐めた。犬が苦手なら声の一つも詰まらせる場面だが、悠真は嬉しそうに笑った。そっと手を伸ばし、アレックスの胸の辺りを撫で始める。

（……この子本当に犬が好きなんだな）

犬の触れ方を熟知しているし、少しも怯えたところがない。最初におどおどしていたのは、アレックスではなく善治を警戒していたのかもしれない。試しに善治が少し後ろに下がると、目に見えて悠真の表情が緩んだ。

悠真はアレックスを撫でながら「アレックス、格好いいねぇ」「走るの速そう。フリスビーとか上手？」と話しかけている。

アレックスも行儀よく座ったまま悠真の好きにさせている。悠真にじゃれることもなく背筋を伸ばして座る後ろ姿は、警察署の前に立つ警官を髣髴させる佇まいだ。

（もう少し楽にしてもいいのにな）

善治は身を屈めてアレックスの背中に手を伸ばす。撫でてねぎらってやろうとしたのだが、指先が背に触れた瞬間アレックスが鋭くこちらを振り返った。

立ち上がり、身を低くしたアレックスを見てぎょっとする。まるで飛び掛かってくる直前のようなポーズだ。警察に包囲された犯人よろしく慌てて両手を上げると、アレックスもゆっくりと身を起こした。

「あの、急に後ろから触らない方が……。そういうの、嫌がる子も多いですから」

善治はまだドキドキと落ち着かない心臓に手を当て、「そ、そうなの？」と掠れた声で悠真に尋ねた。

「もしかして、犬を飼い始めたばかりなんですか……？」

「うん。やっと一か月過ぎたくらい」

悠真は納得したような顔で「よっぽど相手から信頼されてない限り、急に後ろから触ったりしたら怒られますよ」と教えてくれた。

「知らなかった。アレックス、ごめん」

善治が素直に謝ると、アレックスは鼻息を吐いてその場に座り直した。

「許してくれたみたいですね」

「そうかな……？」

まだびくびくしている善治がおかしかったのか、悠真が微かに笑った。警戒した表情がわずかに薄れる。

「お兄さん、アレックス君とお散歩中だったんですか？」

「そうだよ」と頷けば、悠真が意を決したような顔で口を開いた。

「あの、僕も、一緒についていっていいですか？　お散歩……」

ありったけの勇気をかき集めたのだろう。声が微かに震えていた。突飛な申し出ではあったが強く断る理由もない。残りの散歩コースは悠真と一緒に歩くことになった。

「僕、犬が大好きなんです。ちょっと前まではフレンチブルドッグを飼ってました」

ブルドッグと聞いて善治の脳裏をよぎったのは、一般家庭の冷蔵庫によく入っているソースの容器に描かれた、ふてぶてしい犬の顔だ。フレンチブルドッグの姿形はわからないが、名前から察するにブルドッグの親戚のようなものだろう。

「リクっていう子なんですけど、今は田舎のお祖母《ばあ》ちゃんのところにいるんです。うちの親が離婚して……リクだけお父さんが連れていっちゃいました」

悠真は努めて平静にその事実を語っているつもりらしいが、横顔が痛々しく歪んでいる。

せめて愛犬を置いていってくれれば。あるいは自分も一緒に連れて行ってくれれば。

望みはいくつもあるだろうが、成人前の子供に選択権はない。大人が準備してくれた場所に否応もなく収まるしかないのだ。かつての善治がそうだったように。

新しい犬を飼おうにも、悠真が母親と暮らすアパートはペット禁止だ。何よりも、リクがいるのに他の犬を飼いたいとは思えないと悠真は切々と語った。

「でもやっぱり、どうしても犬に触りたくなることがあるんです」

アレックスを見詰める悠真の眼差しは、ほとんど恋い焦がれているかのように熱烈だ。

「たまに犬を吸いたくなることもあります」

「す、吸う……？」

危ない薬でもあるまいし、不穏な言い回しにまごついたが、犬好き同士なら通じる発言なのだろうか。

「なかなかそうもいかないので、せめて犬の散歩コースとか、犬の訓練所の近くをうろついて遠くから見てるんですけど……」

「ああ、それで訓練所の前にいたんだ。俺もそこ通ってるよ」

悠真が「そうなんですか？」と目を輝かせる。犬のことで頭がいっぱいなのか、自分が訓練所の近くにいたことを把握されている事実に気づいた様子はなかった。

「毎週ですか？　何曜日に？　僕も見学させてもらえませんか？」

「いや、それは勝手に俺が決めていいかわからないから……。一応担当の人に聞いてみるけど、そんなに犬に触りたいならお祖母ちゃんのところに行っちゃえば？」

「でも、遠くて……電車で二時間以上かかるから」

「新幹線じゃなくて在来線？　それくらいだったら休みの日なんかに行けそうだけど。それとも来るなって言われてるとか……?」

善治の声が尻すぼみになる。もしも両親が険悪な状況で別れたのなら、孫に対する祖父母の態度も変わってくるはずだ。

軽々しく行ってみろなどと言うのではなかった。八百屋の店先に並んだ桃を鷲摑《わしづか》みにして検分するような己の無神経さを呪ったが、悠真は小さく首を横に振る。

「お祖父《じい》ちゃんとお祖母ちゃんは、いつでもおいでって言ってくれます。この前も電話で、春休みに遊びに来ないかって誘ってくれましたし」

「だったら会いに行ったらいいよ。犬も喜ぶんじゃない?」

小さく頷いたものの、悠真は浮かない表情だ。祖父母も歓迎しているようなのに、会いに行けない理由でもあるのだろうか。

急に口数が減ってしまった悠真の横顔を窺いながら歩き、再び土手に戻ってきたところでふいに悠真が足を止めた。強張った顔で、土手沿いに伸びる道の先をじっと見ている。

善治もそちらに顔を向けるが、これといって気になるものはない。夕暮れの土手にはそれなりに人がいて、子供の手を引いて歩く母親や自転車に乗った高校生、ランドセルを背負って歩く子供たちのグループがいるばかりだ。

「あの、僕はもう、ここで……」

言うが早いか、悠真はそれまで脱いでいたフードを深くかぶり直して善治たちに背を向けた。急に方向転換して来た道を戻っていく悠真を呆気に取られて眺めていると、数歩も行かぬうちに悠真がこちらを振り返った。

「また一緒に、アレックス君の散歩をしてもいいですか？」

フードの陰から見えた表情は無視できないくらい張り詰めていて、思わず頷いていた。

悠真はホッとしたように目元を緩め、今度こそ善治たちに背を向け去っていく。

サイズの合っていない大きな服の中で、悠真の華奢な体が泳いでいた。ズボンの丈こそ引きずらずに済んでいるようだが、ウエストはベルトなどで無理やり絞って着ているらしく腰回りがぶかぶかだ。不格好なシルエットを、善治はまじまじと見詰める。

（なんであんな服着てるんだろ……？）

親は何も言わないのだろうか。今は母親とアパートで二人暮らしと聞いているが。

いつもは善治が立ち止まっても構わず先に行ってしまうアレックスも、じっと悠真の背中を見送っている。

傍らを、ランドセルの金具をガチャガチャと鳴らした小学生たちが賑やかに通り過ぎていった。


基本的に、犬と人間は食べるものが違う。人間にとっては無害でも、犬が食べれば毒となるものもある。例えば玉ねぎ、チョコレート、干しブドウなどもよくないらしい。

人間用の菓子なども与えてはいけないので、犬には犬のおやつが必要だ。善治の家では、スティック状に小さく切ったサツマイモをおやつとして与えている。

「伏せ。そのまま待て」

庭の隅でアレックスに伏せをさせた善治は小屋の前に立ち、アレックスが動いていないのを確認して「来い」と声をかける。

アレックスはのそりと立ち上がると一歩ずつ地面を踏みしめるようにこちらにやってきた。よく言えば堂々としているが、悪く言えば俊敏さがない。

善治は小屋の前にしゃがみ込み「お前さぁ」と溜息をついた。

「伯母さんたちに呼ばれたら駆けてくるくせに、俺が相手だと本当に嫌々やってる態度を隠さないな」

とはいえ、夏美たちにしているのと同じ勢いで飛び込んで来られたら腰が引けそうだ。こちらの指示には従ってくれているのだし文句は言うまい。

小さく切ったサツマイモを口元に差し出し「よし」と声をかけると、アレックスはぱくりとサツマイモを口に含んだ。

「……やっぱり、ちゃんと食べるよな？」

試しにもう一度アレックスに簡単な指示を出しておやつを差し出すと、これも問題なく食べた。それなのに今日、散歩中に同じものを差し出したらそっぽを向かれてしまった。

散歩中におやつなど持ち出したのは、悠真の影響だ。

ここのところ夕方にアレックスの散歩をしていると、必ずと言っていいほど土手で悠真に遭遇する。偶然ではなく、善治たちがやってくるのを土手で待っているらしい。

悠真はいつもぶかぶかの服を着て土手に立っている。フードを深くかぶり、周囲の視線から逃れるように俯いて。

けれど一旦アレックスを見ると、悠真はフードをはね上げて子供らしく無邪気に笑う。声をかける直前の暗い表情と違いすぎて、なんだか放っておけず善治も毎回自分から声をかけてしまうのだった。

相変わらず善治とはなかなか目を合わせてくれない悠真だが、アレックスのことになると積極性を発揮する。昨日はアレックスのリードを持ちたいとせがまれた。

迷ったが、アレックスも最近は善治を置き去りに走り出すことはなくなった。万が一悠真がリードを手離してしまっても名前を呼べば足を止めてくれるはずだ。アレックスにも「よろしく頼むぞ」と声をかけてから悠真にリードを手渡した。

当の悠真はというと、善治の心配をよそに実に落ち着いた手さばきでアレックスのリードを取った。アレックスを自身の左につかせ、右手でリードの輪をしっかりと持ち、垂れたリードが地面につかぬよう左手でリードの途中を持つ。小柄な悠真にはリードが長すぎたようだが、右手を肩の辺りまで持ち上げることで長さを調整していた。

いかにも犬の散歩に慣れている後ろ姿を見て感心してしまった。隣を歩くアレックスも、ゆったりと尻尾を振って歩いている。以前江波が、犬はリードを持つ人の感情を敏感に感じ取ると言っていたが、本当かもしれないな、と改めて実感した。

散歩が終わると、リードを引いていたときの堂々とした姿から一転、悠真はおずおずと「アレックス君におやつあげてもいいですか？」と尋ねてきた。肩にかけていたトートバッグから取り出したのは、骨の形をしたビスケットだ。

「これ、リクのおやつだったんです。たまたま家に残ってて……」

袋は未開封の状態で、賞味期限もまだ先だ。普段アレックスに食べさせているおやつとは違うが、犬用のおやつなら構わないだろう。

「アレックス、お座り」

悠真の指示ですんなりとその場に腰を下ろしたアレックスを「いい子！」と手放しで褒め、悠真は持参した犬用のビスケットをアレックスの口元に差し出した。

しかしアレックスはふいと顔を逸らし、ビスケットを食べようとしなかったのだ。

「食べていいよ。よし！」

よし、と言われてもなおアレックスは顔を背けたままだ。

悠真に戸惑い顔を向けられ、善治も不思議に思いながらアレックスに近づいた。

「アレックス、食べていいってよ。待てはもういいから。ほら、よし」

善治と悠真が何度促してもアレックスはビスケットを食べようとしない。見慣れぬおやつを警戒したのだろうか。がっかりした顔をする悠真の姿を見るのが忍びなく、その次の日——つまり今日だ、善治はサツマイモのおやつを持って散歩に出た。

しかしアレックスは食べ慣れているはずのおやつも外では食べようとしなかった。頑なな態度は相手が悠真でも、善治でも変わらない。

不思議に思い、散歩から帰ってきてこうしておやつを差し出してみれば問題なく食べる。べろりと口元を舐めるアレックスを眺めて首を傾げていたら、携帯電話に電話がかかってきた。大我からだ。

アレックスを引き取ってからというもの、大我から週に一度のペースで連絡がくるようになった。曜日や時間はバラバラだ。仕事の合間を見て連絡をくれているらしい。

『もしもし？　アレックスの様子はどうだ？』

大我の第一声は判で押したように変わらない。最初は大我との電話に緊張して声が裏返ったがさすがに慣れた。掃き出し窓に腰かけ「元気だよ」と返す。

『そうか。預かってもらってるのになかなか連絡できなくて悪いな。本当はそっちにも顔を出したいんだが、時間が取れなくて……』

濡れたスポンジのようにたっぷりと疲労を含ませた声に気づき、善治は眉を寄せる。

「仕事忙しい？　一緒に仕事してる人、佐々木さんっていったっけ。腰の調子どう？　もう退院した？」

『退院ならとっくにしてるんだが……』

大我の声に、呆れを含ませた溜息が交じる。

ぎっくり腰で入院していた佐々木は二週間足らずで退院したらしいが、職場に復帰するやまた腰を痛めてしまったらしい。今度は入院するほどではなかったそうだが、大我もさすがに「無理をするな」ときつめに怒ったそうだ。

『佐々木がいない間は俺が出ずっぱりだったし、挽回しようとしたのはわかるんだが』

「二人じゃ手が足りないんじゃ？　バイトとか雇ったら？」

『人が雇えるほどの余裕はない』

大我の声は重たく沈んでいる。会社の収支が自身の懐事情に直結する経営者の重圧はいかばかりか。固定給が約束される会社員を志望している善治には想像もつかない。

(俺も手伝えることがあるといいんだけど)

善治も大学で簿記など学んでいるが、さすがに会社の経理を手伝えるほどの知識はない。だが大学を卒業するまでに必要な資格を揃えておけば、少しは役に立てるだろうか。

『悪い、俺の話はどうでもよかった。アレックスは変わりないか?』

物思いにふけりかけていた善治は、大我の言葉で我に返る。

「特には……あ、でも一つ気になったことが」

『なんだ?』と言葉尻を奪う勢いで尋ねられ、散歩中にアレックスがおやつを食べようとしないことを話した。ついでに最近悠真と一緒に散歩をしていることも伝える。

「悠真君だけじゃなくて俺があげたおやつも食べないんだけど、散歩中は食べ物とかやらない方がよかった?」

『いや、別にそれは構わない。家に帰ったら食べるのか?』

「普通に食べた。座れとか伏せとか指示を出してからおやつをあげる流れは散歩中も同じだったと思うんだけど」

大我はしばし沈黙してから『ただの勘だが』と前置きして言った。

『家の外にいるときは、仕事中だと思ってるのかもしれないな』

「アレックスが? 仕事ってなんの」

再び沈黙が落ちた。電話の向こうから言葉を選んでいる気配が流れてくる。

警察犬だった頃のことを思い出して地域をパトロールしているつもりなのかな、と一瞬思ったが、大我がやけに言いにくそうにしていることに気づいてはっとした。

「もしかして俺との散歩ってアレックスにとっては仕事の一環みたいなもんだってこと？　新人教育みたいな？　俺を散歩に連れ出してる気でいるとか？」

それまで沈黙を守っていた大我が、耐え切れなくなったように笑い声を漏らした。

大我が声を立てて笑うなんて珍しい。憤慨でぱんぱんに膨らんでいた感情が、驚きに小さな風穴を開けられて見る間にしぼんでいく。

『アレックスは最初の訓練所で、新人訓練士の指導官を買って出ていたつもりらしいからな。もしかするとお前のことも新人扱いしてるのかもしれない』

「それは……」

あり得るだけに反論できなかった。

この家の人間は大我を筆頭に、夏美も幹彦も犬が好きだ。犬の扱いにも慣れている。明らかに不慣れなのは善治だけで、チーム内の新人扱いされるのも無理はない。

（そうだよな……。散歩の行き先決めさせてもらえないの、俺だけだもんな）

そういえば悠真が一緒にいるときも、アレックスは無理に善治のリードを引くことをしない。悠真に呼ばれれば大人しく土手も下りていく。アレックスにとっては、散歩中に毅然としてリードを引いてくれる悠真の方が善治より格上なのかもしれない。

そんなことをぼそぼそと大我に告げると、今度こそ遠慮なく声を立てて笑われた。

飼い犬に指導されるなんて情けないが、楽しそうに笑う大我の声を聞いていたらどうでもよくなってきた。電話を受けた直後の、ひどく疲れた声を聞いているよりずっといい。

大我との通話を終えた善治は、窓辺に腰かけたまま携帯電話を見下ろす。

て、善治は自分の中の焦燥から目を逸らすように深く顔を伏せた。

手の中で、携帯電話の明かりが落ちた。真っ暗な画面に映る自分の顔はひどく思い詰めてい

の家に引き取ってもらった恩がある。少しでも早くそれを返さなければ。

何かしたいというよりは、しなければいけない、という焦りに背中を押される。自分にはこ

自分にも何かできないだろうか。

(訓練所の経営、厳しいのか)

「両親の離婚がきっかけで、愛犬とお別れしなくてはいけなくなった少年ですか」

悠真と一緒にアレックスの散歩をするようになってから一週間ほど過ぎた月曜日。

しつけ教室にやってきた善治から悠真のことを報告された江波は、安堵半分、痛ましさ半分

といった複雑な顔をした。

「よっぽど犬に会えないのが寂しいらしくて、アレックスの散歩に毎回ついてくるんです。なんか、犬を吸いたい、とか言ってましたけど……」

「わかります」と江波に即答され、わかっちゃうのか、と軽く衝撃を受けた。犬好きの間では問題なく通じ合う感覚らしい。

悠真がしつけ教室を見学したいと言っていたことも伝えると「稲葉さんさえよければ構いませんよ」と快諾された。

その後はいつもの通りトレーニングをしたのだが、今日はアレックスの反応が鈍い気がする。

言うことを聞かないわけではないが、普段より動きが緩慢だ。

江波もそれに気づいたらしく途中でトレーニングを止めた。そしてアレックスではなく、善治の顔を覗き込んでくる。

「えっ、あ、俺ですか？」

「なんだか今日はあまり集中されていないみたいですが、何かありました？」

「褒め方がおざなりなので、アレックス君すっかりやる気がなくなっちゃってますよ」

江波の言葉を肯定するかのようにアレックスが大きなあくびをした。こちらの指示の出し方によってこんなに反応が変わるのかと驚くばかりだ。人間の態度をよく見ている。

「さっきの男の子のことが気になるんですか？」

「あ、いえ、そっちじゃなく……」

口にしてから失言に気づいた。これでは悠真の他に気がかりなことがあると白状しているも同然だ。

迷ったものの、余計なことを気にしてトレーニングがいい加減になるのは江波にも失礼だ。思いきって「教えてほしいことがあるんですが」と切り出した。

「俺みたいな人間でも、犬の訓練士になれるものでしょうか？」

よほど意外な質問だったのか江波が目を丸くする。目尻の下がった目は見開かれると意外なほど大きく、睨まれているようで怯んでしまった。

「すみません、飼い犬すらしつけられない人間が身の程もわきまえず無謀なことを……」

消沈して前言を撤回しようとすると、江波が慌てた様子で身を乗り出してきた。

「無謀じゃありませんよ。本気で訓練士になりたいというならいくらでもアドバイスします。でも、稲葉さんは犬が苦手なんですよね？　それなのに訓練士に？」

「訓練士が無理なら、訓練所の経理の仕事とか」

「それならまぁ……」と一度は言いかけたものの、江波はすぐに首を横に振る。

「事務員とはいえ犬と触れ合う機会は多いです。犬に慣れるためにあえて犬のいる場所に行こうとしているなら、ドッグランにでも遊びに行った方がいいのでは？」

「……そうですよね。すみません、変なこと訊いて」

話はそれでおしまいになるはずだったが、犬の苦手な善治がそんなことを言うなんて、江波にはよほど印象的だったらしい。施設内でのトレーニングを終えて訓練所の出口に向かいながら、世間話の延長のように「大学ではもう就職活動を始めているんですか？」と尋ねてきた。

善治はアレックスのリードを握り直し、「具体的にはまだ」と言葉を濁す。

「企業研究とかもやるんですよね？　私は高校を卒業した後、訓練士を養成する専門学校に入ったのでそういうのはやったことがないんですが」

「そんな学校があるんですね」

大我は高校を卒業した後、すぐに訓練所に就職したので知らなかった。

「稲葉さんはどんな仕事がしたいんですか？　興味のある分野は？」

「興味」と鸚鵡《おうむ》返しして、善治は黙り込む。

興味のあることや好きなことを仕事にしようと思ったことがないのでよくわからない。

ただ、早くあの家を出て稲葉家の人たちを解放してあげたいという気持ちだけがずっとある。

自立して、できることならあの家の役に立ちたい。自分が何になりたいかより、夏美や幹彦、大我が自分に何を望んでいるかの方が善治にとっては重要だった。

江波の問いかけに答えられないまま訓練所を出たら、ふいにアレックスが足を止めた。自宅とは反対側を向いて動かなくなる。何事かとアレックスの視線を追いかけた善治は、訓練所を囲うフェンスの前をうろつく悠真に気づいて声を上げた。

悠真は相変わらずぶかぶかのパーカーを着てフードをかぶり、フェンスの向こうを覗き込んでいる。江波もそれに気づいたらしく足を止めた。

「あの子は、稲葉さんが言っていた……？」

「犬好きの小学生ですね」

不審者という誤解は解けたようだが、一応江波には悠真を紹介しておいた方がいいかもしれない。声をかけようとしたが、悠真がこちらに気づいて駆け寄ってくる方が早かった。

悠真のかぶっていたフードが後方に吹き飛ばされる。いつものようにほくほくとした笑みを浮かべているかと思いきや、その頰は青白く、表情も硬く張り詰めている。何か尋常でないことが起こっていると察し、善治も緊張で身を強張らせた。

善治たちのもとまで走ってきた悠真は、善治とその背後の江波を見ながら口を開いた。

「あの、今、訓練の帰りですか？　そっちの人、犬の訓練士さんですか？」

江波が善治の肩越しにひょこりと顔を出し「そうですよ」と応じた。

初対面の人間と会話をするのは苦手なのか、悠真は一瞬怯んだような表情を見せたものの、すぐに思い詰めた顔で前に出る。

「い、犬が、虐待されているときって、どうしたらいいのか教えてください……！」

　虐待という不穏な言葉は、人当たりのいい江波の顔を一瞬で険しくさせた。善治も眉を寄せる。

「警察に連絡するのは、やりすぎでしょうか？　どこか、犬を保護してくれるところがあるなら、そういう場所に連絡した方が？」

「その前に、虐待されている犬というのはどこにいるんですか？」

「ぼ、僕の、祖父母の家です。本当は僕が引き取りたいけど、アパートだから、その」

興奮しているのか悠真の言葉がもつれ始めた。少し落ち着かせた方がよさそうだ。

振り返り、善治は江波に尋ねる。

「よかったら、うちまで歩きながらこの子の話を聞いてあげてくれませんか？」

　アレックスのしつけ教室には、自宅から訓練所までの送迎も含まれている。道すがら悠真の話を聞けば勤務中の江波の邪魔をすることもない。散歩のトレーニングどころではなくなってしまうが、こんな思い詰めた顔をした子供を放っておくことなどできなかった。

　幸い江波も承諾してくれ、三人で善治の家に向かう。リードを持った善治の右隣に悠真が、反対隣に江波が並び、一列に並んだ人間を先導するように先頭をアレックスが歩く。

　道すがら、悠真は両親が離婚して愛犬が父親に引き取られたこと、今は父方の祖父母がその面倒を見ていることなどを手短に江波に伝えた。

「あれから犬に会いに行ったの？」

善治の問いかけに、悠真は力なく首を横に振る。

「直接リクの顔を見たわけじゃないんです。でも、お祖母ちゃんからリクの写真が送られてきて……。びっくりしました、リクがすごく痩せてたから。お祖母ちゃんたち、リクにちゃんとご飯をあげてないんじゃないかと思って」

「その写真って今見られる？」

悠真はパーカーのポケットから携帯電話を取り出し、画面に写真を表示させて善治に手渡した。反対隣から江波も身を乗り出してくる。

写っていたのは、白い体に黒いブチが入った牛のような柄の犬だ。顔は耳と目の周りだけが黒い。フレンチブルドッグといったか。ソースのパッケージに描かれている犬を思い描いていたが、大体想像通りだ。違うのは、リクの耳がぴんと立ち上がっていたことだ。

写真は室内で撮られたものらしく、リクは上体だけ起こしてソファーに寝そべっている。ブルドッグは肩から首の境目がよくわからないくらい固太りしているイメージがあったが、リクは首が長くてほっそりとした印象だ。

「たしかにちょっと、痩せてるような？」

「そうですよね？　やっぱり痩せてますよね？」

勢い込む悠真に待ったをかけたのは、一緒に画面を覗き込んでいた江波だ。

「この子、何歳ですか？」

「八歳です」

「なら、痩せているというほどではないと思いますが……」

「そんなことありません！　一緒に暮らしていたときのリクはこんなガリガリじゃありませんでした！」

悠真は善治の手から携帯電話を奪い取ると、また別の写真を見せてきた。

画面の右端に写っているのがリクらしいが、顔の輪郭がまるで違うので一瞬別の犬かと思った。顔ばかりでなく首から背中にももったりと肉がついている。善治が最初に思い描いていた、足が短くて全体に丸みを帯びたブルドッグのシルエットに近い。これと比べれば悠真が先程の写真を指して痩せていると言うのも頷ける。

ただ、写真には体形の異なるリク以上に、気になるものが写っていた。

写真の中で、リクは見知らぬ人物に抱かれている。まるまるとした顔が柔らかな大福を連想させる少年だ。頬の肉に埋もれて細くなった目をますます細め、笑いながらリクに頬ずりしているその顔は心底幸せそうで、見ているこちらまで口元が緩んだ。

「一緒に写ってるのは？　悠真君の友達？」

なんの気なしに尋ねると、悠真の表情に影が差した。視線が斜めに落ちて、小さな声で「僕です」と返される。

「えっ」と声を上げたら、江波と綺麗に声が重なった。二人揃ってまじまじと悠真を見て、再び携帯電話の画面に視線を戻す。

写真の人物は体格がいい分貫禄もあり、中学生かそれ以上に見えた。写真と悠真を見比べるが、輪郭がまるで違うので本当に同一人物か疑ってしまう。

何度も視線を往復させ、ようやく写真の少年と悠真の共通点を見つけた。どちらも黒いパーカーを着ている。

「もしかして今、写真と同じ服着てる？」

そうです、と頷いた悠真を見て、善治はようやく腑に落ちた。

初めて会ったときから、どうして悠真はサイズの合わないぶかぶかの服を着ているのか不思議だった。大人の服を無理やり着ているのではと訝しんだが、それにしてはズボンの裾を引きずっている様子がない。疑問に思っていたが、この服はもともと悠真の体にぴったりと沿うものだったのだ。サイズが合わなくなったのは、悠真自身が縮んだからか。

「すごい変わりようだけど……何かあった？」

犬よりも悠真の激変に言及せざるを得なかった。病でも患ったかと心配するレベルだ。

悠真は視線を落とし、これまでとは一転して小さな声でぼそぼそと答える。

「……この頃はちょっと、太っていて」

「これ、何年前の写真？」

「去年の今頃だと思います。五年生に上がったばかりの頃の」

一年でこれほど体形が変わるとは。今は華奢ですらある悠真の横顔をまじまじと見ていたら、隣を歩いていた江波が声を上げた。

「他の写真も見ていいですか？　この前後のリク君の様子が知りたいので」

悠真は少し肩をびくつかせ、はい、とか細い声で答える。初対面の江波にまだ緊張しているようだ。

携帯電話を受け取った江波は、画面をスワイプさせて次々と写真を表示させる。写真はほとんどリクのものだ。たまにリクと一緒に悠真も写っている。リクを膝に乗せていたり、散歩をしたり、おやつをあげたり、仲睦まじい様子が克明に写し取られていた。

「……ん？　悠真君、昔は今と変わらないスタイルだったんですね」

江波と一緒に写真を見ていた善治も「ほんとだ」と思わず声を上げる。

写真を遡《さかのぼ》っていくにつれ悠真の体形は徐々に絞られ、二年前の写真は今とほとんど変わらぬ細身に戻っている。ほんのいっときひどく太って、また戻ったということらしい。

一体何があったのかと隣を見ると、悠真の姿がなかった。善治たちが写真を見ている間に歩を進め、アレックスの隣を歩いている。

いつの間にかフードまでかぶり直し、悠真は背中をたわめて歩いている。明らかにこちらの詮索を拒絶する態度だ。どうしたものかと思っていると、アレックスが顔を上げて悠真の肘に鼻先を当てた。まるで悠真を案じているかのような仕草だ。

悠真もそれに気づいたのか、そっと手を伸ばしてアレックスの頭を撫でた。アレックスはそれを嫌がらず、悠真の掌に頭をすり寄せる。

アレックスを撫でているうちに、悠真の背中が伸びてきた。硬い毛の手触りに勇気でも得たのか、振り返ってフードの陰からこちらを見る。

「僕が太ったのは、四年生のときです。夏休みにお祖母ちゃんたちの家に行ったから」

一昨年の夏休み、悠真は一月近い時間を父方の祖父母の家で過ごしたらしい。

両親は仕事で忙しく、祖父母の家を訪ねたのは悠真一人だった。寂しくなかったと言えば嘘になるが、リクが一緒だったし祖父母も優しかったので、その夏の思い出はむしろ楽しいものになったという。

ただ、祖父母は悠真を可愛がり過ぎた。

親を伴わず、たった一人で訪ねてきた悠真が不憫《ふびん》だったのかもしれない。悠真のために玩具や本や洋服を買い、テーマパークに連れていき、食事は悠真の好物ばかり出して、隙あらばおやつも与えた。悠真が小柄で細身だったこともあり、祖父母はとにかく悠真に「たくさん食べなさい」と食べ物を勧めてきたそうだ。

出されたものを食べれば祖父母は喜んでくれる。夏の間ずっと面倒を見てくれる二人に少しでも喜んでほしくて、たとえ空腹を感じていなくとも出されたものは残さず食べた。

悠真のその言葉に、善治は強い共感を覚えた。

相手に何かしてもらったら、何か返さなければとそわそわしてしまう。善治も子供の頃、同じことを思っていた。今なお思っているくらいだ。

祖父母の出す料理と菓子を無理やりにでも食べ続けた結果、夏休みが終わる頃には悠真の体形は写真で見た通り様変わりしていた。

新学期、変貌した悠真はクラスメイトたちに取り囲まれた。驚きの声はあっという間に嘲笑を帯び、からかいがいじめに発展するまでにそう時間はかからなかったそうだ。

「夏休み前までは一緒に遊んでいた子が、急に口をきいてくれなくなりました。目が合ってもすぐ逸らされて、こそこそ笑われるんです。そのうち、給食の配膳の時間に変なことをされるようになりました」

善治たちに背中を向けて喋り続ける悠真の声は重い。胸に溜まった泥を吐き出すかのように、ぼたぼたと言葉が漏れる。

「給食のおかず、人気がないやつもあるんです。魚の南蛮漬けとか、酸っぱいのは結構残ります。そういうのを、配膳当番が僕のお皿だけ大盛りにするんです」

当番の者はにやにやしながら、「腹減ってるだろ？」と言って不人気なおかずを山盛りにする。悠真だってあまり好きではない料理だとしても、こちらの言い分は聞いてもらえない。それでいて、スパゲティやカレーといった人気のメニューは「食べ過ぎは体に悪いぞ」などと少なめによそわれ、お代わりをすると「食いすぎ！」と指をさして笑われた。

周りも一緒になって笑うので、悠真も一緒に笑うしかなかった。ここで悲愴な顔をしたら、もっと恐ろしいことが起こりそうな予感があったからだ。

「体育の時間もよくからかわれました」

校庭のトラックを走っていると、クラスメイトが周回遅れの悠真を追い抜きながらあれこれ声をかけてくる。

どれもこれも他愛のない言葉だ。遅いとか、それじゃ歩いてるのと変わらないとか。けれど後ろから次々とぶつけられる言葉は耳に残る。休み時間に背中から投げつけられる消しゴムのカスみたいだ。痛くはないが、惨めな気持ちは確実に募った。

「縄跳びを飛んでると『地震だー！』って言って、みんなわざとふらつく真似をして笑うんです。僕も一緒に笑わないと『ノリ悪い』って怒られるから、笑ってました」

そんなふうに事あるごとにからかいの声はかけられるが、休み時間になると話せる相手が誰もいない。

悠真の言葉に耳を傾けながら、善治は眉間にしわを寄せる。思い出したのは、学校に迷い込んだ犬にきちんと餌を与えられずクラス中から白い目を向けられた日のことだ。誰とも話ができない休み時間は、教室の酸素が普段より薄くなったようで息苦しかった。

「いっそ上履きを隠されたとか、ノートを勝手に捨てられたとか、わかりやすく問題になるようなことでもされていたらまた違ったんですけど、みんなふざけて笑ってるみたいな感じだから、先生に相談しても何も変わらないんです」

悠真から相談を受けた教師は該当の生徒を呼び出して注意をしてくれたが、悠真をいじってもいいという雰囲気が蔓延《まんえん》してしまった教室の空気は、そう簡単に変わらない。今度は悠真の耳に直接聞こえないように悪口を言われるようになっただけだ。

実際は、悪口なのかどうかさえわからない。遠くからこちらを見てひそひそと何か喋り、ドッと笑うのが目の端に映るだけだ。何を言われているのかわからないだけに悪い想像ばかり広がって、ますます神経がすり減った。

「お父さんとお母さんも、お祖母ちゃんの家から戻ってきた僕を見て驚いて……そのことで喧嘩することも増えました」

夜、自室に入ると両親の言い争う声がドアの向こうから薄く聞こえてくる。

——どうしてお義母さんを止めなかったの？　わかるわけないだろ、俺も仕事があったんだから。お前こそどうして一度も様子を見に行かなかったんだ。私だって忙しかったのよ、自分ばかり仕事してると思わないで。

自分の体形が変わった原因を互いに押しつけあう二人に、その体形のせいでいじめられるようになったなど打ち明けられるわけもない。しばらくは無理を押して登校していたが、そのうち目覚まし時計が鳴る前に寝汗をかいて目覚めるようになった。

ランドセルを背負い、靴を履こうと玄関に立つと、心臓がバクバクと音を立てて動けなくなる。無理に家を出ても、学校に辿り着く前に腹が痛くなって、家に戻ってきてしまうようになった。

病院に行っても体はどこも悪くない。しかし毎朝青ざめた顔で玄関に立ち尽くし、脂汗まで浮かべる悠真を見れば、ずる休みをしたくて嘘をついているとも思えない。一体何があったのかと両親から問い詰められ、とうとう悠真は学校でいじめられていることを打ち明けた。太っていることをみんなからからかわれる。学校に行くのが辛い、と。

「そうしたら、急にお母さんたち、黙り込んじゃって」

悠真が学校でいじめられていることを知り、憤りも露わに相手の子供たちを詰《なじ》っていた両親が急に言葉をすぼめて互いに目を見かわした。その顔を見て、両親が内心で何を思ったのかわかってしまった気がした。

「それだけ太ってたら何か言われるに決まってるだろうって、多分そう思ったんじゃないでしょうか」

「そんな……」

「直接言われたわけじゃないのでわかりませんけど」

善治の言葉を先回りして遮って、悠真は足元の石を蹴った。

いじめられるようになった原因は誰の目にも明白だ。自業自得ではないかと責められている気分になって、学校に行くことはおろか、部屋から出ることさえ嫌になった。

「変わらなかったのはリクだけです」

リクだけは悠真の体形が変わっても嗤《わら》わず、そのことを責めもせず、目が合えば嬉しそうに尻尾を振ってくれた。祖父母の家にいるときもずっと傍らにいてくれた。自分がこんな状況に陥った理由を理解してくれているのはリクだけだ。

「だから、リクの散歩のときだけは頑張って外に出るようにしてたんです」

同級生たちが学校にいる平日の昼間、深くフードをかぶって散歩に出る。それだけが唯一外に出る機会だったそうだ。

善治はふと、アレックスのリードを引いていた悠真の後ろ姿を思い出した。

背の低い悠真は、たるんだリードが地面につかぬよう、持ち手を握る右手を顔の高さまで上げて歩いていた。堂々としたあの後ろ姿は、家に引きこもるようになってもなお欠かさなかったリクとの散歩のたまものか。

「お父さんとお母さんは仕事で家にいないし、ずっとリクと一緒に過ごしてました。五年生になっても学校に行けないままで、でもリクとの散歩だけは欠かさず行っていたら、五月の連休中にクラスメイトと鉢合わせてしまって……」

久々に顔を合わせたにもかかわらず、クラスメイトは悠真に遠慮なく「なんで学校に来ないんだよ」と絡んできたそうだ。理由などきっと承知のうえで。

「また嫌なことを言われると思って、逃げ帰ろうとしたら急にリクが吠えだしたんです。普段は大人しいのに、そのときだけは僕が止めても聞かないくらいずっと吠えてました」

同級生は悲鳴を上げ、逃げようとして足をもつれさせて転び、さらにリクに吠え立てられて這《ほ》う這《ほ》うの体で逃げていったという。

その光景を想像して、善治は喉の奥で低く呻った。

写真で見たリクはなかなか愛嬌《あいきょう》のある顔をしていたが、頬の肉が下がった顔はともすれば不機嫌そうにも見えた。そんな犬に勢いよく吠えかかられたら自分だって悲鳴の一つも上げるだろう。悠真をいじめていたクラスメイトに肩入れする気はないが、リクに激しく吠え立てられたことに関しては同情した。

しかし悠真にとってリクは、間違いなく救世主だった。

「あのときは、僕を守ってくれたリクのことをたくさん褒めました。いっぱいおやつをあげて、学校であったことも全部リクに打ち明けました」

アレックスを引き取る前の善治なら、言葉も通じない犬に悩みを聞いてもらおうとする人間のことを鼻で笑い飛ばしたかもしれないが、今は悠真の気持ちがわかる。

犬は人間の言葉を解さない。でも黙って耳を傾けてくれる。小さく動く耳が確かにこちらに意識を向けていることを伝えてくれる。何もわからないはずなのに、まっすぐこちらを見詰める顔が思慮深く見えるのはなぜだろう。

リクに胸の内を打ち明けたことで、悠真も少し心の整理がついたらしい。リクを連れて家の外に出る回数を増やしたり、学校の近くまで散歩に行ってみたりと努力を重ね、少しずつ外に出ていけるようになったそうだ。

進級と同時にクラス替えがあったのも悠真を後押しした。幸い新しいクラスには、悠真を露骨にいじめてくる生徒はいなかったそうだ。それでも周りの目は気になったし、背後で響く誰かの笑い声にびくつくこともあったが、リクがいじめっ子を追い払ってくれた日のことを思い出してなんとかやり過ごした。

学校に行きたくない日だってもちろんあったが、そんなときはリクに不安や弱音を吐いた。リクは黙って話を聞いてくれて、それだけで随分と胸が軽くなったそうだ。

悠真にとってリクはペットというより親友や兄弟に近い存在で、常に心の支えだった。

「それなのに、まさかリクと離れ離れになるなんて、考えたこともなかった……」

独白のような口調で呟いて、悠真は深く項垂れる。

悠真の両親が離婚したのは、去年の年の瀬のことだという。

家に帰ってもリクがいない。その事実に打ちのめされ、食事も喉を通らなくなった。そのせいか冬休み中はひどい風邪を引いて床を出ることもできず、体調不良のまま新年を迎え、気がつけばごっそりと体重が落ちていたらしい。

「リクも僕と一緒で、寂しくてご飯が食べられないのかもしれません。そうでないなら、お祖母ちゃんたちがリクにご飯をあげてないのかも……。これからもっとリクが痩せていくかもしれないと思うと、心配なんです！」

アレックスの隣を歩いていた悠真が勢いよくこちらを振り返る。弾みでノードが外れ、悠真の赤くなった目元が露わになった。必死で泣くのを堪えていたようだ。

話を聞いているうちに自宅近くまで戻ってきてしまい、善治は困り果てて江波に目をやった。

だが、江波はなぜか険しい顔を悠真の携帯電話に向けてこちらを見ない。

善治の家の前で立ち止まった江波は、結論を出しかねた様子で眉を下げた。

「ちょっと、写真を見ていて気になったことがあったんですが……」

なんです、と身を乗り出したが、江波は弱り顔で自身の腕時計に視線を落としてしまう。

「すみません、この後もしつけ教室の予約が入っていて、もう戻らないと」

悠真が落胆した様子で深くフードをかぶり直す。だが、江波の言葉には続きがあった。

「ですから、日を改めてお話しできませんか。明日なら仕事が休みなのでゆっくり話ができます。悠真君、予定はどうですか？」

てっきりここで話を切り上げられると思っていたのだろう。悠真は驚いた顔で江波を見て、小さな声で「大丈夫です」と答えた。

「学校が終わったら訓練所の前で待ち合わせしましょう。今日ぐらいの時間でいいですかね。稲葉さんはどうされます？」

「え、お、俺ですか？」

成り行きを見守っていた善治は、急に話を振られて声を裏返らせる。自分がいたところで有益な発言ができるとは思えなかったが、悠真はすがるような顔でこちらを見ている。ほとんど面識のない江波と二人きりになるのは不安なのかもしれない。

さらにアレックスまで振り返り、悠真を一人で行かせる気かと咎めるような目を向けてくる。これは気のせいだろうと思うが、やっぱりどうにも無視できない。

これも乗り掛かった舟かと、善治も「行きます」と江波に返した。

「善治君、お帰り」

悠真たちと別れた後、庭でアレックスのリードを外していたら、がらりと茶の間の窓が開いて悲鳴を上げそうになった。あたふたと顔を上げてみれば窓辺に幹彦が立っている。仕事帰りなのかスーツのジャケットだけ脱いだ姿だ。

「伯父さん……？　なんでこんな時間に？」

時刻はようやく十六時になろうかというところだ。普段幹彦が帰ってくる時間はこれより断然遅いし、夏美だってまだ帰っていない。

家の前で江波たちと立ち話をしていることに気づかれただろうか。しつけ教室に通っていることがばれたのではと青ざめたが、幹彦は常と変わらぬ温和な笑みで口を開いた。

「午後からお客さんのところに行ってたんだけど直帰してきちゃった。善治君、悪いけどそのままアレックスと一緒に玄関に来てくれる？　せっかく時間もあるし、アレックスのシャンプーしておきたくて」

シャンプーという言葉に反応したのか、アレックスの耳がぴっと立ち上がる。

「シャンプーならついこの間もしてたんじゃ？」

「もう一か月も前だよ。月に一度は洗ってあげないと」

そんな頻度で洗うものなのか。そもそも善治には犬を洗うという発想がなく、先月も幹彦と夏美が嬉々としてアレックスを風呂場へ運ぶのを見て目を丸くしたものだ。

汚れているようにも見えないけどな、と思いつつアレックスを玄関まで連れていくと、すでに幹彦が三和土に下りて待機していた。早速アレックスを抱き上げようとしてたたらを踏む。慌ててその肩を支えてみれば、ワイシャツ越しにもわかるくらいに体が熱い。

「お、伯父さん？　もしかして熱があるんじゃ？」

幹彦の顔が赤くなっていることに気づいて尋ねれば、実は、と苦笑を返された。

「ちょっと熱っぽかったせいもあって早めに上がらせてもらったんだ」

「やっぱり。だったらシャンプーなんてしてないで休んだ方が……」

「でもこんなに早く帰れることなんて滅多にないし、本当は先週末にシャンプーしておくつもりだったのに急な仕事が入ってばたばたしちゃったから」

その場にしゃがみ込んだ幹彦はアレックスの首を抱き、「ちょっとにおいも気になるし」などと言って一向に立ち上がる気配がない。

「じゃあ、俺がやるから……！」

幹彦を早く休ませたい一心で半ばやけになって宣言すれば、幹彦がぱっと顔を輝かせた。今度こそしっかりとアレックスを抱き上げ、「じゃあお願いするね！」と風呂場へ向かう。当のアレックスは幹彦に抱き上げられても嫌がることなく、手足をプラプラと揺らして無抵抗なままだ。

一応、前回のシャンプーは善治も手伝った。ほとんど幹彦のすることを横で見ていただけだが大体の手順はわかる。あのときは夏美が脱衣所で待機していて、びしょ濡れのアレックスをバスタオルで出迎えてくれた。今回は幹彦が脱衣所で待機する係だ。

アレックスと浴室に入った善治はドアを開け放ち、脱衣所にしゃがみ込んだ幹彦に「間違ったことしてたら教えてね」と念を押してシャワーのコックを捻った。

水がざぁっと床を叩く音が浴室に響き渡る。善治は湯の温度を確かめ、浴槽の前で不動の姿勢をとるアレックスの後ろ足に恐る恐る湯をかけた。

シャワーを向けられてもアレックスは一切動かない。後ろ足から腰、背中へと、湯をかける場所を変えても同じだ。

うっかりアレックスの耳に水でも入ったら、と思うと緊張する。驚いたアレックスに吠えられて悲鳴など上げてしまったら幹彦に犬嫌いがばれる。額にジワリと汗が浮いた。

「アレックスはさすがだよね。チョコはシャンプーのとき暴れて大変だった」

あらかたアレックスの体を濡らしたところで、脱衣所で膝を抱えていた幹彦が感心したように呟いた。

「シャワーの音を怖がって、いつもぶるぶる震えてたよ。シャンプーが終わると抗議するみたいに家の中を走り回って、壁に激突しないか心配だった。でもアレックスはシャンプー中も、終わってからも大人しいね。さすが元警察犬だなぁ」

「そんなに嫌がるならシャンプーなんてしない方が良かったんじゃ……？」

「かわいそうだとは思うけど、綺麗に見えても皮膚は結構汚れてるからね。清潔にしておかないと皮膚疾患になることもあるんだよ」

犬を洗うのにもきちんと理由があるらしい。日々体を洗っている人間の習慣に無理やりつき合わせているわけではないのだな、などと思っていたら、ふいに幹彦が身じろぎした。スラックスのポケットから携帯電話を取り出して「ありゃ」と声を上げる。

「会社から電話だ。ごめん、ちょっと外すね。シャンプーして洗い流しておいてくれる？　肛門腺絞りはまだ難しいかもしれないから、お尻をしっかり洗うくらいでいいよ。顔も無理しないで」

「え、あ、あの」

呼び止める間もなく幹彦は脱衣所を出て行ってしまい、ドアを開け放たれた浴室に善治とアレックスだけが取り残される。

善治はゆっくりとアレックスを振り返る。アレックスは相変わらず堂々と浴槽の前に立ち、早くしろと言わんばかりにこちらを見ていた。

一人で大丈夫だろうか。先日、急に背中に手を伸ばしてアレックスに怒られたことを思い出し、善治は口早にまくし立てた。

「アレックス、俺はお前が本気で嫌がることはしない。何がナシで何がアリなのかまだ判断がつかないから失敗することはあるかもしれないけど、悪意はない。そこだけはわかっといてくれ……！」

アレックスは背後にいる善治の顔をじっと見た後、ふん、と鼻から息を吐いてまた前を向いてしまう。わかってくれただろうか。わかってくれたと思いたい。

前回幹彦がしていたことの見よう見まねで犬用シャンプーを洗面器に入れ、シャワーで湯をかけて泡立たせる。「信じてるぞ、アレックス」と真顔で呟いてから、アレックスの腰の辺りにそっと泡を載せた。アレックスが嫌がっていないことを確認して、恐る恐る指を動かす。

びくびくする善治とは対照的に、アレックスはほとんど身じろぎもしない。こちらの不慣れな手つきにもまるで動じていないその姿を見て、善治もようやく肩の力を抜いた。

（前回伯父さんにシャンプーしてもらったときだってずっと大人しくしてたし、もともと水が苦手じゃないんだろうな）

そんなことを思いながら手を動かしていたら、アレックスの体に小さな震えが走った。

指先から伝わってきたそれに気づいて善治は手を止める。よくよく見れば、後ろから見るアレックスの耳も首も、断続的に小さく震えていた。

寒いのか。慌ててシャワーの湯を出しアレックスの背にかけたが、それでも震えは止まらない。

寒いわけではないのなら、怖いのだろうか。

アレックスに限ってまさかとは思ったが、人間がすっかり慣れ親しんだシャワーの音や濡れる感触も、犬にとっては不快なのかもしれない。

（嫌に決まってるか……。普通に過ごしてたら濡れることなんて滅多にないだろうし）

けれどアレックスは鳴きもせず、嫌がりもせずシャンプーに耐えている。

元警察犬だから。よくしつけられているから。

——あるいは、そう周りから求められているから？

アレックスの体についた泡をすすいでいた手が止まる。

犬がそこまで空気を読むものだろうかと一度は笑い飛ばしかけたが、相手はアレックスだ。

新人訓練士の未熟さを察し、自ら人間をリードする側に立ったくらいだからわからない。人間の前では元警察犬らしくあるべく、怯えを押し隠しているのかもしれない。

「アレックス」

シャワーを止めながらアレックスを呼ぶ。ごく当たり前に振り返ってくれたアレックスを見たら、湯気のように胸に溜まっていた感情が急速に形になった。

「俺の前では立派な元警察犬じゃなくてもいいよ」

浴槽の天井からぽたりとしずくが落ちるように言葉が落ちた。

アレックスが元警察犬で、しっかりしつけられた犬であることに助けられているのは事実だ。けれど別に、常に人間の前で気を張っていてほしいわけではない。シャワーが怖いなら嫌がってもいいし、たまには散歩中におやつも食べてほしい。

元警察犬だからという理由でアレックスを引き取った人間など、この家には誰もいないのだから。

アレックスがじっとこちらを見ている。白目のほとんどない真っ黒な目に見詰められたら唐突に我に返った。何を語っているのだと急に気恥ずかしくなって目を泳がせた次の瞬間、アレックスが盛大に身震いして浴室内に水滴が飛び散る。

傍らにいた善治にも派手に水がかかり、善治は顎から水を滴らせて低く唸った。

「アレックス、お前……っ！」

「ごめんごめん、ちょっと電話が長引いちゃって」

タイミングよく幹彦が戻ってきた。すでに泡を洗い流したアレックスを見て、「ふたりともお疲れ様」と言いながらタオルを広げてみせる。

尻尾を振って幹彦に駆け寄るアレックスを横目で睨み、善治は濡れた前髪をかき上げた。

「伯父さん、シャンプー中にアレックスが震えてたみたいだけど……」

「そうなの？　寒かったのかな」

「前回は震えてなかったよね？　今回だってシャワーの温度は同じだったのに」

「でも今日は浴室のドアを開けっぱなしだったからね」

言われてみれば、幹彦が電話に出るため脱衣所から去った後も、ドアは開けたままだった。だとしたら本当にただ寒かっただけか。考えすぎた自分が恥ずかしく、再び唸り声を上げたところで夏美も帰ってきた。脱衣所にいる幹彦を見て「あら、今日は早いじゃない」と目を丸くする。さらに幹彦の顔色にもすぐ気づいて眉根を寄せた。

「貴方、なんだか顔が赤くない？」

「伯父さん熱があるんだって」

すかさず幹彦の体調不良を伝えると、夏美の眉が吊り上がった。

「なのにアレックスのシャンプーしてたの？　何してんの、早く布団に入りなさい！」

浴室に夏美の怒声が響き渡る。首を竦める幹彦の横で、タオルに包まれたアレックスも耳を下げた。その様子を後ろから見ていた善治は、アレックスが尻尾を股の間に挟んだのを見て小さく笑う。

この家の中のボスが誰なのか、アレックスは正しく理解しているらしい。


翌日、善治が訓練所の前に行ってみると、すでに入り口の脇に悠真が立っていた。

思い詰めた表情で地面を睨んでいた悠真は、手ぶらの善治を見て「アレックス君は？」と尋ねてくる。「今日は留守番」と答えるとがっかりした顔をされてしまった。こんなときまで犬に会いたいらしい。

しばらくすると江波もやってきて、近くにある喫茶店へ誘われた。悠真は緊張した面持ちだったが、リクを案じる気持ちが不安を上回ったのか、大人しく店までついてきた。

四人掛けのテーブル席の一方に善治と悠真が座り、対面に江波が座る。コーヒー二つと、悠真にはオレンジジュースを注文すると、早速江波が口火を切った。

「昨日の悠真君の写真、もう一度見せてもらってもいいですか？」

悠真から携帯電話を受け取った江波は、写真フォルダを開いて中を確認すると、確信した顔で頷いた。

「やっぱり、リク君も体形が変化してますね」

言いながら、江波は今よりふくよかな悠真が丸まるとしたリクを抱いた写真を指し示す。添えられた日付は一昨年の十月。そこから九月、八月、とカメラロールを遡っていけば、一昨年の八月を境に悠真の体形が大きく変化したのは一目瞭然だ。七月以前の悠真は今と変わらずほっそりしている。

「あ、リクもこの頃は細かったんだ？」

善治が目を留めたのは一昨年の五月に撮られた写真だ。芝生にちょこんと座るリクだけが写っている。首から肩のラインがすっきりして、頬もシャープな印象だ。

「もしかして、お祖母ちゃんの家でリクもあれこれ食べさせられたとか？」

悠真に尋ねるが、本人が答えるより先に江波が割って入ってきた。

「写真を見る限り、どうもそうではなさそうですね」

江波が示したのは一昨年の八月に撮られた写真だ。一軒家の玄関先に立つ悠真とリク、さらにその両隣に年配の男女が写っている。

「夏休みが終わってお祖母ちゃんの家から帰るとき、お父さんが撮ってくれた写真です」と悠真が補足する。

「この頃はリク君の体形に変化はありません」

悠真はすっかり面差しが変わっているが、リクは五月に撮られた写真とほぼ同じ体形だ。リクが太ったのは祖父母の家から帰った後のことということになる。

「お祖母さんたちが原因でないなら、リク君が太った理由はなんでしょう？」

江波の口調は穏やかだったが、視線を向けられた悠真は怯えたように俯いてしまう。

「それは……、僕が学校に行かずに、ずっとリクと一緒にいたから……です。僕がおやつを食べているとリクも食べたがるし、我慢させるのもかわいそうで、甘やかしてしまったから、だと思います」

庭で寝起きをしているアレックスと違い、リクは室内犬だったそうだ。悠真が菓子袋など開けるとその音を聞きつけ、自分も、と足元で催促してくる。

室内で犬を飼う苦労が偲《しの》ばれる話だ。足元から一心に自分を見上げてくる犬を無視して菓子を食べるのは精神力のいることだろう。ついおやつをあげてしまうのも無理はない。

「あの、それよりリクが痩せているのが心配で……」

店員がオレンジジュースを運んできたが、そちらには目もくれず悠真は訴える。けれど江波は話を進めるどころか、また先程の話題に戻ってしまった。

「リク君が太ったのは、悠真君が甘やかしたからではないと私は思います」

江波が何に引っかかっているのかわからぬまま、善治は「何か他に理由が？」と尋ねる。江波は悠真に目を向け、静かな声で言った。

「リク君を甘やかしたのではなく、悠真君がリク君に甘えたのでは？」

善治はぽかんとした顔で江波を見返す。隣にいる悠真も同じような顔だ。江波が何を言わんとしているのかわからない。犬に甘えて、犬が太る、とは。

「悠真君は、どんなときにリク君におやつをあげていましたか？」

江波の声は落ち着いていて、悠真を責めるような響きはない。それでも悠真はまごついた様子で、前より小さな声で言う。

「僕がおやつを食べていて……リクが、欲しがったときに」

「リク君はおやつ欲しさに吠えたり飛びついたりしてきましたか」

「いえ、ただ、じっと見てくるので……」

「それまではリク君に同じことをされても、きちんと我慢させてたんじゃないですか？」

悠真が黙り込む。江波の言葉は的を射ているようだ。

「……江波さん、なんでそんなことわかるんです？」

話の腰を折ってしまうとは思いつつ、気になって割り込んでしまった。江波は端的に「リク君が室内飼いの犬だからです」と答える。

「お家の中で犬を飼っているなら、何かを食べているときじっと犬に見詰められるなんて日常茶飯事です。だからと言ってねだられるままおやつをあげていては犬が増長しますから、飼い主にもある程度毅然とした態度が求められます。リク君は八歳でしたよね。もう何年も悠真君の家で暮らしていて、それまではスリムな体形を維持していたんですから、きちんと適正量のおやつを与えていたんでしょう」

そこまで言われてようやく善治も理解した。リクが太ったのはイレギュラーなことで、その原因はどうやら、一日中リクと一緒にいた悠真にあったらしい。

「あの、やっぱりそれって悠真君が犬を甘やかしたってことでは……？」

犬に甘える、という意味がわからず尋ねると、逆に江波から質問された。

「お祖父ちゃんやお祖母ちゃんが、孫に食べきれないくらいのお菓子を出すのはどうしてだと思います？」

「それは、孫可愛さに……」

「そうです。可愛い孫に、好かれたいからです」

確信に満ちた顔で言い切られ、すぐには何も言い返せなかった。

善治は祖父母の顔をよく覚えていない。物心ついた頃にはもう、両親どちらの祖父母も鬼籍に入っていたからだ。

実体験が伴わないだけに全面的に江波の言葉を肯定することはできないが、子供の興味や関心を引くため菓子や玩具を山と用意する祖父母の姿は容易に想像がついた。

「それと同じことを悠真君もリク君にしたのでは？　学校に行けず、ご両親は仕事で忙しくて家にいない。寂しくてリク君に甘えたんです。もっとリク君に懐いてほしくて、気を引きたくて、我慢もさせずにおやつをあげた、とか」

「違います……！」

それまで黙りこくっていた悠真が、押し殺した声を上げた。膝の上で拳を握り、顔を赤くして江波に言い返す。

「そんなことしなくても、リクは僕に懐いてました！　家族の中でリクと一番仲が良かったのは僕なんです。おやつをあげたのだって、僕ばかり食べていたらリクがかわいそうだからで、それに、リクにももっと大きくなってほしかったから……っ」

勢い込む悠真を宥《なだ》めるように頷いて、でもね、と江波は困った顔で笑う。

「子犬ならともかく、リク君はもう八歳でしょう。たくさん食べさせて大きくさせる時期はとっくに過ぎてます」

「でも実際、大きくなってくれたんです」

「大きくなったというより、太ったと言った方が正しいでしょうね。それを肯定的にとらえていたのは、リク君が太るのが悠真君にとって望ましい変化だったからでは？」

喋りながら考えをまとめているのか、もしかして、と江波は呟く。

「リク君と散歩をしているとき、クラスメイトに会ったと言ってましたね。相手がリク君を怖がったのを見て、もっと強く、大きくしようとしましたか？　自分を守ってもらうために」

まさか、と思わず呟いたのは善治だ。さすがに深読みしすぎでは、と呆れたが、横目で悠真の様子を窺って目を見開いた。悠真の顔から明らかに血の気が引いている。

「僕、そんな……散歩に行くとき、リクが一緒なら怖くない、とは思ってましたけど、そのために太らせたとか、そんな……そんなことは……」

悠真の声はどんどん尻すぼみになる。明確に自覚していなかった本音を江波に言い当てられ、動揺しているようにも見えた。

顔色を失う悠真を見ていられず、善治は小声で江波を窘めた。

「江波さん、子供相手に容赦がなさすぎるんですけど……！」

「え、あ、すみません。そういう可能性もあるかな、と思っただけで」

悠真の顔色に気づいたのか、江波は慌てて「責めているわけじゃないんですよ」と弁解する。

「犬に変化があるときは、大抵飼い主さんの行動に変化が生じているんです。餌の量にせよ運動量にせよ、コントロールできるのは飼い主さんの方なので」

犬の相談を受けるとき、飼い主自身に心境や環境の変化がないか確認するのは職業病のようなものだそうだ。そう悠真に詫び、江波は声を和らげる。

「もしそういうことでしたら、お祖母さんたちはリク君を虐待しているわけではないと思います。むしろきちんとダイエットさせているんじゃないでしょうか？」

江波は悠真の携帯電話を操作して、最近のリクの写真を表示させる。

「この写真を見る限り、リク君は適正体重に戻っているみたいです。きちんと食事制限をして、散歩をしたり遊んであげたり、たっぷり運動させてあげてるんでしょう。もしかすると夏休みに悠真君を預かった後、お祖母さんたちも親御さんから何か釘を刺されたのかもしれませんね。それで『可愛がるだけじゃ駄目なんだ』と自覚して、きっちりリク君の体重管理をしているのかもしれません」

「じゃあ、この犬は虐待されてるわけじゃないってことですか？」

「写真で見た限りでは。実際に会ってみるのが一番だとは思いますが」

善治は安堵の息をつく。悠真もさぞホッとしたことだろうと思ったが、予想に反してその横顔は真っ青だ。表情も乏しく、とても安心しているようには見えない。どうした、と顔を覗き込むと、悠真の掠れた声が耳に触れた。

「……リクは、今の暮らしの方が幸せだってことですか」

悠真はオレンジジュースに手をつけることもなく、膝の上に置いた両手を握りしめる。

「僕がお祖母ちゃんの家でご飯とかお菓子を断れなかったみたいに、リクも僕があげるおやつを好きで食べてたわけじゃなかった……？」

小さな声に悠真の本音が交じる。

たった一人で祖父母のもとに送り込まれ、面倒を見てもらっているからと気を遣い、次々と出される料理や菓子を断り切れずロに運んだ結果、体形が変わって学校に行けなくなってしまったのだ。祖父母に対して思うところは山ほどあるだろう。

それと同じことを、自分もリクにしていたのかもしれない。そのことがショックだったのか、悠真は俯いたまま、ますます小さな声で呟いた。

「リク、もとは捨て犬だったんです。だから僕の言うこと聞かないと、また捨てられちゃうと思ったのかも……。そんなこと、しなくてよかったのに……」

そんなことは周りの誰も望んでいなかったのに。

ふと、昨日のアレックスの姿を思い出した。

シャンプー中、「さすが元警察犬」と感心していた幹彦がいなくなった途端小さく震え出したアレックスを見て、もしかすると犬は人の期待を敏感に察知してそれに応えようとするところがあるのではないかと思った。アレックスの場合はどうだったか知らないが、リクはそうやって悠真から与えられた餌を黙々と食べ続けていたのかもしれない。

だとしても、抑揚乏しく喋り続ける悠真の顔は痛々しくて見ていられず、善治は敢えて明るい声を出した。

「恩返しのつもりだったのかもね。せっかく引き取ってもらったんだから、悠真君のために何かして家族と認めてもらおうって頑張ったのかも……」

「そんなことされなくたって、僕は家族のつもりでした！」

勢いよく顔を上げた悠真の目からぼろりと涙が落ち、大慌てで口をつぐんだ。泣かせてしまったと焦ったが、袖口で乱暴に目元を拭った悠真は怒ったような口調で続ける。

「リクは譲渡会でもらってきた犬だったんです。引き取ったときは三歳で、最初は全然懐いてくれなかったし、ご飯もあんまり食べなかったし、散歩も行きたがらなかったんです。声をかけても振り返ってくれなくて、どうしたらいいかいっぱい考えました。リクがちょっとでもうちを居心地よく思ってくれるように」

「考えて、リク君にどうしてあげたんですか？」

江波に穏やかな声で尋ねられ、悠真も少し声のトーンを落とした。

「ずっとそばにいました」

引き取った当初はケージから出てこようとすらしなかったリクの傍らに、悠真は辛抱強くい続けた。リクに対して何をするわけでもなく、同じ部屋で宿題をやったり本を読んだり、とにかくそばにいるようにしたそうだ。

「眠るときもケージの横に布団を敷いて、ずっと一緒にいました。まずは僕が家族だってわかってほしかったから」

「賢明な判断ですね」

江波が柔らかな相槌を打つ。

悠真の言葉に聞き入っていた善治は、あの、と控えめに江波に尋ねた。

「新しく犬を引き取るときって、そういう対応をするのが普通なんですか？」

「すべての犬がそうと決まったわけではありませんが、悠真君の家に引き取られたときリク君はもう三歳で、前の家での生活パターンが決まっていたでしょうからね。新しい環境に慣れてもらうために、犬の心が落ち着くまで待つのは大切です」

飼い主が変わり、住む家も変わった犬の不安を思い描くのは容易《たやす》かった。善治自身、両親を亡くしてよその家に移り住むことになったからだ。

それと同時に、あの家に移ってきたばかりの頃、大我と一緒に仏間で眠っていたことをふいに思い出した。

「……犬が家に慣れてきたら、一緒に寝たりはしないんですか」

過去を回想しながら、善治は江波と悠真に尋ねる。二人は顔を見合わせ、ほとんど同時に頷いた。

「室内飼いの犬でも、眠るときはケージに入れるのが一般的です。まれに同じ布団で眠る方もいらっしゃるようですが」

「うちも夜はリクをケージに入れてました。リクが新しい家に慣れてきたら眠る場所も別々にしましたし。でも、それがどうかしたんですか……？」

江波と悠真から怪訝《けげん》そうな顔を向けられ、善治はもぞもぞと椅子に座り直した。

「いや、ちょっと、昔俺も従兄から同じことをされたなぁって思って」

「同じ？」と首を傾げる悠真に、なるべく深刻にならないトーンで言う。

「俺もリクと一緒で、子供の頃よその家に引き取られたんだ。全然知らない家じゃなくて従兄の家だったんだけど。まだその家になじめなかった頃、従兄がなんでか毎日自分の布団の隣に俺の布団も敷いてくれてたんだよ」

善治が稲葉家に引き取られたときにはすでに、高校卒業後に大我が家を出ることは決まっていて、大我の私物はすべて仏間に移されていた。

善治はそれまで大我が使っていた部屋を自室として与えられたが、新調したベッドの納入が間に合わなかったとかで、しばらくは大我と一緒に仏間で眠ることになった。大我の部屋を奪ってしまったようで気詰まりを感じていた善治は、毎日緊張した面持ちで大我と眠っていたものだ。

「従兄は高校生で、俺は小学二年生。眠る時間なんて全然違ったはずなのに、従兄は毎日九時ごろ布団に入って俺と一緒に寝てたんだ。あの頃は気づかなかったけど、高校生の寝る時間にしちゃずいぶん早いよな」

しかも大我は、善治の部屋に新しいベッドが運び込まれた後も、当たり前のような顔で仏間に善治の布団を敷き続けた。せっかく敷いてもらったのに無視するのも悪いかと、善治も黙って仏間で眠り続けた。

最初は会話もなかったが、そのうち少しずつ大我と言葉を交わすようになって、気がつけば、眠る前にその日の出来事を大我に話すのが日課になっていた。

大我は寝つきがよく、ときには善治より先に寝入ってしまうこともあったが、夢うつつに短い相槌を打ってもらうだけで十分だった。仕事で忙しい夏美や幹彦の耳を借りるほどでもない他愛のないことも、うとうととまどろんでいる大我には言えた。

学校に迷い込んだ犬の世話をしていたのは稲葉家に引き取られてすぐのことだったが、もう少しタイミングが違っていたら、一連の出来事も大我に話せただろうと思う。

「悠真君の話を聞いて思い出したんだけど、従兄の家も昔犬を飼ってたらしいんだ。その犬も譲渡会で引き取ったって言ってた。だから、もしかしたら従兄も悠真君みたいに、なかなか家になじめない犬と一緒に寝てたのかもしれない。俺の布団を敷いてくれてたのも、おんなじ感覚だったのかな、と思って」

けれど善治が引き取られて半年ほど経った頃、ふいに大我から「そろそろ自分の部屋で眠れ」と言われた。その日から大我は仏間に自分の布団しか敷かなくなり、突き放されたようでショックを受けたものだ。眠る前に自分ばかりお喋りしているのでうるさくなって追い出されたのかと不安にもなった。

思えばあれがきっかけで、一度は懐いた大我から距離をとるようになった気がする。

だが、もしも大我が自分を保護犬と同様に扱っていたのだとしたら、あれは新しい環境になじんできた善治を本来の寝床に帰そうとしていただけのことだったのかもしれない。大我が家を出る時期も近づいていたし、そろそろ一人で、と考えるのは自然だ。

実際のところはどうだったのだろうと物思いに沈みかけてしまったが、悠真と江波が続く言葉を待っているのに気づいて慌てて姿勢を正した。

「だからちょっと、犬側の気持ちがわかる気がして。悠真君と同じことを従兄にしてもらって俺はすごくありがたかったし、未だに何か恩返しがしたいと思ってる。返せるものがあるならなんだってしたい。だからきっと、リクもそうだったんじゃないかな。おやつを食べ続けたのは無理してたわけじゃなく、悠真君に喜んでほしかったからだと思う」

悠真は神妙な面持ちで善治の言い分に耳を傾けていたが、でも、と不満げに視線を落とした。

「僕は、リクに無理してまでそんなことしてほしくないです。何かお返しが欲しくてやったことじゃないし、家族だったらそんなこと気にしないでしょう？　それってリクが僕のこと、家族だって認めてなかったってことになりませんか……？」

それは逆ではないかな、と善治は思う。

何か返さなければと思うのは、相手を家族と認めていないからではない。自分が相手から家族と認められていない気がして不安だからだ。

けれどこれは善治の本音であって、リクに当てはまるものかはわからない。

否定も肯定もできずに唸っていると、向かいから江波が助け舟を出してくれた。

「いっそリク君に会いに行ってみたらどうです？　久々に会ったときの態度を見ればわかるか

もしれませんよ。きっと大喜びで悠真君を出迎えてくれると思いますけど」

善治も江波の意見に全面同意して頷いたが、当の悠真は浮かない顔だ。

「電車で二時間だっけ？　土日とかだったら行けるんじゃない？」

「行くことはできます。けど……」

口ごもり、悠真は目の前に置かれたグラスに視線を落とす。

オレンジジュースが注がれたグラスにはたくさんの水滴が浮いていて、そのうちの一つが限界を迎えたようにつるりとグラスの上を滑り落ちた。それを契機にしたように、悠真も詰めていた息を吐く。

「……本当に、リクは僕を出迎えてくれるでしょうか」

深刻な顔をして何を言うかと思ったら。善治は呆れて「大丈夫だよ」と請け合った。

「まだリクと離れて暮らすようになって半年も経ってないんだし、悠真君のこと忘れるわけないって」

「……忘れてなくても、どうでもよくなってることはあるかもしれません」

善治たちの顔を見ることなく、悠真は固い表情で言った。

祖父母の家に行けばリクには会える。リクは自分のことを覚えているだろう。けれど、もう以前のように尻尾を振って駆けてきてはくれないかもしれない。以前暮らしていた家より祖父母の家を気に入って、自分にはもう見向きもしなかったら。それを目の当たりにするのが怖いらしい。

「それにお祖母ちゃんの家には、お父さんもいるので……」

悠真の父親は実家に戻り、現在はそこから会社に通っているという。土日に祖父母の家に行けば父親と顔を合わせる可能性は高い。

「お父さんとは会いたくない？」

単刀直入に尋ねると、かなり間を置いてからぎこちなく頷かれた。

「会いに行っても、喜んでもらえないかもしれないから……」

会いたくない、ではなく、喜んでもらえない。微妙な言い回しから、悠真はリクだけでなく父親にも会いたいのではないかと思った。

でも相手は自分の来訪を喜んでくれないかもしれない。それどころか興味もなさそうに目を逸らされたらと思うと、怖くて足を踏み出せないのか。

こういうとき、無理にでも相手の背中を押すべきか否か、判断が難しい。

大丈夫だ、と無責任に断言して、悠真が傷ついて帰ってくるようなことがあったらどうやって慰めればいい。せめて悠真が自分たちに止めてほしいのか、背中を押してほしいのかがわかればまだ動きやすいのだが。

悩んでいたら、テーブルに置き去りにされていた悠真の携帯電話に江波が手を伸ばした。悠真の祖母が送ってきたというリクの写真を改めて眺め、急にしかつめらしい顔になる。

「悠真君、やっぱりリク君は痩せすぎている気がします。心配です」

突然江波が意見を翻したので、善治は目を瞬かせる。

「でも江波さん、さっきは適正体重って……」

「特別写りのいい写真を送ってきた可能性もあります。やっぱり実際に会いに行って確かめないと。リク君を助けられるのは悠真君だけなんですから」

江波がちらりと善治に目配せしてくる。加勢しろ、ということだろうか。

(でもこの犬、虐待されてるほど痩せてるようには見えないけど?)

写真に写ったリクは健康そのものに見える。悠真だってもうこの写真を見て虐待なんて思わないだろう。むしろこのスマートな姿こそ悠真も見慣れているはずだ。

そこでようやく善治は悠真の行動の矛盾に気づく。

(よく考えたらこの犬、痩せたっていうより元の体形に戻っただけなんだよな。それなのに虐待だなんて普通考えるか? こんなことで悠真君が俺たちに助けを求めてきたことの方がおかしいような?)

横目で悠真の様子を窺ってみる。悠真は視線をゆらゆらと揺らして落ち着かない様子だが、江波の言葉を撥《は》ねつけることも、この場から立ち去ろうともしない。コップに溜まった水が表面張力でなんとかその場にとどまっているような不安定さで、なんだか最後の一滴が降ってくるのを待っているようにも見える。

(……もしかして最初から、悠真君も本気でリクが虐待されてるって思ってたわけじゃないんじゃないか?)

改めて写真のリクに目を向ける。アレックスと生活をするようになってから、犬にも表情があることを知った。リクの表情は虐待されているにしては潑溂《はつらつ》として見える。

それでも悠真は携帯電話を握りしめ、初対面の江波に助けを求めてきた。普段はフードを深くかぶり、他人の視線や接触を極力避けようとしているのに。

リクを案じて。あるいは、リクに会いに行くための理由が欲しくて。

愛犬だけならまだしも、そこには離れて暮らす父親もいる。

悠真が母親に引き取られた経緯は知らないが、悠真からしてみれば父親に手を放されたように感じているのではないか。だからこそ、訪れた自分を相手がどんな目で見るのか目の当たりにするのが怖いのだろう。

どちらにせよ、悠真が欲しがっているのは答えではなく、きっかけだ。

「そうだ、行くべきだよ！　リクのために！」

江波の意図を理解して追従すると、悠真がはっと顔を上げた。

「もしリクがちゃんと餌もらえてなかったらかわいそうだし、行った方がいいって！」

悠真の父親の反応は、正直読めない。もしかしたら悠真は傷ついて帰ってくることもあるかもしれない。

でもすぐそばにはリクもいる。リクなら悠真を忘れないだろうし、悠真を慰めもしてくれるはずだ。

悠真は迷うように視線を揺らし、善治と江波の顔を交互に見る。

江波は悠真の視線を受け止め、なんの憂いもない顔で微笑んだ。

「リク君も待ってると思いますよ」

その瞬間、悠真の胸のコップに最後の一滴が落ちたのを見た気がした。

表面張力で保たれていた水が決壊するように、悠真は迷う表情を洗い流して頷く。

「僕、リクに会いに行ってきます」

力強い言葉に、頑張れ、とエールを送るつもりで善治は悠真の背中を叩いた。

喫茶店を出た悠真は「ご馳走さまでした」と善治たちに頭を下げ、急ぎ足で自宅に帰っていった。その後ろ姿を見送って、善治は改めて江波に頭を下げる。

「仕事が休みの日にわざわざ時間を空けてもらってすみません」

一銭の得にもならない話だったろうに、江波は「私もリク君のことが気になっていたので構いませんよ」とのんびり笑う。

「それに今回の話を聞いたおかげで、稲葉さんが急に犬の訓練士になりたいなんて言い出した理由もわかりましたし」

「え、や、あれは、なりたいというか、なれるかどうか訊いてみただけで……」

言い訳めいた言葉を口にする善治を軽やかに笑い飛ばし、「お世話になった従兄のためですか」と江波は言う。

「確か、稲葉さんの従兄も犬の訓練士をしているんですよね？」

「そうです。共同経営者の人と一緒に、自分の訓練所で」

「それで経理の仕事でも、なんて話になったわけですか」

喫茶店に背を向けて歩きながら、善治は頷く。

「あの家の人たちにはお世話になったので、どんな形でもいいから役に立ちたかったんです。そうでもしないと、あの人たちが俺を引き取った意味がないんじゃないかって思って」

目の端で江波が何か言いたげに口を開いたが、善治は先んじて「でも、わからなくなりました」と苦く笑う。

リクが悠真から与えられるおやつを食べ続けたのは、悠真の望む行動をとって家族と認めてもらおうとしたからではないかと善治は推測した。自分自身の行動をリクに当てはめて。

それに対して悠真は、そんなことをされなくたって自分はリクの家族のつもりだったと返した。憤った表情で、涙までこぼして。

「悠真君が、何かお返しが欲しくてやったことじゃないし、家族だったらそんなこと気にしないんじゃないかって言ったとき、ちょっとドキッとしたんですよね。何かしてもらったから返さなくちゃって気持ちが、相手を傷つけることもあるのかなぁって」

善治には将来の夢がない。就職先にもこだわりがない。ただ、一刻も早く稲葉家を出たかった。きちんとした収入を得て自立すれば、夏美たちもようやく肩の荷が下りるはずだ。

それこそが自分にできる唯一の恩返しだと思っていたが、実際はどうだろう。

あの家の人たちは善治にそんなことは望んでいないのかもしれない。むしろ自分がこんなことを考えて進路を決めようとしていることを知ったら、がっかりするのではないか。

そんなことを考えながら思い出したのは、昨日自分がアレックスにかけた言葉だ。

自分の前では立派な元警察犬でなくてもいい。あれは本心から出た言葉だった。

アレックスがシャンプー中に静かに震えていたり、散歩中に頑としておやつを食べなかったりする姿を見ると、たまにもどかしい気持ちになる。

もっと気を抜いてのびのびと過ごしてくれて構わない。元警察犬であることを期待して引き取ったわけではないのだから。

こんな気持ちを、もしかすると稲葉家の人たちも自分に対して抱いてくれていたのかもしれない。アレックスに対して感じた思いと悠真の言葉が混じり合い、初めてそんなふうに思った。

「あの家の人たちに何か返したい気持ちはあるんですけど、それとは別に自分のやりたいこともちゃんと探した方がいいんじゃないかって、今日はちょっと思いました」

いつもよりゆっくりと歩いて訓練所の前まで戻ってくると、歩調を合わせて隣を歩いていた江波が「そうですね」とのんびり言った。

「そうしてくれた方が、きっとご家族も喜んでくれると思いますよ」

柔らかな肯定の言葉にほっとした。

根拠などなくとも背中を押してもらえるのは心強い。成功するかどうかは別として、まずは動き出してみようと思える。

悠真も今頃リクに会いに行くための準備を進めているだろうか。できるなら笑顔で帰ってきてくれればいいと思う。

(俺も、広崎に進路のこととか相談してみようかな……)

夏美たちに学費を出してもらっていると思うと、友人を作ったり遊びに行ったりするのが悪いことのように思えて、ひたすら勉強に集中してきた。だが進路を決める取っ掛かりを掴むためにも、もう少し同じ学科の人間と関わりを持ってもいいのかもしれない。

訓練所の前で江波と別れて自宅に向かう途中、小さな公園に植えられた桜の下を通りすぎた。三月も半ば近く、枝の先についた蕾が咲き始めている。

(……春といえば)

変質者、などと考えてしまったのは確実に広崎の影響だ。やっぱりあいつに相談するのはやめておこうかと悩みながら家路を急ぐ。

帰ったらブラッシングでもしながら、アレックスに今日の出来事を聞いてほしかった。


悠真たちと喫茶店で話をしてから数日後、善治は熱を出して寝込んでいた。

幹彦が風邪を引いてしばらく会社を休んでいたのだが、その看病をしていたらまんまとうつされたらしい。しかも当の幹彦より症状が重い。

「アレックス君が来てから毎日朝晩のお散歩を任せてたから、疲れも出ちゃったのかもね。ゆっくり休んでちょうだい」

夏美はそう言って、善治が寝込んでいる間アレックスの散歩を代わってくれた。先に回復した幹彦も、アレックスを夜の散歩に連れ出してくれていたようだ。

夏美が言う通り疲れがたまっていたのか熱は一週間近く引かず、毎週通っていたしつけ教室も休むことになった。予約をキャンセルするため訓練所に電話をすると江波が応対してくれ、

「お大事にしてください」といたわるような声をかけられた。

「アレックス君とコミュニケーションもとれるようになってきていますし、残り二回の教室は少し間隔を開けて通ってもらっても大丈夫ですよ」とも言われ、大事をとってしつけ教室はしばらく休むことにした。

発熱から一週間、ようやく全快した善治はリードを持ってアレックスと家を出た。

久々なので若干の不安もあったが、アレックスは一週間のブランクなど感じさせない足取りで善治の半歩前をすたすたと歩く。歩きながらたまにこちらを振り返り、大丈夫だな、と確認するように鼻から息を吐くのを見て、善治は苦笑を漏らした。

（まだ俺を新人教育してるつもりなんだろうなぁ）

寝込んでいる間にすっかり桜は散り、散歩道の途中にあるマンションの入り口には葉桜が揺れている。

青々とした葉桜を横目に土手まで来たところで、急にアレックスが足を速めた。慌ててリードを引くが止められない。まさかまた前の状態に戻ってしまったかと青くなったが、土手の向こうに立つ人影に気づいて急にアレックスが走り出した理由を悟った。

土手の上から川を眺めていたのは、だぶだぶのパーカーを着た悠真だ。こちらには気づいていないようで、フードを目深にかぶって深く俯いている。

喫茶店で江波も交えて話をして以来顔を合わせていなかったが、その後リクには会いにいけたのだろうか。父親とはどうなったのか。その背を押したのは正解だったのだろうかと思えば、否応もなく緊張が高まる。

アレックスの足音に気づいたのか悠真がこちらを向いた。風がフードを吹き飛ばす。

その下から現れた悠真の顔には、満面の笑みが浮かんでいた。

「アレックス君、久しぶり！」

悠真はその場にしゃがみ込み、アレックスに向かって両手を伸ばす。アレックスも尻尾を振って悠真の手に鼻先をすり寄せている。

悠真はアレックスの首を撫でながら、その背後に立つ善治を見上げた。

「アレックス君たち、散歩の時間を変えたんですか？　最近見てませんでしたけど」

「この一週間は俺が風邪引いてたんだ。今日からまたもとの時間に戻すつもり。それより……リクの件、どうなった？」

悠真の意に沿わない結末になっている可能性もあるのだし訊かない方がいいのかもしれない。そうは思ったがやはり気になった。

悠真はアレックスの前にしゃがみ込んだまま、ゆっくりとその首元を撫でる。

「春休みが始まってすぐ、リクに会いに行ってきました。二日ぐらいお祖母ちゃんの家に泊まって、今日帰ってきたところなんです」

リクの反応を尋ねる間もなく悠真が俯いてしまったのでひやりとした。やはり余計なことをしてしまったか。固唾《かたず》を飲んで見守っていると、俯いたまま悠真が喋り出した。

「リク、僕のこと覚えてました。久々に会いに行ったら玄関まで飛び出してきてくれて、千切れるくらい尻尾を振って飛びついてきてくれて……」

嬉しかったです、と続ける声が震えている。落ち込んで泣いているわけではなさそうで、善治も相好を崩した。

「特別痩せた感じもしませんでしたし、お祖母ちゃんたちもリクのこと可愛がってくれてました」

顔を上げた悠真は泣きそうな顔で笑っていて、そんな表情を隠すようにフードをかぶってしまう。善治は「久しぶりに一緒に散歩する？」と悠真を誘い、アレックスを先頭に土手を歩きだした。

「泊まったって言ってたけど、お父さんにも会えた？」

「はい。お父さんと一緒にリクの散歩にも行ってきました」

悠真の顔に照れくさそうな笑みが浮かび、よかった、と我が事のように胸を撫で下ろした。

悠真の母親も、父方の祖父母の家に行くことに特に反対はしなかったそうだ。夫婦ともに、離婚後も悠真がどちらの家も行き来できるよう配慮してくれているらしい。今後も頻繁にリクに会いに行くつもりだと、悠真は嬉しそうに語った。

「お祖母ちゃんたち、リクにダイエットさせてたみたいです。太りすぎだって獣医さんに注意されたみたいで。今はご飯の量を減らして、運動もたくさんしてるって言ってました」

「江波さんが言った通りだったんだ」

さすが現役訓練士、などと思っていたら、急に悠真が口を尖らせた。

「リク、痩せただけじゃなくて、僕と一緒にいたときより賢くなってました」

「お手でもするようになった？」

「それは前からできてたんですけど、他にもいろいろ、かごにおもちゃを運んだり、フープを潜ったり……」

悠真の祖父母はすでに定年を迎え、家の前の畑の世話などして過ごしている。そこにリクがやってきて、今はリクにかかりきりだそうだ。今時の七十代はインターネットも難なく使いこなす。犬のトレーニングに関する動画などをあれこれ視聴しているらしい。

「僕と一緒に暮らしていたときのリクはお手くらいしかやらなかったんです。でもお祖母ちゃんに指示されるときびきび動くんですよ。そうしないとおやつがもらえないから」

フードの陰で悠真は溜息をつく。

「僕からのおやつを断れなくて無理に食べてたんじゃないか、なんて心配してたんですけど、そんなこと全然なさそうでした。僕が学校に行けなかった間も、僕を心配してくれてたっていうより、単におやつが食べたくてそばにいただけだったのかもしれません」

拗《す》ねた口調でぶつぶつ言っている悠真に苦笑を漏らす。

犬は賢く、無言で人間に寄り添ってくれる。一方で、餌欲しさに行動するしたたかさだってあるらしい。身近に犬と接するまで知らなかったことばかりだ。

「だとしても、悠真君のことが好きじゃなかったらおやつにもつき合ってくれなかったんじゃないかな」

善治はブルゾンのポケットから、チャックつきの小さなポリ袋を取り出す。中に入っているのはいつもアレックスが食べているサツマイモのおやつだ。歩きながら中身を取り出し「アレックス」と声をかけてその口元におやつを差し出した。

アレックスはおやつをちらりと見たものの、立ち止まるどころかにおいを嗅ぐこともなく顔を前に戻してしまった。

「ほら、俺なんかおやつをあげても見向きもされないんだから」

「普段から食べないんですか？　それとも散歩中だけ……？」

「散歩中は俺の面倒見るのに忙しいんだよ」

「アレックス君が面倒を見るんですか？」と悠真はおかしそうに笑う。

お喋りをしているうちに、再び土手に戻ってきた。

アレックスは善治を振り返りもせず土手を下り、斜面の途中で座り込む。今日はここで休憩してから帰るつもりのようだ。休んでいても、その背筋はしっかりと伸びたままだ。

「アレックス君は休んでるときも姿勢を崩さないんですね」

「全然リラックスしてるように見えないよな。せっかくの散歩なんだからお前ももうちょっとはしゃげばいいのに。俺の面倒ばっかり見てないでさ」

アレックスの耳がぴくりと動く。けれど顔は川に向けたままこちらを見ない。きりりとしたその横顔を眺め、善治は再びポケットからおやつを取り出した。

いつまでもアレックスに新人扱いされているのも癪《しゃく》で、散歩の際はおやつを持ち歩くようになった。訓練を受けているとはいえ犬は犬。いつか食欲に負け食いつくのではと目論んでいたが、アレックスの精神力は強かった。何度おやつを差し出しても見向きもしない。

「お前すごいよ、世の中のダイエットしてる女子より断然意志が固い。ちょっとぐらいいいや、とか思わないわけ？」

しゃがみ込んでアレックスに声をかける。くすくすと笑う悠真を横目に、ほら、とその口元におやつを近づけた。

「たまには気を抜いてもいいんじゃないですかね、アレックス先輩」

アレックスがちらりとこちらを見る。またすぐ前を向いてしまうかと思ったが、アレックスは善治の手に鼻先を近づけ、ぱくりとおやつを口にした。

あまりにも自然な動きだったので、一瞬何が起きたのかわからなかった。

「食べましたね！」

悠真の声で我に返り、空を摑む自分の指先を凝視する。アレックスは素知らぬ顔で川面を見ている。直前におやつを口に運んだことなどなかったような顔で。

散歩中なのに、アレックスがおやつを食べた。少しは気を抜いたのだろうか。あるいは先輩呼びが効いたのか。さすがにそこまで明確に人間の言葉を聞き取っているとも思えないが、ニュアンスが伝わった可能性はある。意外と犬は賢いのだ。

澄ました顔で川を眺めるアレックスを見ていたら、なんだか口元がむずむずしてきた。

少しは気を許してくれたのかと肩を組むようにアレックスの背中に腕を伸ばす。しかし背後から迫る気配に気づいたアレックスは横っ飛びに善治から離れ、むっとしたような顔でこちらを睨んできた。

アレックスは呆れたように鼻から息を吐くと、踵を返して土手を上がっていってしまう。

「駄目ですよ、急に後ろから触ったら。前も言ったじゃないですか」

悠真からも注意され、アレックスと悠真両方に「すみません」と謝罪をした。

アレックスの信頼を得るまでには、まだまだ時間がかかりそうだ。

「それじゃあ、僕はこれで」

土手を上り切ると、悠真がぺこりと頭を下げてきた。応じるようにアレックスが尻尾を振り、善治も「またね」と軽く手を上げて悠真に背を向ける。

悠真は無事リクに会えたし、アレックスも散歩中におやつを食べてくれた。いつになく充足した気分で足取りも軽く歩いていたら、ふいにアレックスが足を止めた。ぴんと耳を立て、素早く背後を振り返る。

緊迫感の漂う横顔に気づいて一緒に振り返れば、悠真がこちらに背を向け立ち止まっているのが見えた。その正面から、悠真と同年代と思しき三人組が歩いてくる。ちらちらと悠真を見ているので顔見知りかと思ったが、それにしては直接声をかけてこない。悠真に視線を向けたまま、三人で耳打ちし合ってドッと笑う。

道の真ん中に立って微動だにしない悠真を見て、もしかすると悠真をいじめていた同級生ではないかと直感した。思えば以前も、前方からやって来た小学生三人組を見て悠真が急に回れ右したことがあった。

もし自分たちの方に逃げ戻ってきたらアレックスと一緒に迎えてやるつもりだったが、悠真は一向にこちらを振り向こうとしない。代わりに右手で緩く拳を作り、それをゆっくりと顔の高さに上げた。

まさか殴りかかる気かとぎくりとした。三人組もぎょっとした顔で悠真を見るが、悠真は振り上げた拳を三人に向けることなく、ゆっくりと土手を歩き始める。

はらはらと様子を見ていた善治は、その後ろ姿に見覚えがあることに気がついた。

悠真は右手だけでなく、もう一方の左手も軽く握って腰の辺りに上げている。あれと同じ姿を前にも見た。悠真にアレックスのリードを預けたときだ。

思い出して、ああ、と声を上げてしまった。

今、もしかすると悠真は犬のリードを引いている気持ちで歩いているのかもしれない。

見えないリードの先にいるのは、きっとリクだ。

悠真はフードを深くかぶることも、俯くこともせずまっすぐ前を向いて三人組の横を通り過ぎる。三人は当てが外れたような顔をして、悠真から興味を失った様子でまたお喋りに興じ始めた。

三人組が善治とアレックスの傍らを通り過ぎる。目の端でそれを捉えつつ悠真の背中を見詰めていると、悠真がこちらを振り返った。善治とアレックスが自分を見ていたとは思わなかったらしく、驚いたような顔だ。

善治は頭の上で手を振る。見てたぞ、やるじゃん、と伝えるつもりで。

悠真の顔に笑みが浮かび、同じく大きく手を振り返された。その右手はまだしっかりと握りしめられたままだ。

小柄な悠真の足元に、小さいけれどがっしりとしたフレンチブルドッグの姿が見えた気がした。

チワワの挑戦

大学の春休みもいよいよ残り一週間。

善治は三週間ぶりに訓練所に足を向け、アレックスのトレーニングを受けた。

「アレックス、つけ！」

訓練所の広場に凛々しい声が響き渡る。続けて軽やかに自身の腿を叩いたのは、悠真だ。応じてアレックスもサッと悠真の左側につく。

その様子を、善治と江波は少し離れた所から見守っていた。

以前から、一度でいいから訓練所に入ってみたいと繰り返していた悠真を、今日はようやくしつけ教室に連れてくることができた。最初は見学だけさせるつもりだったが、せっかくだからと少しトレーニングも代わってもらうことにしたのだ。

アレックスと脚側歩行をしている悠真を眺め、江波は笑顔で言う。

「悠真君は優秀なトレーナーになるかもしれませんね。アレックス君も優秀です」

「アレックスは悠真君と一緒に歩いてるだけですけど……」

「私たちと悠真君の歩幅は全く違うでしょう。一人一人異なる人間のペースにすぐさまついていけるのはなかなかどうして、すごいことですよ」

そう言われても、アレックスがどうということもない顔でやり遂げてしまうので今一つすごさがわからない。

「そういえば、次回のしつけ教室はどうします？」

いつもなら教室の終わりに次回の予約をするのだが、来週からもう大学の授業が始まってしまう。今までのように平日の日中に予約をするのは難しい。さりとて夕方に予約をしては、家まで迎えに来た江波と夏美が鉢合わせしてしまいかねない。

「まだちょっと予定が立たないんで、改めて連絡します。だいぶ間が開くかもしれないんですけど、予約できる期限とかあるんですか？」

「期限は特にありませんが、アレックス君はいつまで稲葉さんの家で預かっているんでしたっけ？」

カラーボールでも放るような気楽さで飛んできた質問を受け取り損ね、え、と間の抜けた声を漏らしてしまった。土中に埋めていた問題を久々に掘り出されたような気分だ。

「まだ、具体的には……」

もごもごと言い返した刹那《せつな》、金属を打ち合わせたような甲高い音が訓練所に響き渡った。鼓膜を激しく震わせた異音に飛び上がって視線を巡らせると、訓練所の広場に入るゲートの向こうに人がいた。

芝が敷かれた広場はテニスコート三つ分ほどの大きさがあり、たまに別の利用者と一緒になることがある。ゲートの向こうにいるのはこれから広場を使う利用者だろう。

訓練士らしき男性に先導され、大股で広場に入ってきたのは善治と同年代だろう女性だ。デニムのミニスカートに肩の落ちたラメ入りの黒いニットを着て、足元は踵《かかと》の高いサンダルを履いている。長い髪は赤みを帯びた明るい茶色で、全体的にウェーブがかかったそれをサテン生地の金色のシュシュでポニーテールにしていた。

（ギャルだ）

思わず目を奪われるほど気合の入ったギャルだ。髪を揺らして歩くその姿を目で追っていたら、再び耳が痛くなるような高い音がして善治の肩が跳ねた。動揺して視線までピンポン玉のように跳ね回る。

音の出所は女性の足元にいる子犬だった。小脇にひょいと抱えられるほど小さな体に、大きな耳が目立っている。さらに特徴的なのは顔からこぼれ落ちそうな大きな目だ。

「あんな子犬から訓練所に来るんですね」

思わず呟くと、江波に「あれは成犬です」と返された。

「チワワですね。ロングコートチワワかな」

女性の足元にいるチワワはミルクティーのような色で、ぴんと立った耳の周りや胸元をふさふさとした毛で覆われている。同じチワワでも短毛種をスムースチワワ、長毛種をロングコートチワワと呼び分けているらしい。

善治たちを見て警戒したのか、チワワがまた激しく吠え始めた。

犬の鳴き声に過敏に反応してしまう善治の耳にそれは、ギャギャギャギャギャ、と金属が軋《きし》むような音に聞こえる。チワワとの距離は数メートルもあるのに体が強張った。

「そろそろ時間ですね。行きましょうか」

江波に声をかけられ、そそくさと帰り支度を始める。

広場の隅でチワワとギャルはトレーニングを始めたようだ。担当の訓練士が地面に並べているのは、走り高跳びで使うようなジャンプバーや、地面を這う巨大こいのぼりのような布製のトンネルなどだ。

悠真はチワワのトレーニングに興味を隠せない様子で、「あれ、アジリティーの訓練ですか？」と江波の袖を引く。江波に「よく知ってますね」と目を細められ、「リクも最近始めたんです」と自慢げに胸を反らせた。

一人だけ話についていけない善治に「アジリティーはドッグスポーツの一種です。犬の障害物競走のようなものですね」と江波が説明してくれた。犬と飼い主がコース上に置かれた障害物をクリアしてゴールまでのタイムを競うもので、競技会などもあるそうだ。

障害物を並べ終わると、早速スタート地点からギャルとチワワが走り出した。

あんなサンダルで大丈夫かと思ったが、ギャルは危なげなく犬と並走している。問題はむしろ犬の方だ。最初のバーを飛ばず、その横を素通りして遠くへ走って行ってしまった。

「キャンディ、戻って！」

広場にギャルの声が響き、その凜々しさに思わず手を止めた。華奢な肩や細い手足からは想像できない、運動部が腹の底から出すような大きな声だった。

キャンディと呼ばれたチワワは急ブレーキをかけたように立ち止まると、素早く旋回して再びギャルの足元に駆け戻ってきた。

「よし！」と一声短く褒め、ギャルがスタート地点に戻る。そうして再び犬とともに走り出したが、やはりキャンディはバーを飛び越えない。今度はバーの下を潜《くぐ》ってしまう。

「違う！　戻って！」

ギャルの声は鋭い。遠く離れていても十分善治たちのもとまで響くその声は、怒っているようにすら聞こえる。

「……あの、あれ、いいんですか？」

たまらなくなったように江波に尋ねたのは悠真だ。まるで自分が怒鳴られたかのように青い顔をしている。

「犬の性格にもよりますが、訓練中はあれくらい毅然とした態度は妥当だと思いますよ」

江波からそう言われても悠真は納得いかない様子だ。

背後でまたギャルの声が上がる。キャンディなんて可愛らしい名前なのに、その名を呼ぶ声には少しも甘いところがなかった。


新学期初日、授業を終えた善治は急ぎ足で自宅へ向かっていた。

春休み中はなんだかんだと始終善治が自宅にいたが、半日以上誰もいない家でアレックスに留守番をさせるのはこれが初めてだ。

ひとりで何事もなく過ごしているだろうか。退屈して庭に穴でも掘っていないだろうか。息を切らして帰ってみたが、アレックスは普段通り小屋の中で昼寝をしていた。善治を見てもはしゃぐ様子はなく、帰ったか、とでも言いたげな一瞥を送ってよこしただけだ。いらぬ心配だったようだが、半日もひとりにされたら飽きただろう。夏美が帰ってくるまでにはまだ時間もあるし、夕飯の準備は後回しにしてアレックスと散歩に出た。

散歩コースは未だにアレックス任せだ。それでも特に問題ないのは、アレックスが散歩コースを毎回変えないおかげだった。

家を出たらまず左手に向かって土手沿いの道へ——と思ったら、アレックスは土手と反対側に向かって歩き出した。こんなことは初めてで思わずリードを引いてしまう。

なんだ、とうるさそうに振り返ったアレックスに、「そっち行くのか？」と尋ねる。返事の代わりにグイッとリードを引かれた。いいからついてこい、とでも言うように。

今日に限ってどうしたのだろう。一日中留守番をさせられてへそを曲げているのか。

首をひねりながら歩いていた善治だが、すぐにアレックスがどこへ向かおうとしているのか気づいた。この方角は、訓練所だ。

「なんで……あっ、今日、月曜だから？」

全十回の訓練も半分を過ぎたあたりから、善治は毎週月曜日にしつけ教室の予約を入れるようにしていた。まさかそれを覚えているのか。

「もしかしてお前、曜日感覚があるとか？　まさかな？　どっちにしろ今日はしつけ教室の予約してないんだけど……？」

あれこれ話しかけてみるがアレックスは振り返らないし、足を止める気配もない。

予想通りアレックスは訓練所の入り口で立ち止まったが、今日は予約も何もしていないため気軽に中に入ることができない。怪訝そうな顔で見上げられても困る。

「これはどう説得したらお引き取り願えるんだろうなぁ……」

アレックスの気が済むまでここで待機しているしかないのか。溜息をついて辺りに視線を走らせた善治は、訓練所の前をうろつく人影に気づいて目を止めた。ぶかぶかの黒いパーカーを着てフードを目深にかぶった怪しい人物は、悠真だ。

「アレックス！　ほら、悠真君がいるぞ、悠真君！」

これ幸いと、善治はアレックスのリードを引いて悠真の名前を連呼する。アレックスも悠真に気づいたようで、自ら悠真に向かって歩き出した。

犬見たさにまだ訓練所の近くをうろついているのかと半ば呆れながら「悠真君」と声をかけると、悠真の肩が大仰に跳ねた。完全にやましいところのある人間の反応だ。そのうち本当に通報されそうで心配になる。

「何してるの、こんな所で。また犬の見物？」

あたふたと振り返った悠真は、相手が善治たちだと気づくとホッとしたようにフードを脱ぎ、すぐ強張った顔になって手招きしてきた。

「ちょっと、ここから中を見てください。木の間から広場が見えますから」

中腰になった悠真が指さす場所は、善治にはしゃがんで覗き込むのがちょうどいい高さだ。こんな所から訓練所を覗いていたらこっちまで通報されそうだと思ったが、一応自分はここの利用者だ。最悪言い逃れできるだろうと高をくくってその場にしゃがみ込む。

木々の間から、いつもアレックスと訓練をしている広場の様子が見える。目を凝らす間もなく、ギャギャギャギャギャギャ、というけたたましい鳴き声が響いてきて竦み上がった。

金属を叩くような高い声は、以前見たチワワのものだった。隣には例のギャルの姿もある。今日もミニスカートに肩の出たトップスを合わせ、足元はロングブーツという出で立ちだ。

「……あのチワワの訓練を見てたの？」

「そうです、キャンディちゃんの」

しっかり犬の名前まで覚えているらしい。

しゃがんで訓練所を覗いていたら、アレックスまでやってきて善治の隣に腰を下ろした。悠真も一緒にしゃがみ込み、人間二人でアレックスを挟む格好になる。

「僕、キャンディちゃんの様子が気になってあれから何度かここに来てたんです。今日ようやくまた会えたのでここで訓練を見てたんですけど……」

悠真の声を遮るように、広場から「違う！　もう一度！」という鋭い声が響いてきた。

「飼い主のお姉さん、ずっとあの調子なんです。さすがに厳しすぎませんか？」

悠真は心配を通り越し、憤ったような表情だ。

「でも、江波さんはあれくらい厳しいのは普通みたいなこと言ってなかった？」

「普通じゃないですよ。それにあの人、ああやってよくスマホで動画を撮ってるんです。もしかして、SNSに犬の動画を上げてるんじゃないでしょうか？」

「え、別にいいじゃん？　自分の犬なんだし……」

「でも、世の中には自分の動画を見てもらうために無茶なことをする人もいるんですよね？

バズり目当てでそういうことはしないようにって学校で習いました」

今時の小学生は学校でSNSの運用について習うのか。善治もインターネットの使い方くらいは学校で指導を受けたが、具体的なSNSの話までは出なかった。隔世の感を禁じ得ないでいると、悠真がぐっと声を落とした。

「もしかしてあの飼い主さんも、SNSでバズらせるのが目的で犬の特訓をしてるんじゃないかって思って……。チワワは小さくて可愛いですし、そんな子が競技会に出たりしたらみんな注目しそうじゃないですか」

「あー……、まあ、そうかもね？」

「僕、そういうことのために動物を使うのは虐待だと思うんです！」

両手を握りしめる悠真を見遣り、うーん、と善治は唸る。

「そう決めつけるのはちょっと早合点じゃないかな。リクだっていろいろ心配したけど、結局虐待されてなかったわけだし……」

ちょっとリクが痩せただけで虐待だと大騒ぎしたことを引き合いに出されてばつが悪くなったのか、悠真は顔を赤らめる。

「こ、これはリクの話とは違います！　だってキャンディちゃん、ずっとあの調子で怒られっぱなしなんですよ。かわいそうだと思いませんか？　リクだってお祖母ちゃんたちとアジリティーしてましたけど、もっと優しく教えてあげてもちゃんとできてました」

「かもしれないけど、虐待とまでは言えないんじゃないかな。ちょっと厳しいだけで。それより悠真君、こんな所からこそこそ訓練所の中を覗き込まない方がいいと思うよ？　江波さんだって最初は悠真君のこと不審者かもって心配してたんだから」

思わぬ反撃だったのか、悠真が肩をびくつかせる。

「ぼ、僕、中を見てただけで何もしてませんよ……！」

「残念ながらこそこそ中を覗いてるだけで十分不審なんだな。そのうち通りすがりの人とか近所の人に通報されるかもしれないから、やめたほうがいい」

トラブルに発展する前に退散しようと促すと、悠真も渋々立ち上がった。それでもチワワが気になるのか、最後にもう一度フェンスの向こうを覗き込む。

「あれ、いない」

悠真の顔色が変わったのを見て、善治もフェンスの向こうに目を向ける。木々の間から覗き見ているのでもともと視認性は悪かったが、目を凝らしてもチワワと飼い主の姿が見えない。いつの間にかジャンプバーなども片づけられているようだ。

悠真と顔を見合わせたそのとき、背後から「ねえ」と声をかけられた。

早速不審者扱いされたかと慌てて振り返った善治は、背後に立つ人物を見て息を呑んだ。

つい先程までフェンスの向こうにいたギャルが、仁王立ちでこちらを見下ろしている。慌てて立ち上がったが目線は善治とほぼ変わらない。よく見たらブーツがかなりの厚底だ。

ウェーブのかかった赤い髪をポニーテールに結い上げたギャルは、不信感も露わに善治と悠真を睨んでいる。瞬きをするたび上下するまつ毛は不自然なくらい濃くて長い。瞼に塗られた青いアイシャドウはぎらぎらとラメが輝き、南国のメタリックな蝶を思わせた。

悠真もあたふたと立ち上がり、相手の視線を避けるようにフードをかぶった。気持ちはわかる。目の前のギャルは美人の部類に入るが、いかんせん目つきが鋭すぎて怖い。硬直する善治と悠真の間で、アレックスだけが行儀よく停座の姿勢を保っている。

派手な赤いマニキュアを塗ったギャルの手には赤いリードが握られ、その先を目で追うと、彼女の足元に立つチワワに辿り着いた。チワワの首輪も赤で、控えめな赤いリボンがついている。

またいきなり吠えださないかとどぎまぎしたが、チワワはアレックスに興味津々らしく、ふんふんと地面のにおいを嗅ぎながらアレックスに近づいていく。喧嘩にならないかとひやひやしていたら、再びギャルに「ねえ」と声をかけられ視線が跳ねた。

「トレーニングが始まってから、ずっとここにいたよね。うちらのことこそこそ盗み見るような真似して、何か用？」

「い、いえ！　決してそういうわけでは……！」

喋りながら、必死で言いわけを考える。ここは通りすがりの犬好きを装ってやり過ごすしかない。どうにかそれらしい理由を答えようとしたが、先に口を開いたのは悠真だ。

「お、お姉さんのトレーニング、厳しすぎませんか……！」

深くフードをかぶっているくせに──あるいはフードをかぶって顔を隠したおかげで気が大きくなったのか、悠真が果敢に言い返す。よせよせよせ、と慌ててその背を押して退散しようとするが、悠真は足を踏ん張って動こうとしない。

ギャルは悠真の言葉にも顔色を変えることなく、腕を組んだままあっさりと言い放った。

「そりゃ厳しくもするでしょ。競技会に出るつもりなんだから」

「だ、だとしても、もっと優しくしてあげたほうが」

「この子は優しくしただけじゃ結果が出せない。それはこれまでのトレーニングで実証済み。それにこの子の最終目標は競技会出場じゃなくて、嘱託の警察犬にすることだから。厳しくするのは当然だし、今はまだ甘い方」

会話の中にさらりと紛れ込んだ単語を、うっかり聞き流してしまいそうになった。

今、警察犬にすると言ったのか。このチワワを。

足元ではキャンディとアレックスが互いのにおいを嗅ぎ合っている。比べるまでもなく二匹の体格差は歴然だ。人間だったら相撲取りと幼稚園児くらいの差がある。こんな小型犬に、人命救助や不審者の撃退を任される警察犬が務まるとは思えない。

「そんなの、無理に決まってる」

悠真が思わずといったふうに呟くと、ギャルが眉を吊り上げた。善治はあたふたと悠真の肩を摑み「すみません、失礼なことを」とどうにかこの場を取りなそうとする。

右往左往する人間たちを尻目に、それまで大人しく座っていたアレックスがおもむろに立ち上がった。悠真にはそれが、アレックスが加勢をしてくれたように見えたらしい。大人しく口を閉じるどころか、震える声で言い募る。

「け、警察犬は、シェパードとかラブラドール・レトリーバーがなるのが一般的です。それを小型犬のチワワなんて、本気ですか。それとも……」

続く言葉を想像してひやりとした。ＳＮＳで注目を集めるのが目的ではないか、なんて正面切って尋ねる気か。さすがにそれは相手が怒る。

慌てて悠真を止めようとしたら、アレックスにぐいっとリードを引っ張られてよろけてしまった。

「あ、こ、こら、アレックス！　止まれ！」

善治の制止に耳を貸すこともなく、アレックスはずんずんその場を離れようとする。その様子を見てギャルが声を高くした。

「あの犬、シェパードでしょ？　でも散歩もろくにできてないじゃん。犬種とか関係ないんだよ。チワワだって賢い子は賢いし、シェパードにも駄目な子はいるんだから」

「駄目ではないです！」

とっさに言い返したのは悠真ではなく、今まさにアレックスに引きずられている善治だ。この状況では説得力がないのはわかっているが黙っていられなかった。

「問題があるのは犬じゃなくて俺の方です。こいつ、元警察犬ですから」

警察犬という言葉にギャルの表情が変わった。善治を追いかけ、「元警察犬なの？」と質問をぶつける。その後ろに悠真も続き「そうですよ」と声を張った。

「アレックス君は賢いです。走るのも速いし、ジャンプ力もあります。警察犬にはある程度の体力も必要なはずです。キャンディちゃんじゃ難しいですよ」

「……あんた、なんでうちの子の名前知ってんの？」

「訓練するときにキャンディちゃんの名前を呼んでいたので。女の子ですか？」

「男の子」

「じゃあキャンディ君って呼びます」

「どっちでもいいよ。何、あんたも犬飼ってるわけ？」

「フレンチブルドッグを。今は別々に暮らしてますけど」

悠真とギャルはぽんぽん会話を交わしながら後をついてくる。険悪な雰囲気だったはずなのに、犬の話題を織り交ぜているせいか妙に話が弾んで聞こえるのは気のせいだろうか。

アレックスは我関せずと歩き続け、善治の自宅の前を通り過ぎていつもの散歩コースを歩き始めた。背後ではまだ悠真たちが喋り続けている。善治は完全に蚊帳の外だが、二人は遅ればせながらお互い自己紹介をしているようだ。

ギャルの名前は美島《みしま》千草《ちぐさ》。春から大学二年生。ということは善治と同級生だ。

「だから、なんでチワワに警察犬は無理だって言うの？」

土手までやって来ても二人はなお言い争いを続けている。苛立たし気に千草が問えば、悠真も「だってチワワは小さいじゃないですか」と怯まず言い返した。

「チワワは世界最小サイズの犬ですよ。体力だってそんなにないじゃないですか。今だってキャンディ君、抱っこされてるのに……」

「さっきまでトレーニングしてたんだから当然でしょ。普段は歩くよ」

「でもやっぱりシェパードとかには体力面で負けるじゃないですか。大きい犬じゃないと警察犬なんて務まりません！」

「逆に小さい犬じゃないとできないことだってあるでしょ。人捜しとか」

二人の会話を背中で聞きながら、善治は少し意外な気分になる。口調はきついが、千草は悠真の会話に気長につき合ってくれている。面識もない悠真の言い分に耳を貸す義理もないのだし、もっと適当に話を切り上げてしまうかと思ったのに。

「小型犬に人捜しなんてできるんですか？」

「できる。それに行方不明者の捜索をするとき、自宅の周りをシェパードみたいな、いかにも警察犬って感じの大きい犬がうろうろしてたら、何か事件でもあったのかって近所でも噂になるじゃん。そういうときは小型犬の方が歓迎されたりすんの」

丁寧に説明され、だんだんと悠真の舌鋒も緩んできた。

「じゃあ、本当にキャンディ君を警察犬にするつもりなんですか？」

「もちろん。実際に警察犬になれたトイプードルとかパピヨンもいるからね」

「トイプードルとパピヨン？」

小型犬なのに、と愕然と呟く悠真に、千草は力強く言い返す。

「まだ挑戦する前から無理だなんて言い切らないでよ。見た目で判断しないで。それって相手の可能性を潰すことになるでしょ」

土手の上を歩いていたアレックスがふいに方向を変え、河原に続く斜面を下り始めた。途中で立ち止まり、どっしりとその場に腰を下ろす。休憩することにしたらしい。

千草は悠真と土手の上に立ったまま、「ほら見てよ」とアレックスを指さす。

「あの子だってあんなに賢そうな顔してるくせに、全然飼い主の言うこと聞いてないじゃん。我儘《わがまま》でやりたい放題で」

「アレックス君は本当は賢いんですよ！」

「……そうです、うちは飼い主の方に問題があるんです」

アレックスの傍らに立ち、善治は力なく同意する。情けないが本当のことだ。

「それは知ったこっちゃないけど、見た目で判断すんなって話。どうせあたしのことだって、SNSにハマってる女がバズり目的で犬を虐待してるとか思って警戒してんでしょ」

悠真がぎくりと肩を強張らせる。善治も、もしかしたら、と思っていただけに何も言い返せない。そんな二人の様子を見て、千草は冷ややかに「してないから」と言い放つ。

「じゃ、じゃあ、訓練中の様子を動画で撮ってたのは？」

「後から見直して次の訓練に生かすため。タイムとかフォームの記録と管理も兼ねてんの。後からちゃんとデータにまとめてるよ」

「そんなこと、本当に……？」

「してる。実験のデータまとめるより断然手間もかからないし」

千草は理系の大学に通っているらしく、普段から実験のレポートなどまとめているためこうした作業に慣れているらしい。ついでのように通っている大学の名前まで口にされ、善治はぎょっと目を見開いた。

（め、めちゃくちゃ偏差値高い大学……！）

しかし悠真にとってはよく知らない大学の名前を出されるより、千草を信頼しきってその腕の中でウトウトし始めたキャンディの姿の方がよほど説得力があったらしい。最後は「変なこと言ってごめんなさい」と千草に頭を下げていた。

「別にいいけど。にしても、この辺の河原あんまり人がいなくていいね。アジリティーの練習とかできそうじゃん」

「ここでキャンディ君と練習するんですか？　見かけたら声かけてもいいですか？」

「邪魔しないんだったらいいよ」

悠真に対する千草の態度はかなり軟化している。悠真も犬と触れ合えるのが嬉しいらしく、千草への警戒をといたようだ。

（なんかすっかり仲良くなってんな……）

犬の散歩をしている飼い主同士が道端で話し込んでいる姿をよく見かけるが、こんなふうにお互い距離を詰めていくのだろうか。

弾む会話に参加することもできず、善治は土手の途中から悠真たちを見上げる。

傍らのアレックスは何を指示されたわけでもないのにきちんと背筋を伸ばして座り、静かに川面を見詰めていた。


もしかしたらそのうち河原で千草たちと再会することもあるかもしれないと思っていたが、そのときは思ったよりも早く訪れた。

「キャンディ、行くよ！」

大学の授業を終え、夕飯の前にアレックスの散歩をしていた善治は、聞き覚えのある声に気づいて土手で足を止める。正確には、アレックスが足を止めたのでそれに倣う。

声のした方を探るまでもなくアレックスが土手を下り始めた。

土手下の河原は土が踏み固められ、足元にはまばらに雑草が生えている。川下は立ち枯れたススキが茂って見通しが悪そうだ。

河原には思った通り千草の姿があった。その隣には悠真もいる。千草は相変わらず派手な服で踵の高い靴を履いて、赤いリードの先にいるキャンディと走っていた。行く手には訓練所で見たようなジャンプバーなどが置かれている。

河原に下りた善治は、スタート地点で千草たちを見守っている悠真に声をかけた。

「あ、稲葉さんこんにちは。アレックス君もこんにちは！」

律儀に善治とアレックス両方に挨拶をした悠真に「何してるの？」と尋ねた。

「土手に散歩に来たらキャンディ君たちが訓練をしていたので、近くで見学させてもらってたんです」

「美島さん、本当にここで練習してるんだ」

前回ここでそんな話を聞いてからまだ一週間も経っていない。悠真も今日初めて千草たちがアジリティーのトレーニングをしているところに遭遇したという。

川辺に置かれた道具を指さし「あれも美島さんが自分で持ってきたやつ？」と尋ねる。

「そうです。うちのお祖母ちゃんもリクにあいうやつを使ってましたよ。今日はバーとAフレームと、スラロームも使ってるみたいですね」

Aフレームはその名の通り、二枚の板を組み合わせてアルファベットのAの形を作った台で、斜面を上り下りする障害物の一つだそうだ。地面に垂直に並んだ十本ほどの細いポールはスラロームというらしい。ポールは柔らかく、キャンディの体がぶつかるとゴムのように左右に動く。

千草はキャンディを先導するようにスラロームを右、左、右、と蛇行して進む。キャンディがそれについてくると、今度は一緒に走らず指の動きだけで右、左、と指示を送る。しかしキャンディはすぐにポールを離れて千草の方に駆け寄ってきてしまい「違う、もう一回！」と千草に叱責されている。

「あれだけ怒られてるのに、よく不貞腐れないよなぁ」

もしも自分がキャンディの立場ならとっくにやる気を失っていそうなものだが、キャンディの目はキラキラして、とても不貞腐れているようには見えない。

キャンディは最後に数個並んだバーを連続して飛び越え、Uターンして善治たちのもとに戻ってくる。千草もポニーテールを揺らしてキャンディを追い越し、膝が汚れるのも構わずスタート地点に膝をつくと、両手を広げてキャンディを迎えた。

「キャンディ！　偉い！　連続ジャンプ成功！　もう、あんた天才！」

キャンディのミスを指摘するときの声から一転、華やかな高い声で千草はキャンディを褒める。千草に満面の笑みで抱き上げられたキャンディも、その腕の中でちぎれんばかりに尻尾を振っていた。

「あれ、あんたも来てたの？」

キャンディを撫でていた千草がようやく善治に気づいて顔を上げたので、お邪魔してます、と頭を下げた。一応同級生だが、これまで千草のような派手めなタイプの女子と関わったことがないので自然と敬語になってしまう。

「よし、じゃあ今日は終了」

千草の言葉に驚いたような顔をしたのは悠真だ。

「もうおしまいですか？　さっき始めたばかりなのに」

「そう。短時間しかやんないの。大体十五分くらいかな。訓練所でも一時間みっちりアジリティーのトレーニングしてるわけじゃないしね」

喋りながら千草は携帯電話を取り出し、何かを素早く打ち込み始めた。見るともなしに見てしまった画面にはグラフのようなものが表示されている。練習回数だけでなく、様々な技の成功回数まで詳しく記録をとっているらしい。

片手でキャンディを抱いて忙しく指先を動かす千草を見上げ、悠真がおずおずと口を開いた。

「あの、よ、よかったら僕、キャンディ君のこと見てましょうか？　道具の片づけもあると思いますし。土手からは上がらないようにしますから」

隙あらば犬と触れ合おうとする悠真に、千草は「いいよ。リード離さないようにね」とあっさりリードを手渡した。

悠真は両手でしっかりとリードを受け取り、キャンディと一緒に河原を歩き始める。キャンディと歩調を合わせ、「キャンディ君、お疲れ様」なんて声をかけている悠真の背中に目を向け、千草は微かに笑った。

「あの子、本当に犬好きだね。最初はなんか面倒くさいことで突っかかってくる子だなーとか思ったけど」

「俺のときも、ほぼ初対面なのにアレックスと一緒に散歩させてほしいって頼み込んできましたよ」

「ヤバいね」と肩を震わせて笑い、千草はアレックスに目を向ける。

「その子、アレックスだっけ。大人しいね」

「言うこと聞かないですけどね」

「それは飼い主が悪いからって自分で言ってなかった？」

からかうような口調で言って、千草はアレックスにそっと手を伸ばした。ネイルを施された長い爪が夕日に輝く。アレックスは軽く首を伸ばし、千草の指先のにおいを嗅いで身を引いた。

「思慮深い顔してるねぇ」

千草の横顔に笑みが浮かぶ。初めて見る砕けた表情だった。

千草は「さて」と立ち上がると、河原に置かれたバーやポールを片づけ始めた。どれも分解してまとめられるようだが、それでもかなりの大荷物だ。

「わざわざそんな荷物持って、こんな所で練習するんですか……？」

「うん。うちは庭らしい庭もないし、近所の公園でトレーニングしてたら苦情来ちゃったから。でも、ここならちょうどいいかなと思って」

そこまでするとは大した情熱だ。携帯電話にデータを打ち込む横顔も真剣そのものだし、これはSNSで目立ちたいからなどという軽い気持ちでやっているわけではなさそうだな、などと考えていたら、ふいに土手の上から「かわいいー」という高い声が降ってきた。

土手沿いの道を、女子高生が三人ほど固まって歩いていた。何を見ているのかと思ったら、土手の斜面に立つキャンディと悠真に視線を注いでいる。悠真は見知らぬ人の視線が苦手なのか、フードを深くかぶり直してしまった。

女子高生たちはキャンディを指さし「かわいいね」「小さーい」「ぬいぐるみみたい」とはしゃいでいる。

「……可愛いばっかりじゃないんだけどね」

善治と一緒に土手を見上げていた千草が呟く。どことなく不機嫌そうな口調だ。

飼い犬が褒められたというのに嬉しくないのか。不思議に思っていると、そんな善治の表情に気づいたのか、千草が唇の端を下げた。

「キャンディが可愛いのは事実だけどさ。ぬいぐるみとは違うんだよね。可愛いだけで何もできないわけじゃなくて、あの子は賢い」

悠真とともに河原に下りてきたキャンディを見詰め、千草は確信を込めた口調で言う。

「でもあたしがどれだけそう言っても、はい親バカ、みたいなこと言って周りは聞き流すから腹立つわけ。だから実績を見せつけたい。まずは競技会で優勝かっさらってやろうと思ってる。見た目で判断されたくないから」

また見た目の話だ。出会ってから、千草は何度も同じ言葉を口にしている。

「あの、なんでそこまでしてキャンディの実力を認めさせようとしてるんですか？」

実際キャンディの見た目は愛くるしい。犬が苦手な善治だってそれくらいはわかる。実力云々関係なく、可愛いだけでもいいではないか。

千草はキャンディに顔を向けたまま横目で善治を見る。睨むような視線に怯んで口を閉ざすと、小さく溜息をつかれた。

「チワワは体が小さいから脳みそまで小さい、とか平気で言う奴らがいるから、それを黙らせたいの」

「そんなひどいことを言う奴が……？」

「まあそのうちの一人はあたしの父親なんだけど」

身内の話だった。余計なことは言えないぞ、と善治は再び口をつぐむ。

千草は頭の後ろに手を当てると、結い上げていた髪を無造作にほどいた。ウェーブのかかった赤茶けた髪が風になびき、少し離れた所に立っている自分のもとにまでシャンプーの甘い香りが漂ってきてどきりとした。

千草は金色のシュシュをブレスレットのように手首に通すと乱れた髪を手櫛で整え、アレックスのそばにしゃがみ込んだ。手を伸ばし、アレックスの胸を柔らかく撫でる。

「あたしのこの髪、地毛なんだよね。パーマもかけてない」

「え、パーマもかけてないんですか？」

「そう。茶髪で天パ。でも何度そう言っても中学とか高校の先生は信じてくれなくて面倒くさかった。校則は染髪禁止なのに何度も髪を黒く染めてこいって注意されてさ、校則破って髪黒くするとかおかしくない？　先生だけじゃなくて生徒の中にも同じ勘違いする奴がいて、なんか知らないけどあからさまに馬鹿にしてくるわけ。どうせ勉強もしないでそんなチャラチャラした格好してるんだろう、みたいな」

アレックスの顔を遠慮なく両手で包み、もちもちと頬を撫でながら千草は言う。アレックスもまんざらではない顔だ。

アレックスを構っているせいか千草は機嫌の良さそうな顔をしているが、善治は返す言葉が見つからず視線を泳がせた。

その同級生たちと自分は同類だ。千草の大学名を聞いてことさらに驚いたのは、その派手な見た目から、勉強などしそうもないと決めてかかっていたからだ。

「……そうですよね、すみません」

力なく謝罪をすると、「なんであんたが謝ってんの？」と千草に目を丸くされた。

「まさに俺もそういう勘違いしてたな、と思って、反省を……」

「そんなことで反省してんの？ 真面目ー！」

本気で謝ったのに、腹を抱えて笑われてしまった。「嫌な思いをさせたかと思って」ともごもご呟けば軽やかに笑い飛ばされる。

「全然。だってわざとそういう勘違いされるような格好してるから」

「わざと？」

千草が川下に目を向ける。悠真とキャンディがこちらを振り返りもせずじゃれ合っているのを見て、ふたりが戻ってくるまでにはまだ時間がかかると踏んだらしい。アレックスに目を戻すと「楽にしてていいよ」と背中を撫でて立ち上がる。

「小学生のとき、学芸会で白雪姫やることになったんだよね。背景とか照明とかいろいろ係はあったけど、あたしは役者に立候補した。白雪姫やりたかったから。でも白雪姫ってつやつやした黒髪のイメージあるじゃん？ だから白雪姫には選ばれなくて、毒リンゴを渡す魔女の役やったの。もじゃもじゃの髪が怪しい雰囲気にぴったりだとか周りから言われてさ」

思っていたのとは違う結果だったが、役者をやると立候補したのは自分だ。千草は覚悟を決め、全力で魔女を演じきった。「ひーっひっひひ！」という引き笑いは舞台中に響き渡り、観客に大いにウケた。劇が終わった後も方々から「魔法ババア」と呼ばれ「またあの笑い方やって！」とせがまれた。大人たちまで「はまり役だったね。演技の才能があるかもしれない」などと言い出す始末だ。

「全然嬉しくなかったけどね」

「嬉しくなかったですか」

「当たり前じゃん。ババアとか言われて、おかしくもないのにみんなの前で笑わされるんだから。でも周りは一応褒め言葉のつもりで言ってくれてるからさ、喜ばないと変な顔するわけ。あんたみたいに」

いきなり人差し指を突きつけられてぎくりとする。

ウケたなら素直に喜んでおけばいいのでは、とちらりとでも考えてしまった自分を反省して「すみません」と謝れば、指先が引っ込められた。

「褒めてくれてるのはわかるんだよ。面白かったって言葉に悪意がないのも。わかるけど、魔女はあたしがやりたかったことじゃないし、嬉しくもない。でも褒め言葉って、謹んで受け取らないといけないみたいな雰囲気あるじゃん。無下にすると、褒めてやったのに喜びもしないなんてって怒る人いるでしょ。あれ、なんだろうね。相手の言葉に込められてるのが悪意だろうと善意だろうと、どう受け止めるかはこっちの自由だと思うんだけど」

千草の言うことはもっともだが、褒め言葉は謙虚に受け止めるべしという風潮が世の中に蔓延しているのも事実だ。

千草もおかしいとは思いつつ、周囲の空気に呑まれて周りからの賛辞に喜ぶ振りをしていたらしい。でもひどく居心地は悪かったそうだ。

「高校のときも学園祭でミスコンとかあって、それに無理やり出場させられた。髪染めてるって思われてたから、なんか派手なことするのが好きだって勘違いされて」

勝手に進んでいく話を止めることもできず、やけくそになってミスコンの舞台に上がった。本人よりも乗り気になったクラスメイトが華やかな化粧まで施してくれて、舞台映えしたのか千草は見事優勝をさらったらしい。

「でも嬉しくなかった」

つまらなそうに言い放たれ、今度は善治も「優勝したのに？」なんて余計な言葉を挟まず無言で頷いた。それを見て、わかってきたじゃん、と言いたげに千草は目を細める。

「廊下を歩いてるとき、『よっ、ミス！』とか言われるのも嫌だったし、『言うほど可愛くないじゃん』とか聞こえよがしに言ってくる奴もいたし」

嬉しくなくても褒められれば無視はできない。お高く止まっているなんて陰口を叩かれるのも癪だ。「ありがとー！」と愛想よく返事をしているうちに、千草のイメージは完全に陽キャのパリピギャルで固まってしまった。

「放課後にカラオケとか誘われて、本当は図書館行きたかったりするんだけど、断ると白けた空気が漂うわけ。そういうの嫌だから可能な限り誘いは断らないようにしてた。お喋りするときも無理にテンション上げてたし。大学生になったらさすがに落ち着いたけどね」

なんとなく、千草の性格が見えてきた気がした。派手な見た目に反して——という言い方がもう本人の逆鱗に触れそうだが――千草はかなり周囲の目を気にするし、空気を読む。そして期待されると応えずにはいられない生真面目なところがあるようだ。

「そうやってクラスの派手な連中と一緒に馬鹿騒ぎしてたら、秀才グループから『勉強できない奴らは気楽でいいよな』みたいな嫌味言われるわけよ。腹立ったからめちゃくちゃ勉強して、あたしのこと馬鹿にしてた奴よりいい成績取ってやった。そのときの相手の唖然とした顔見たとき、見たか！　って気分になってスカッとしたんだよね。だからこの格好はわざと面白くなっちゃって、スカートの丈とか前より短くするようになった」

ようやく話が最初の地点に戻ってきた。

「趣味でそういう格好してるわけじゃなく？」

「こういう格好も嫌いじゃないけど、半分くらいはコスプレしてる感じ」

千草は大きく口を開けて笑う。今まで見た中で一番屈託のない顔だ。

「大学受験するときも、周りから本気で止められるくらい合格判定率低いところ第一志望にして、死ぬ気で勉強した。でもネイルとメイクだけは絶対やめなかった。おしゃれも勉強も両方できた方が格好いいじゃん」

「それで本当に第一志望に合格するんだからすごいですよ」

茶化すでもなく素直に感心すれば、さすがに照れくさくなったのか千草の視線が揺れた。未だに善治の隣で端座しているアレックスで目を留めると「楽にしてていいって言ったのに」と肩を竦め、今度は河原を歩くキャンディに目を移す。

「キャンディはあたしが高校に入学した頃、父親が連れてきたの。会社の部下に里親探してるとか言われて、いいとこ見せようとして引き取ったみたい。別に家族の誰も犬とか欲しがってなかったし、父親だって犬好きってわけでもなかったのに。とりあえずあたしと母親でキャンディの面倒見てたけど、最初はキャンディも無駄吠えが多くて大変だった。今も初対面の人とか見ると吠えちゃうけど、これでもかなり大人しくなってるよ。あんたにもう吠え掛かったりしないでしょ？」

言われてみれば、二回目に顔を合わせて以降キャンディから激しく吠え立てられていない。今もキャンディは悠真と仲良くススキの茂みを出たり入ったりして大人しいものだ。

「でもうちに来たばっかりの頃は本当にひどくて、電話がかかってくれば鳴く、玄関のチャイムが鳴ったら鳴く、外に出ても向かいから犬が来ると鳴くって調子で、しばらくは家の中で物音立てないように家族中ぴりぴりしてた」

どうにか無駄吠えをやめさせようと模索していた千草に向かって父親が言い放ったのが先程の言葉だ。チワワは体が小さいから脳みそも小さい。もともと頭が悪いのだろうから、しつけることなど不可能だ、と。

「犬を連れてきた本人がそういうこと言うとか、マジであり得なくない？　よっぽど父親の方が頭悪いと思ったけど」と千草は心底軽蔑しきった口調で言う。

千草自身、他人より明るい髪の色や、放っておいてもうねってしまう髪質のせいで妙な先入観を持たれがちだった。それだけに、見た目で好き勝手判断された挙句、端《はな》から「できっこない」と決めつけられる悔しさがよくわかった。

キャンディを馬鹿にした父親を見返すべく、様々な書籍を読み漁った。そうしてわかったのは、インターホンなどに犬が吠える理由はさまざまだということだ。音に驚いて吠える犬、飼い主の動きに驚いて吠える犬と、犬の性格によっても変わる。

千草はまず、インターホンや電話に対する家族の行動を変えさせた。音がしてもすぐには動き出さない。立ち上がるときの動きも控えめにする。キャンディにはインターホンや電話の音に慣れてもらうため、事前に録音した音を聞かせることもしたそうだ。

そのうち電話の音では吠えなくなったが、インターホンには効果がない。家族は無駄吠えをするキャンディを叱りつけるばかりになったが、千草は諦めなかった。

「近所で犬飼ってる人とか獣医さんとかから話聞きまくって、インターホンが鳴ったら抱き上げて一緒に玄関まで連れていくようになったら、無駄吠えがやんだ」

「飼い主に抱き上げてもらえれば音が怖くなくなるからですか?」

「あたしも最初は音が恐くて吠えてるのかと思ってたんだけど、そうじゃなくてテンション上がってたみたいなんだよね。キャンディはお客さんが来ると嬉しいタイプらしくて、自分も出迎える! って主張して吠えてたみたい。抱き上げて一緒に玄関まで行くようになったら満足したのか、全然吠えなくなった」

吠えるのは威嚇のためばかりではないのか。犬の様子をよく見ていなければ辿り着けない解決策だ。

「キャンディはテンションが上がりやすいみたいだから、普段から落ち着いていられるように今も訓練してる最中。いろんな場所に連れて行って、いろんな人に会わせて、経験を積ませてる。最初はキャンディのこと馬鹿にしてた家族も今はキャンディにデレデレ。見た目で判断する方がおかしいんだよ。あの子はもっとできるはずなんだから」

「それで競技会に出ることに？」

「そう。キャンディの賢さを証明したい。チワワなんかに優勝は無理って言う人たちを黙らせたいの。――キャンディ、そろそろ帰るよ」

川下に向かって千草が声をかけると、キャンディがぱっとこちらを振り返った。悠真もその声に気づいたのかキャンディと一緒に駆けてくる。

千草はその場にしゃがみ込み、両腕を伸ばしてキャンディを抱き留めた。キャンディが膝に乗ってきてスカートが汚れても気にする素振りもない。

「キャンディのこと見ててくれてありがと」

悠真を見上げ、千草はにこりと笑う。悠真も千草にリードを渡して「こちらこそありがとうございます」と丁寧に頭を下げた。

お互い第一印象は最悪だったはずだが、意外と二人は気が合っている。不思議に思っていたが、千草の話を聞いて少しだけ腑に落ちた。

悠真と千草の二人に共通しているのは、無理やり他人の感情を押しつけられて辟易《へきえき》させられた経験だ。悠真がぶつけられたのは悪意で、千草が押しつけられたのは善意で、内容こそ正反対だが、お互い望まぬ状況に追いやられ、黙って耐えていた期間がある。

そのせいか、二人は激しく言い争っても決定的に相手を貶《おとし》める言葉を口にしない。最初こそ千草をギャルと警戒していた悠真も、今は善治よりもよほど千草の本質を見ているように見える。千草も悠真を子供だからと言って軽んじることはない。

そう思うと、自分が一番他人の外見に振り回されているような気がしてきた。

密かに落ち込む善治を尻目に、キャンディを膝に抱いた千草がその肉球を触り始めた。

「ちょっと毛が伸びてきてるね。今夜切ろうか」

見れば肉球の間からミルクティー色の毛がわずかにはみ出している。そんな所にまで毛が生えるのかと、アレックスの前足に目を向けた。

「そういう毛は切るものなんですか？」

「キャンディは家の中で飼ってるから切ってるね。毛が伸びてるとフローリングで滑るし、靭帯とか伸ばしたら危ないから」

「じゃあアレックスはいいのかな。アレックスも靭帯痛めたことがあるんですけど」

千草と悠真が同時にこちらを振り返った。鋭い視線に慌てて、軽い捻挫だと言い添える。

「なんだ、びっくりした」と悠真は肩の力を抜いたが、千草は硬い表情のままだ。

「そういうことなら体重管理はちゃんとした方がいいよ。重くなればそれだけ足に負担がかかるから。運動量にも気をつけて。極端に激しい運動とかさせない方がいいかも。散歩の時間も様子見ながら調節して」

「全治三日だったんですけど、やっぱり用心した方が……？」

「そりゃそうでしょ、捻挫だって癖になったら怖いからね。犬は痛くても苦しくても言葉で伝えられないんだから、飼い主がちゃんと見とかないと」

千草は軽く身を屈めると、アレックスに向かって言った。

「あんたの飼い主ちょっと頼りないから、全然気づいてくれないときはちゃんと自分でアピールしなよ！」

アレックスが返事の代わりに、ぴす、と鼻を鳴らした。手厳しいが事実であるだけに、善治も頭を垂れることしかできない。

千草はアジリティーの道具が詰まったボストンバッグを肩から下げて土手を上がると「それじゃ」と善治たちに手を振った。踵の高い靴を履きながら難なく重い荷物を持ち、キャンディのこともしっかり抱いて立ち去る後ろ姿は颯爽としたものだ。

「あのお姉さん、本当に犬のことが好きなんですね」

千草を見送った悠真が感に堪えない様子で呟く。犬のことになると目の色が変わる悠真が言うのだから相当だ。

「なんか俺たち、全然見当違いな疑いかけちゃって申し訳なかったよな……」

「僕、お詫びに今度キャンディ君におやつ持ってきます！」

意気込む悠真の横顔をちらりと見た善治は、以前写真で見たリクの丸々とした顔を思い出し「ほどほどにね」と言っておいた。

同じ大学生でも、学部によって忙しさが違う。理系の大学生は実験だレポートだと忙しそうだが、文系は比較的時間に余裕があるほうだ。

特に善治の通う大学の商学部はのんびりしていて、前期の時間割にすべての必修科目を入れてもなお空きが目立つ。

去年の善治はその空白を埋めるべく、目につく講義を片っ端から履修した。学生は勉強が本分だ。夏美たちに学費を出してもらっているのだから、元を取るくらいいろいろなことを学ばなければと必死だった。おかげで同じ学科の同級生からは、「いつ学校に行っても稲葉にだけは必ず会える」などと言われていたが、それも過去の話だ。

「あれ、稲葉もう帰るの？　五限目の授業は？」

講義を終えて帰り支度をしていたら広崎に声をかけられた。「五限は何もとってない」と返すと目を丸くされる。

「夜までみっちり授業入れるのもうやめたんだ？」

「犬の散歩があるから」

善治と一緒に席を立った広崎は、「犬のためか」と妙に真剣な顔で言う。

「てっきり彼女でもできたのかと思った」

「お前いつもそればっかりだな」

「高校が男子校だったから。女子とつき合うのが目下の夢なんだよ」

いつもながら真顔でろくでもないことを言う。それでいて、意外とインターンのことなど詳しいので侮れない。

「広崎ってもう就活してんの？　企業研究とか」

広崎と一緒に教室を出ながら尋ねると、「してないなー」と気の抜けた返答があった。

「しなきゃなとは思ってるけど、まだ全然。企業研究にしても会社の数が多すぎて、結局大手しか調べられてない」

「調べてるんじゃん」

「会社のＳＮＳとか眺めてるだけだよ。大手なんてそんな簡単に行けるわけもないし。それより今は、もっと身近な問題に取り組むべくサークルの先輩から情報収集してる」

　また彼女作りとか合コンとか言い出す気かと期待もせずに「身近な問題って？」と尋ねてみれば「ゼミ選び」というまっとうな言葉が返ってきた。

　善治の大学では三年からゼミが必修になる。三年で選んだゼミは四年に持ち上がりで、卒論もゼミの内容に沿うものを提出することになる。事前の検討は大切だ。

「そうだな。結構ゼミの種類多いし、ちゃんと内容を吟味しないと……」

「いや、吟味するのはゼミの内容より教授のコネとひととなり。就活のときもゼミの教授には結構お世話になるらしいし、学生に対する対応も全然違うみたいだから事前に調べておいた方がいいぞ。学年主任の田町《たまち》先生とかは就職決まらない生徒の対応とか手厚いって。あの先生、地元がこの辺らしくて近くの会社とか工場紹介してくれるんだってさ」

　広崎の見識の広さに驚きつつ、「田町先生か」と善治は眉を上げる。

「でもどこも小さい会社らしいから、田町先生に泣きつくのは最後の手段かなぁ。駄目元でも一回くらいは大手狙いたいじゃん？」

「俺は別に、会社の規模はあんまり気にしないけど……」

　広崎は露骨に顔を顰《しか》め「また出たよ、無欲の塊」とぼそっと呟く。

「無欲って、欲がないってことだろ？　ないものが固まるってなんだよ……？」

「そういう揚げ足取りはいいから！　規模じゃないなら何を基準に会社選ぶんだよ？」

基準などない。仕事は自立のための手段であって、何をしたいかという望みもない。自分を引き取ってくれた人たちの役に立てるのであれば、自分の意志などどうでもいい。

ずっと本気でそう考えていたが、稲葉家の人たちにそれを知られたら本気で悲しまれそうだ。ここ数か月でそれくらいの想像はつくようになって、もう少し自分の要望を織り交ぜて考えてみることにした。

「……地元っていうのはいいかもしれない。都心に通うの大変そうだし」

幹彦も地元の会社に勤めているが、それでも帰宅時間は遅い。都心に勤めたらさらに帰りが遅くなるのは必至だ。だからといって都心に部屋を借りれば家賃がかさむ。

(早く帰れたらアレックスの散歩もできるし)

ごく自然にそんなことを考え、はたと我に返った。

思い浮かべた未来の情景に、当たり前にアレックスの姿が紛れ込んでいたことに驚いた。アレックスは一時的に預かっているだけなのに。

そもそも仕事を選ぶ基準に犬が関わってくるのがおかしいではないか。

俯き気味にあれこれ考えていたら、目の前にぬっと携帯電話の画面を突きつけられた。驚いて顔を上げると、画面の向こうから「見て」と広崎が笑みを覗かせる。

「この子、コンビニのバイト仲間。ちょっと仲良くなったんだけど可愛くない？」

善治が黙り込んでいるうちに就活の話題は終わっていたらしい。見て見て、と上機嫌で向けられた画面に写っていたのは、コンビニの制服を着た女性の姿だ。肩まで伸ばしたストレートヘアを栗色に染め、目元にくっきりとアイラインを引いた華やかな美人だった。

「どうよ！　こんな子とお近づきになれて羨ましいっしょ！」

「ああ、うん。そうだな」

「嘘だ、全然そんなこと思ってない！」

笑顔から一転、憤った顔で広崎が詰め寄ってくる。一体どう返事をしたら納得してくれるのだと閉口していると、また広崎の表情がガラリと変わった。今度は含み笑いしてこちらに肩を寄せてくる。遠足バスに乗っている幼稚園児ぐらい表情に落ち着きがない。

「わかった。稲葉はもうちょっと大人しめの子が好きなんだな？　こういう派手目の美人はタイプじゃないか」

言われた意味がわからず、広崎の携帯電話に写っている女性の顔にもう一度目を向ける。目も口も大きくて華やかだとは思ったが、派手だとは思わなかった。

「稲葉自身大人しいもんな。こういう派手なタイプとは縁遠いというか……」

「いや、この人よりも断然派手なギャルと最近よく会ってる」

「はっ？　ギャル？　何それ、女子には興味ないみたいな顔してたくせに！　まさかつき合ってるとか言うなよ！」

「まさか。そんなんじゃない」

「じゃあどういう関係？」

鼻息荒く尋ねてくる広崎に、善治はしばし考え込んでからぽつりと答えた。

「あの人は俺にとっての、師匠かな」

広崎は素っ頓狂な声で「師匠？」と繰り返す。

このところ、アレックスの散歩中によく千草と顔を合わせる。河原でトレーニングをしている千草の隣には、高確率で悠真の姿もある。本人は偶然と言うが、土手沿いの道で千草たちが来るのを待っているのだろう。アレックスも千草たちを見かけると必ず河原に下りていくので、必然的に善治もキャンディのトレーニングを眺めていくことになるのだ。

先日は、アレックスも少しだけアジリティーをやらせてもらった。善治が願い出たわけではなく、悠真が「少しだけやらせてもらえませんか」とせがんできたのだ。祖父母の家でリクがアジリティーをしているので、自分もその雰囲気を味わってみたいという。

千草はあっさりと了承してくれたが、善治は内心どぎまぎしていた。実はその前日、善治もアレックス相手にアジリティーのようなことをやっていたからだ。

散歩の後、茶の間の掃き出し窓に腰かけ庭に足を投げ出していたら、アレックスが邪魔そうに善治の足を跨《また》いでいった。それを見て、ふと思いついて地面から足を浮かせ「ジャンプ！」と言ってみたのだ。無視されるかと思いきや、振り返ったアレックスは抵抗なく善治の足を飛び越えてみせた。

思いがけず素直に指示に従ってくれたのが嬉しくて、「マジかアレックス！　やるじゃん！」と手放しで褒めてしまった。アレックスもまんざらではなかったのか、もう少し足の高さを上げて再び「ジャンプ」と指示してみれば、これも軽々と飛び越える。

これまでは「座れ」「待て」「来い」といった基本的な指示しか出したことがなかったが、思ったよりいろいろな言葉に応じてくれるのではないか。他にも何か簡単な指示はないのかと携帯電話で検索してみると、両足を広げて立つ人間の足の間を、犬が八の字を描くように回る動画を発見した。

見よう見まねで、片手におやつを持ってアレックスの動きを誘導してみる。そうしながら「スルー」と指示を出すと、善治の目顔や指の動きを見て察したのか、アレックスはすんなり八の字股くぐりをこなしてしまった。立ち止まっている状態だけでなく、善治が歩く速度に合わせて器用に足の間を通り抜けていくことすらやってのける。

面白くなってきて、アレックスにジャンプさせる足の高さを上げたり下げたり、何度も足の間を潜らせたりと次々指示を出していたら、最終的にアレックスからそっぽを向かれてしまったのだ。しつこすぎたらしい。

前日にそんなことがあったばかりだ。悠真にまでそっぽを向いたら、と気を揉んだが、アレックスは大人しく悠真の指示に従い、危なげなくすべての障害物を越えてしまった。

悠真は無邪気に喜んでいたが、それを見守る千草の表情は硬かった。

「あの子、指示が出る前に動いてる感じがするね」

鋭い指摘にどきりとした。

千草が言う通り、アジリティーに慣れていない悠真がジャンプバーの前でまごついているうちに、アレックスはバーを越えている。他の障害物に対してもそうだ。

自分を担当していた新人訓練士に見切りをつけ、自ら人間をリードしてきたアレックスだ。悠真の指示が覚束ないことを見て取って、自分の判断で動いているのだろう。

庭先で善治の足を飛び越させたり、八の字股くぐりをさせたりしたときもそうだった。こちらがジャンプと指示する前にもうアレックスはジャンプをしているし、足の下を潜れと言う前に潜り抜けている。指示を読み違えることもない。

だんだんアレックスにコントロールされている気分になって、一度出しかけた指示を引っ込めたり、矢継ぎ早に指示を出したりしているうちにそっぽを向かれてしまった。自分でも意地の悪いことをしてしまったと反省しておやつを奮発したが、最初はそれすら食べてもらえなくて平謝りに謝ったものだ。

「……やっぱり犬にも、適性みたいなものはあるのかな」

スラロームの間を難なく通り抜けるアレックスを見ていた千草が、ぽつりと呟く。

少しだけ疲れたような声にどきりとする。キャンディは未だにアジリティーのコースを完走したことがない。さすがの千草も諦めを感じ始めているのではと案じたが、こちらを向いた千草の顔には好戦的な笑みが浮かんでいた。

「負けてらんないね」

千草は腕に抱いたキャンディを地面に下ろすと「キャンディ、もう一回だけやろっか」と言って走り出す。ヒールの高いサンダルで力強く地面を蹴って、疲れた様子も見せず。

その後ろ姿を見て、すごいな、と素直に感心したのだ。自分だったらきっととっくに心が折れている。

トレーニング後、重たいボストンバッグを肩に下げ、もう一方の手で大事そうにキャンディを抱いて土手を歩く千草の後ろ姿を思い出して善治は頷いた。

「師匠の風格だな、あれは」

善治としては非常にしっくりくる説明だったのだが、広崎は気の抜けたような顔で「ギャルで師匠って、何？」と首を傾げていた。


「それじゃ、私たちアレックスとドッグランに行ってくるから！」

「夕方には帰ってくるからね。行ってきます」

週末の午後、夏美と幹彦はアレックスを連れていそいそとドッグランに出かけていく。平日になかなかアレックスと触れ合えない憂さを晴らすかのように。

最初は自分も誘われたが、断り続けるうちに夏美たちも善治が遠慮をしているわけではないと気づいたらしい。善治に留守番を任せて足取りも軽く出かけていくようになった。

今日は特に用事もなく、急ぎで仕上げなければいけないレポートもない。茶の間でダラダラ過ごしていると、たまに視線が庭に向いた。

当然ながら、庭も犬小屋も空っぽだ。わかっているのにテレビがコマーシャルに入った瞬間や、携帯電話のアプリを閉じたとき、つい目がアレックスの姿を探してしまう。

庭先にアレックスがいないだけで家の中まで静かに感じる。けれどもう少ししたら、これがこの家の日常になる。アレックスが引き取られる日はそう遠くない。

（……アレックスが来る前って、どんな感じだったっけ？）

ほんの数か月前のことがよく思い出せない。アレックスがいないとき、自分は休日をどう過ごしていたのだったか。

妙に時間を持て余してしまい、散歩でもしようと外に出る。歩き出してから、思えばアレックスが来る前は、散歩という選択肢自体なかったな、と思い至った。しかも無意識のうちにアレックスとの散歩コースを辿って川沿いの土手に来ている。

アレックスがいなくなった後も、こうやって日常の様々な瞬間にその存在を思い出すのだろうか。

そんなことを思いながら昼下がりの土手を歩いていると、道の向こうから幼子を背負った父親らしき男性が歩いてきた。すれ違いざま何気なくその背中に目を向ければ、五歳ぐらいの男の子が餅のように柔らかな頬を父親の肩にぺたりとつけて眠っている。

瞬間的に、懐かしい、と思った。

自分も昔、大我に背負われてこの道を通ったことがある。ゆらゆらと優しい振動が心地よく、不安な気持ちが紅茶に落とした角砂糖のように溶けていったものだ。

（あのとき俺、めちゃくちゃに泣いてたなぁ）

父親の背中で眠る子供から目を逸らし、微かに苦笑したところで違和感に囚われた。

善治が両親を亡くしたのは小学二年生のとき。今より断然幼かったとはいえ、人前で手放しで泣けるような年頃ではなかった気がする。あのときは土手の斜面に座り込み、必死で涙をこらえていたのではなかったか。

それとも大泣きした記憶の方が真実で、今の今まで恥ずかしすぎて記憶の底に沈めていたのだろうか。首をひねりながら歩いていると、斜め後ろから突如何かに体当たりされた。

不意打ちに対処できず、あわや前につんのめるところだった。何事だと振り返れば、見慣れた黒のパーカーを着た悠真が背後から善治の腕を引っ張っている。

振り返った善治を見て、悠真はホッとした顔で「よかった、稲葉さんだ」と言った。

「アレックス君が一緒じゃないので、一瞬別人かと……」

「アレックスは今ドッグランに……ていうか、アレックスがいないと俺かどうか確信持てないの？」

「そんなことより来てください！」

悠真は強引に善治の腕を引いて河原に下りていく。

悠真が我を忘れて周りに助けを求めてくるのは犬絡みのことに決まっている。河原に下りてみれば予想通り、キャンディと千草の姿があった。

河原にはバーやスラロームが置かれ、千草がミニスカートとサンダルで走り回っている。もはや見慣れた光景だが、一点キャンディの様子がおかしい。普段は千草を追い抜く勢いで走っているのに今日は遅れがちだ。

「もう四十分近くトレーニングしてるんです」と悠真に耳打ちされ、善治は目を見開いた。

「前は十五分で切り上げるって言ってなかった？」

「そうなんです。間に休憩は挟んでるんですけど、そろそろ心配で……」

「キャンディ、こっち！」

悠真の声を遮るような鋭い声が河原に響く。

普段と比べると少し重たい足取りでバーに向かって走り出したキャンディは、それを飛び越えることをせず傍らを走り抜けてしまう。

「違う！　戻って、もう一回！」

普段と違うのはキャンディの動きだけではなかった。千草の声も違う。

以前から千草は厳しい口調で指示を飛ばしていたが、それはあくまでキャンディの耳に届きやすいよう、はっきりと短い口調を心掛けたものだった。けれど今の声はどうだ。明らかな苛立ちが交じっていた。

キャンディは歩調を緩めて千草を振り返ると、とぼとぼとした足取りでまたバーの前に戻る。単に疲れているだけかもしれないが、叱られて落ち込んでいるようにも見えて善治でさえ胸が痛くなった。犬好きの悠真など見ていられないのだろう。今にも千草とキャンディの間に割って入りそうな勢いだ。

「キャンディ、もう一回行くよ」

千草に声をかけられ、再びキャンディが走り出す。けれどバーの前で失速して、とうとうその場に立ち止まってしまった。のみならずバーに背を向け、川下に向かって走り出す。

「ちょっと、キャンディ、どこ行くの！」

千草はリードを握りしめてキャンディを追いかける。かつてない状況に驚いて、善治たちもその後を追いかけた。

千草に呼ばれてもキャンディは立ち止まらず、立ち枯れたススキの間に入ってしまう。千草がススキを踏み倒して奥に進むと、地面に伏せたキャンディの姿が露わになった。

「キャンディ、まだ途中でしょ！　行くよ！」

千草にリードを引かれてもキャンディは立ち上がろうとしない。肩で息をしながら上目遣いに千草を見ている。

「キャンディ！」

怒気を孕《はら》んだ千草の声に、アレックスを引き取ったばかりの自分の声が重なって、善治はなんだか居た堪れない気分になった。

犬が名前を呼ばれて振り返るのは、反応すれば何かいいことが起こると理解しているからだ。例えば飼い主が頭を撫でてくれるとか、抱き上げてくれるとか、笑顔で手を差し伸べてくれるとか。

思う通りに動かないアレックスに苛立ち、尖った声でその名を呼んでいた頃の自分は全くアレックスに相手にされていなかった。犬の扱いをまるでわかっていない人間を下に見ているかのような、アレックスの冷ややかな横顔を思い出す。

だが、地面に伏せたキャンディの表情は違う。千草に呼ばれても立ち上がりこそしないが、視線は千草に向けたままだ。その顔は千草に何か訴えているようにも、なぜ千草がこんなにも怒っているのか必死で理解しようとしているようにも見えた。

悠真が耐えかねたように前に出かけたが、慌てて止めた。千草と悠真の相性は悪くないが、むしろ歯車が合いすぎて口論がヒートアップしやすい。ただでさえ苛ついている千草の神経を逆なでしてしまいかねない。

悠真はむっとした顔で、だったらどうにかしてください、と言わんばかりにこちらの背中を押してきた。この状況で千草に声をかけるのは勇気がいったが、やるしかないようだ。

「み、美島さん」

おっかなびっくり声をかけると、千草が勢いよくこちらを振り返った。たった今善治の存在に気づいたような顔で、不機嫌そうに髪をかき上げる。

「何？　トレーニングの最中なんだけど」

今日も千草の化粧はばっちりだ。目尻をアイラインで跳ね上げさせた目で睨まれると怯みそうだが、放っておけば怒りの矛先がキャンディに向いてしまう。せいぜい空気の読めない男になってやろうと、無理やりへらりと笑ってみせた。

「ちょっと、休憩入れたらどうですかね？　キャンディも疲れてるみたいだし」

「疲れてない、少し集中切らしてるだけ」

「頑張りすぎると大会前にキャンディが怪我しちゃいますよ。本番で実力が発揮できなかったらもったいないじゃないですか」

千草は汗で額に張りついた前髪を煩わしげに指先で払う。苛ついた仕草にどぎまぎしたが、千草は大きく一つ息をつくといくらかトーンダウンした声で言った。

「……それくらいわかってる」

千草が軽くキャンディのリードを引っ張る。キャンディはやはり立ち上がろうとしなかったが、少し声を和らげた千草に「お水飲みに行こう」と言われてようやく茂みから出てきた。言葉の内容を理解したというより、千草の声の変化を敏感に感じ取ったようだ。

千草はキャンディを抱き上げて溜息をついた。

「呼び戻しもできなくなるなんて、想定外だったな」

落胆が色濃く滲んだ千草の言葉を聞きとめ、善治は「呼び戻しって？」と尋ねる。

「そのまんま。犬を呼んでコースに戻すこと。本番の競技会はノーリードで行われるから、呼び戻しができないとコースアウトしたまま時間だけ消費しちゃう。前はちゃんと、呼べば戻ってきてくれたんだけど」

悠真が物言いたげに善治を見上げる。あんな怖い声で呼んだら戻ってこなくもなる、なんてことを思っているのだろう。わかるけど言うんじゃないぞ、と無言で頷き返した。

千草は善治たちの目配せには気づいていない様子でキャンディを地面に下ろすと、飲み口のついたペットボトルから水を飲ませ始めた。その様子を悠真が見詰めていることに気づいたのか、「何」と煩わしげに悠真を睨む。

当の悠真は千草の顔などまるで見ておらず、キャンディの隣にしゃがみ込んでいそいそとパーカーのポケットから小袋を取り出した。中に入っていたのは犬用のおやつだ。

「トレーニングが終わったなら、キャンディ君におやつをあげてもいいですか？」

悠真は千草から放たれるピリピリした空気など意にも介さず、目尻を下げてキャンディを見ている。その屈託のなさにはさすがに千草も毒気を抜かれたのか、呆れの交じる表情で「いいけど」と返した。

「あんまりあげ過ぎないでよね。体重管理もしてるんだから」

「はぁい。キャンディ君、お疲れ様。今日もたくさん頑張ったね！　偉い！」

キャンディもすっかり悠真に懐いているらしく、尻尾を振って嬉しそうだ。ススキの茂みで千草の顔色を窺っていたときの怯えた表情は鳴りを潜めていいてホッとする。

一方の千草はキャンディを悠真に任せて立ち上がると、携帯電話を取り出した。

「おかしいな。週ごとにちゃんとスケジュールは組んでたし、今月中にはある程度形になってるはずだったのに」

スケジュール管理用のカレンダーアプリを立ち上げた千草は、ネイルを施された長い爪でかつかつと音を立てて携帯電話の画面を叩く。

「ちゃんと計画立てて練習すればできるはず。馬鹿扱いされてたあたしだってそれで第一志望の大学に入れたんだから、キャンディだって絶対できるはずなのに……」

「あの、多分、キャンディもちょっとずつ上達してると思いますよ？」

まだ犬を飼い始めて日の浅い自分がフォローを入れるのも口幅ったかったが、何か声をかけずにいられなかった。それくらい千草の横顔に余裕がなかったからだ。

「そうですよ！　キャンディ君、スラロームも途中までは回れるようになったじゃないですか。すぐに最後まで回りきれるようになりますよ」

悠真も加勢してくれたが、千草は「途中までね」と苦い顔だ。キャンディなりに進歩はしているが、千草の理想とはかけ離れた進捗なのだろう。

これ以上どうフォローしていいかわからず悠真と顔を見合わせていると、重たくなった雰囲気を察したのか、千草が声をいくらか明るくした。

「いいよ、今はアジリティーだけじゃなくて別の訓練もしてるし」

「別のって？　どんな訓練です？」とすかさず悠真が食いつく。

「臭気選別訓練っていうの。犬ににおいをかがせて、同じにおいのするものを持ってこさせるやつ」

「それ、警察犬がやるやつじゃないですか？」

千草は乱れた髪を金色のシュシュで結い直しながら、真剣な顔で頷く。

「最終的な目標はキャンディを警察犬にすることだから、並行して審査会の訓練をしておくのもいいかと思って。競技会に出てる犬はあんまり実働に向かないとも聞くし」

「実働って？」

「警察犬として現場で働くこと。競技会は作られたコースを指定された順番で辿らないといけないでしょ？　勝手にショートカットなんてしたら減点されるけど、実際の現場では正確さよりスピードを求められるわけじゃん。競技会で上位に入る犬って、実働したことない犬がほとんどなんだって。だから、あんまりアジリティーのトレーニングには力を入れ過ぎない方がいいのかも」

「じゃあ、これからはキャンディ君のトレーニング時間を減らすんですか？」

「減らすっていうか、これからは別のトレーニングにする。山に入ってみるよ」

善治と悠真は「山？」と口を揃える。

「訓練所のそばにある山。実際に警察犬として救助とか捜索をするようになったら足場の悪い場所に入ることも多くなると思うし、今のうちに慣れさせておこうと思って」

訓練所の裏手にある山なら善治も入ったことがある。山裾の広いなだらかな山で、一応は山道もあるが、人が踏み固めただけの獣道に近い。山頂にはベンチがいくつかある程度だ。

ハイキング気分で登ったところで見晴らしを楽しめるわけでもない。あまり人が入らないせいか山道も整備されておらず、滑落を防ぐロープすら渡されていない。小学生の頃、夏休み前は必ず学校から「山には無闇に入らないようにしましょう」と通達が出たものだ。

「あそこは斜面とか多くて危ないいんじゃないですか？」

「危なくないよ。それほど急な道でもないし。キャンディも初めての場所とか全然怖がらないでどんどん入ってくし。勇敢でしょ。警察犬にぴったりだと思わない？」

善治はとっさに返事ができない。

警察犬になるには勇敢さも必要だ。善治もかつてはそう思っていた。弱虫に警察犬なんて務まらない。

でも、強いとか弱いとか、そういうものはどうやって見分けるのだろう？

悠真はまだ何か言いたげだったが、千草は問答を切り上げるように悠真の手にキャンディのリードを押しつけてしまう。

「ごめん、そろそろ片づけてくるからキャンディのこと見ててくれる？　レポートもやんなきゃいけないし、もう帰らないと」

悠真にキャンディを預けた千草はテキパキと片づけを終え、ボストンバッグを肩に担いで「キャンディ」と声をかける。

それまで悠真の足元で大人しくしていたキャンディも、呼びかけられれば一直線に千草のもとへ駆けていく。尻尾を振って、嬉しそうに。

千草は悠真からリードを受け取ると、キャンディを抱き上げて頬ずりをした。

「大丈夫、キャンディは賢いんだから。絶対そのことを証明できるよ」

トレーニング中とは打って変わって千草の声は優しかった。

千草はキャンディを十分に可愛がっている。厳しいトレーニングもキャンディの名誉を守るためだと思えば、部外者があれこれ口出しするのも余計なお世話な気がした。

何も言えずに千草たちを見送ったが、悠真は納得のいっていない顔だ。

「ああいうトレーニング、正しいんでしょうか」

「どうかな、俺も詳しくないからよくわかんないけど」

「それに、キャンディ君は本当に警察犬に向いてるんでしょうか？」

「まあ、小型犬には過酷かもしれないけど……」

「そういうことじゃなく」と悠真はもどかしそうに首を横に振る。

「キャンディ君、優しい子なんです。河原で一緒に遊んでるときに蝶々とか見つけると、追いかけたりしないでそっと見てるだけなんですよ。走り回るより、小さい花を見つけたり、川がきらきら光るのを眺めたりしてる方が好きなのに……。そういう子に競技会とか、警察犬とか、なんだかあんまりぴんとこなくて……」

「でも美島さんは、山とか怖がらないって言ってたよ？」

悠真はやっぱり釈然としない顔で首を傾げてしまう。

「お祖母ちゃんの家の周りは山が多いんですが、リクはあまり山に入りたがらないんです。そうしたらお祖父ちゃんが『リクは賢い子だな』って言ってくれて、なんで？　って訊いたら、賢い犬ほど山に入るのを怖がったりするんだって教えてくれたんです。山の中で異変が起きているときは特に」

一見すると臆病ともとれるその行動の裏には、異変を察知する思慮深さが潜んでいるかもしれないということか。

（じゃあ、俺が臆病だって思ってたあの犬も、もしかしたら賢い犬だった……？）

唐突に記憶が蘇る。お前が弱虫だから、と善治が睨みつけたあの犬はシェパードだった。

あのとき怯えたように身を伏せていた犬は、その実、黒い耳をピンと立て、善治の様子を窺っていたのではないか。

「キャンディ君、大丈夫でしょうか」

愁いを帯びた悠真の声で我に返り、千草たちが去っていった土手の向こうに目を向ける。

いつの間にか日が傾いて、川から吹いてくる風はすっかり冷たくなっていた。


ときどき夢を見る。闇の中を手探りで歩き回る夢だ。

恐怖と不安で足が竦みそうだが、それを上回る使命感に背中を押されて歩き続ける。

しばらく行くと、闇の中に何か現れた。

犬だ。シェパードだろう。善治はじりじりと犬に近づいて手の中の武器を握りしめる。それを大きく振り上げた次の瞬間、目の前で何かが爆発した。

鼓膜を激しく震わせる爆音と風圧に吹っ飛ばされる。

いや、吹き飛ばされたのは風圧のせいではない。黒い大きな体が飛び掛かってきたのだ。

恐怖に全身を凍りつかせながらも、やっぱり、と思った。やっぱりこんな犬に警察犬は務まらない。自分がどうにかしなければ。

目の前に鋭い牙が迫り、全身が痙攣するように跳ねた。

ベッドの上で体が跳ね、一気に意識が浮上する。

目を開けても視界は真っ白だ。目前に白い壁が迫っている。瞬きを二回して、ようやく自室のベッドの上で、壁の方を向いて横たわっていることに気がついた。夕食後、ベッドに寝転んでうたた寝をしてしまったらしい。

全力で走った直後のように心臓がバクバクと脈打ち、夢を見ていたのだと理解してもなお指先の震えが収まらなかった。

心臓の音が落ち着いてくると、今度は窓を叩く雨音が耳に飛び込んできた。眠っている間に降りだしたのだろう。のろのろと起き上がって雨音に耳を澄ませていると、部屋の扉が外からノックされた。

「善治くーん、お風呂空いたから入っちゃって」

部屋に顔を出したのは夏美だ。ベッドの上にいた善治を見て「もしかして寝てた？」と首を傾げる。

「ちょっと、ウトウトと……」

「やっぱり。さっき大我から電話があったの。善治君に連絡したけど繋がらなかったって」

「え、何か俺に用だった？　かけ直した方が……？」

「大丈夫。明後日うちに帰ってくるって連絡だけだったから。二、三日泊まっていくらしいわよ」

大我が泊まりがけで帰ってくるとは珍しい。千葉で訓練所を始めてからは初めてだ。

「佐々木さんがね、五月の連休ぐらい実家でゆっくりしてくるようにって勧めてくれたみたい。ぎっくり腰で入院してる間、ずっと大我に訓練所のこと任せっきりだったからって」

「じゃあ、また仏間に大我の布団を用意するの？」

「そうね。でもあの子、今回は茶の間に布団敷くとか言い出しそうじゃない？　窓からアレックスが見られるから」

大我の言い出しそうなことだと笑いかけ、善治はすぐに笑顔を引っ込めた。大我の目に、今のアレックスはどう映るだろう、なんて考えが頭をよぎったせいだ。

（前より駄犬になったりしてないよな？　俺と散歩するときだけは前に出たがるけど、伯父さんたちがリード持ってると大人しいし。庭先では俺の指示にも従ってくれるし……）

急に不安になってきた。自分がそばにいたせいで、アレックスは人間を侮るようになってしまったかもしれない。誰かに今すぐ確認してほしいが、夏美たちでは駄目だ。アレックスが真実駄犬になっていたとしても「こんなかわいい子、いい子に決まってるじゃない！」と目尻を下げて即答するに決まっている。

悩んだ末、善治は江波に連絡を入れた。大枚を叩《はた》いて申し込んだ全十回のしつけ教室があと一回分残っている。いつ行こうか迷っていたが、今がそのときではないか。

大我が帰ってくるのは明後日。それまでにどうにか予約をねじ込めないか、善治は祈るような気持ちで江波にメールを送った。

明日か明後日にしつけ教室の予約ができないかという性急で無茶な善治のメールに、江波は『明後日なら午前中からお受けできます』という返事をくれた。

幸運にも予約が取れたはいいが、問題はどうやって夏美たちにばれずに自宅まで江波に迎えに来てもらうかだ。江波なら大学の先輩だと嘘をついてもぎりぎりまかり通るだろうか、などと考えていたら、これまた幸いなことに、夏美と幹彦が電車で帰ってくる大我を最寄り駅まで車で迎えに行くことになった。

そうして迎えた日曜日。大我を迎えに行く前に買い物があるから、と早めに家を出た夏美たちを見送り、入れ違いに迎えに来てくれた江波とともに訓練所へ向かった。

道すがら、「すみません、急に……」と江波に頭を下げる。

「いえいえ、構いませんよ。今日は最後の教室ですね。明け方まで雨が降っていたので室内でのトレーニングになるかもしれないと思っていたんですが、晴れてよかったです」

一昨日からずっと天気がぐずついていたが、今朝になってようやく晴れ間が見えた。訓練所の芝生にも露が滴り、いつもより土と草のにおいが強い。

「それじゃ、今日はこれまでの総ざらいをしてみましょうか。一通りアレックス君に指示を出してみましょう」

言われるまま善治はアレックスの横に立ち、まずは名前を呼んでアイコンタクトをした。腿を叩いて「つけ」と声をかければ、アレックスはきちんと善治の左側についてくれる。

アレックスと一緒に広場を一周し、伏せや座れ、待て、来い、など一通り指示を出す。

「ちゃんとできてるな！　さすがアレックス！」

こうやってアレックスを褒めるのも照れくさくなくなってきた。自分よりずっと大げさに犬を褒める悠真や千草を間近で見てきたせいかもしれない。

善治たちの様子を笑顔で見守っていた江波からも、「いいですね」と声をかけられた。

「前回のトレーニングから一か月近く経っていますが、特に問題なさそうです。稲葉さんも、アレックス君とちゃんとコミュニケーションがとれてるじゃないですか」

「そ、そうですか……？」

「ええ。こうなると散歩のときのアレックス君の行動だけどうにもできなかったことが悔やまれますね」

「でも、最初に比べたらマシになってますよ。前は全力で走るアレックスにずっと引っ張り回されてたんですから。歩いて散歩できるようになっただけでも御の字です」

アレックスの頬を両手で挟んで撫でていると「稲葉さんもだいぶ変わりましたね」としみじみした口調で言われた。

「犬嫌いは改善できましたか？」

大人しく撫でさせてくれるアレックスを見詰め、どうでしょう、と善治は首を傾げた。

「犬はまだ、苦手です。アレックスだから大丈夫なだけで」

「それだけでも確実に前進してますよ」

江波は満足そうに笑い、「続けましょう」とトレーニングを再開した。

その後も特に問題なくトレーニングは続き、最後に江波が軽く両手を打ち合わせた。

「はい。それではこれにて全十回の教室は終了です。最後までありがとうございました」

礼儀正しく頭を下げる江波に、善治も深々と頭を下げる。

「こちらこそありがとうございました。それで、どうでしたか……？　江波さんの目から見て、アレックスはちゃんとしつけられてる犬に見えました？」

「もちろんです」と江波に太鼓判を押してもらってようやく胸を撫で下ろした。これなら大我の前にアレックスを出しても問題なさそうだ。

晴れ晴れとした気分で伸びをしたら、視界の端を山の頂がよぎった。以前、千草がキャンディを連れて入ろうとしていた山だ。じっとそちらを見ていたら「どうしました」と江波に声をかけられた。

「いや、ああいう山に犬を連れていくのはどうなのかな、と思って」

「アレックス君を連れていくご予定が？」

「アレックスじゃなくて、もっと小さいチワワとか」

江波は目を瞬かせ、善治の視線を追うように山へと目を向ける。

「あの山なら私も登ってみたことがありますが、チワワのような小型犬に登らせるのはちょっと過酷だと思いますよ。でも、どうして急に？」

少し迷ったものの、善治は千草と顔見知りになったことを江波に告げる。そのきっかけが悠真と知って、江波は納得したような顔になった。悠真なら、キャンディを案じて千草に突撃するくらいのことはやりかねないと思ったのだろう。

千草が河原で自主トレーニングをしていることや、山に行こうとしていたことなども伝えると、江波が軽く眉を寄せた。

「悠真君が、キャンディに負荷がかかりすぎてるんじゃないかって随分心配していて」

「そうですね。それに山登りもやめた方がいいと思います。キャンディ君の足に負担がかかるのはもちろん、美島さん自身も危ないんじゃないでしょうか。よくヒールの高い靴を履いているようなので」

「さすがに山に入るときくらいまともな靴に履き替えるんじゃないですか？」と善治が首を傾げると「だといいんですが」と溜息交じりに返された。

「美島さん、トレーニング中もずっとあの靴ですから。走り回るので運動靴の方がいいと担当の訓練士もアドバイスしているんですが、本人が問題ないと言い張っているそうで、担当者も弱ってました。あのスタイルにこだわりがあるのはわかるんですが……」

善治はそこで初めて千草の言動に違和感を覚える。

千草が派手な格好をしているのは、自分をギャルだと侮る相手の鼻を明かしてやるためだ。彼女自身がそれを好んでいるわけではなく、半分コスプレのようなものだと言っていた。それなのに、訓練士からの指摘を無視してまであの服装にこだわるのはなぜだろう。

訓練士なら、犬との接し方を見れば一目で飼い主の力量を見抜く。わざわざ服装を変える必要もないはずなのに。

考え込んでいたら「山か」と江波がぼそりと呟いた。見ればやけに深刻な顔で山の頂を凝視している。ただごとではない表情に戸惑って「どうしました」と尋ねれば、その顔に迷うような表情が浮かんだ。

随分と長いこと逡巡してから、江波は広場の向こうに目を向ける。二組程度は余裕でトレーニングができる広さだが、今日は善治たち以外利用者の姿がない。

「本来であれば利用者さんにこんな話をするべきではないんですが……今日は稲葉さんと同じ時間帯に、美島さんもあちらでトレーニングを受ける予約をしていたんです。でも時間になっても美島さんが来ないそうで……」

担当の訓練士が携帯電話に何度か電話を入れたそうだが一向につながらない。これまで千草が無断で予約をキャンセルすることなどなかったので担当者も心配しているそうだ。

「もしかしたら予約を失念されているのかもしれないと思ってご実家にも電話を入れさせていただいたのですが、ご家族からも『千草ならとっくにキャンディと一緒に家を出ましたが』と返されたそうです」

「訓練所に向かう途中で、行くのが嫌になったとかそういうことですかね……？」

警察犬にさせるなら競技会に出す必要はないなんて千草は言っていたし、アジリティーに見切りをつけてしまったか。だとしても、スケジュール帳にあれほど書き込みをしてきちきちと課題をこなしていた千草が、なんの断りもなく訓練所を休むというのはちぐはぐな印象だ。諦めるなら諦めるで、はっきり担当の訓練士にその旨を伝えそうなものだが。

「気が変わったのならそれで構わないのですが、途中で事故にでも遭っていないか私たちも心配していまして」

善治が千草と顔見知りとわかり、何か思い当たる節はないか尋ねてきたらしい。しかし善治も千草と個人的な連絡先を交換しているわけではない。見かけたら声をかけると約束するくらいしかできなかった。

「よろしくお願いします」と頭を下げる江波と別れ、訓練所を出た善治は腕時計に目を落とす。千草のことも気になったが、そろそろ大我が家に着く頃だ。

落ち着かない気分でアレックスのリードを握りしめたそのとき、前を歩いていたアレックスが突然走り出した。

「え、あ、あれ？　どうした、急に？」

ここのところ散歩中に走り出すことなど滅多になかったのに。あたふたしているとまた唐突にアレックスが足を止めた。地面に鼻先を押しつけてにおいを嗅いでいる。

「何、食べ物でも落ちてた？」

歩道の脇に鼻を寄せていたアレックスが振り返る。そこにぽつんと落ちていたのは、見覚えのある金色のシュシュだ。

「これ……美島さんがいつもつけてたやつ？」

見たところシュシュは濡れていない。ということは雨がやんだ後にここに落ちたことになる。今日、千草は訓練所の近くまで来ていたということか。

（気が変わって引き返したか、それともどこか別の場所に寄った……？）

善治は屈めていた身を起こして辺りに視線を向ける。

綿を千切ったような薄い雲が浮かぶ空の下には、のどかな住宅街が広がっている。駅前と違い背の高いビルもなく、家々の向こうには裾の広いなだらかな山が横たわっていた。

（まさか山に入ったとか……）

千草が無断で訓練所の予約をキャンセルして、未だに連絡が取れないという事実に胸騒ぎを覚える。様子を見に行った方がいいだろうか。

アレックスは地面に落ちたシュシュのにおいを嗅ぎ、鼻先を空に向けてすんすんと鼻を鳴らしている。風の中に千草のにおいでも探しているかのように。

「アレックス、もしかしてにおいで美島さんを追いかけたりできるか?」

アレックスは元警察犬だ。当然そういう訓練も受けているはずである。

自分のにおいがついてしまわぬよう爪の先でシュシュを拾い上げ、アレックスの鼻先に近づけてみる。アレックスも嫌がらずシュシュに鼻を寄せているが、このにおいを追わせるためにどんな指示を出せばいいのだろう。

善治はシュシュを下ろすと、アレックスの横にしゃがみ込んだ。

「アレックス。多分これ、美島さんのだと思う。美島さん、急に訓練所の予約をキャンセルしたきり連絡が取れないらしい。山に入ったのかもしれない、心配なんだ」

犬に話しかけるなんて恥ずかしい、とはもう思わなかった。アレックスは善治に横顔を向けているが、耳はきちんとこちらに向いている。話を聞いてくれているのがわかる。

「このにおいを追いかけてくれ」

シュシュをもう一度アレックスの顔の高さまで掲げると、アレックスがこちらを向いた。一瞬だけ目が合って、善治は短くはっきりした声で「追え」と言ってみる。

伝わるだろうか。伝わったとしても、散歩中の自分の指示には従わないかもしれない。

アレックスは正面に顔を戻すと、鼻先を地面に押しつけて歩き出した。善治も慌てて立ち上がる。

アレックスは地面のにおいを嗅ぎながら、いつもよりゆっくりとしたペースで進む。歩き始めてすぐ、自宅に戻るルートを外れたことに気づいたが何も言わず後をついていった。がらんとしたコインパーキングの脇を抜け、フェンスで囲われた空き地の前を通り過ぎ、さらに進むと舗装された道が途切れた。

（山に近づいてる……）

少しずつ住宅が減って、山並みが近づいてくる。

ときどきアレックスは立ち止まり、何かを促すように善治を振り返る。においがわからなくなったのかとシュシュを差し出すと、鼻先を近づけてまた歩き出した。

シュシュが落ちていた場所から五分ほど歩いたところでアレックスが足を止めた。少し前から緩い坂道を歩いている気はしていたが、いつの間にか山の入り口まで来ていたらしい。砂利道が途切れ、木々の茂る山の入り口が目の前に口を開けている。

木の間から見える山道は昼でもなお薄暗い。朝まで雨が降っていたので足元も悪くなっているだろう。本当に千草たちがここにいるのかもわからないのに、下手に入って自分たちの方が足を滑らせたりしたら大変だ。

足踏みしていたら、ぎゃん！　と金属同士を叩きつけるような音が上空で薄く響いた。肩先が大きく跳ね、思わずリードを握りしめる。ごく小さな音だったのに心臓が大きく膨らんで、一気に心拍数が上がった。

善治の耳は犬の声に過剰反応してしまう。他の人には、わんわん、だとか、きゃんきゃん、なんてのどかに聞こえる犬の声が、爆発音や銃声、金属を激しく打ち鳴らすような、ひどく不穏な音として耳に響く。

だからこそ確信した。今、山の中から響いてきたのは間違いなく犬の声だ。

それがキャンディの声だったかどうかまでは判断がつかないが、アレックスは千草のものと思しきシュシュのにおいを辿ってここまでやってきた。

きっとここに千草たちがいる。

確信に貫かれて足を踏み出そうとしたそのとき、ズボンのポケットに入れていた携帯電話が着信を告げた。

一度は無視したが、なかなか電話は鳴りやまない。取り出してみると画面に大我の名前が表示されていた。これはさすがに放置できず、立ち止まって電話に出る。

『もしもし？　今アレックスの散歩中か？　なかなか帰ってこないから母さんたちが心配してるぞ』

大我はとっくに自宅に到着していたらしい。すぐに帰った方がよさそうだが、千草たちのことも気になる。口ごもっていると『どうした』と怪訝そうな声で問われた。

『何かトラブルか？　迎えに行くか？』

電話の向こうで大我が立ち上がる気配がした。うかうかしているといつもの散歩コースまで迎えに来られてしまいそうで、「実は」とかいつまんで状況を説明した。訓練所に通っていたことは伏せ、散歩中に知り合った知人が山に入ったかもしれないとだけ伝える。

「雨上がりだし、道も悪くなってるから心配なんだ。本当に山にいるかどうかはわからないんだけど、アレックスがその人のにおいを追いかけてここまで来たから……」

『わかった、あの山だな。すぐに行くから中には入らず待っててくれ』

言うだけ言って、大我はこちらの返事も待たずに電話を切ってしまう。

思ったより話が大事になってしまった。携帯電話の画面から視線を滑らせると、アレックスが背筋を伸ばして山の入り口を見ていた。こちらがなんの指示を出したわけでもないのに、当たり前に停座している。

「あの、アレックス……楽にしてていいから」

一応そう声をかけてみたがアレックスは動かない。

結局大我がやってくるまで、善治が何度「楽に」と促しても、アレックスは一向に姿勢を崩そうとしなかった。


「悪い、待たせたな」

電話を切ってから十分ほどでやってきた大我は、走ってきたのか肩で息をしていた。

真っ先に反応したのはアレックスだ。立ち上がり、尻尾を振って大我に駆け寄る。自分に対する態度とは随分違う。

大我はしゃがみ込んでアレックスを撫でてから、傍らの山を見上げた。

「久々に来たな。小学生の頃以来だ」

「夏休み前とか、中に入るなって学校から注意喚起されてなかった?」

「されてた。でもよくカブトムシなんか捕まえに来てたな」

けろりとした顔で言い放ち、大我は立ち上がる。

「においを辿ってここまで来たって言ってたけど、なんのにおいを嗅がせたんだ？」

「これ、髪の毛結ぶやつ。近くで拾ったんだけど……」

善治は足元に置いたシュシュを指さす。ずっと持っていては自分のにおいが移ってしまいそうで、地面に置いておいたのだ。

「本人のもので間違いないのか？」

「似たのをつけてたなって記憶があるだけだから、多分としか……。あと、さっき山の中から犬の声がした気がした」

「本当に山で遭難したなら警察に連絡するべきだが……」

「や、でも、全部俺の勘違いかもしれないから！」

いきなり警察に通報するほどの確信はない。

「じゃあ、一応様子だけ見てみるか」

善治からリードを受け取った大我が軽く左の腿を叩く。つけ、と声をかけられると同時か、少し先にアレックスは大我の脇についた。

大我は人差し指と親指で輪を作り、アレックスの口をしっかりと挟んで閉じさせる。さらに「本当だったらピンセットか何かを使うんだが……」と言いながら指先でシュシュをつまみ上げ、アレックスの鼻先に近づけた。

シュシュのにおいをしっかりと嗅いだアレックスは、軽く首を振って大我の手を振り払った。後はもう指示も待たず山に向かって歩き出してしまう。

アレックスを先頭に、大我、善治の順で山に入る。

密に茂った木々が頭上を覆っているせいで山の中は薄暗い。あまり頻繁に人が出入りしていないのか、獣道を一歩外れた地面にはうっそうと雑草が茂っていた。木々をかきわけるように続く、つづら折りの山道を慎重に登っていく。

見渡す限り千草どころか他の登山者の姿もなく、山の中は静まり返っている。

「……頂上までどれくらいだっけ？」

「子供の足で二十分くらいだったかな」

歩き出してしばらくすると、濡れた落ち葉でも踏んだのかずるりと足を滑らせた。うわ、と声を出してしまい、前を歩いていた大我が肩越しにこちらを振り返る。

「大丈夫か？」

頷いてみたものの、記憶の中より山道が険しい気がする。思ったより坂道は傾斜があるし、場所によっては大きな木の根を迂回する下り道もある。アップダウンが激しいのだ。

大我は転びかけた善治を待とうとしてくれたようだが、アレックスは地面に鼻先を寄せてどんどん先に進んでしまう。

「アレックス、待て」

大我に声をかけられてもアレックスは止まらない。リードを引かれても、煩わしげに首を振って足を速めてしまう。

大我の言うことすら聞かないのかと目を丸くする善治を振り返り、大我が溜息をついた。

「実働中は言うことを聞かなくなるとは聞いてたが、本当に耳を貸そうとしないな」

「こういうときって力ずくで止めた方がいいのかな」

「時と場合によるが、今回はやめた方がいい。場所が悪すぎる」

雨上がりの山道だ。ここでアレックスとリードを引っ張り合うようなことになったら、足を滑らせて大怪我をしかねない。

だんだんと速足になるアレックスを宥めながら山を登っていると、静かな山の中に前触れもなく、ぎゃん、という金属音が響いた。

山に入る前も善治が耳にした音は、やはり犬の鳴き声で間違いない。

体が竦んで足を止めた善治とは反対に、アレックスは素早く顔を上げて走り出した。

立て続けに響く犬の声に反応しているのか、アレックスはリードの存在も忘れて走り続ける。

「待て！」という大我の制止も耳に入っていないようだ。

善治も大我たちの後を追いかけるが、またしても足を滑らせ地面に膝をついてしまった。

「善治！　危ないから無理に走るな、後からゆっくりついてこい！」

振り返って叫んだ大我の足元も覚束ない。

アレックスは大我にリードを引かれながらも前に進もうとして、前足を宙に浮かせている。空転するバイクのタイヤのようだ。勢いがつきすぎたのか、後ろ足が濡れた落ち葉の上をずるりと滑って息を呑んだ。

「アレックス、危ない！　ただでさえお前一回怪我してんだろ！」

善治は慌てて立ち上がって大我たちを追いかける。

捻挫は癖になるから危ないと千草は言っていた。それに山道の片側には斜面が広がっていて、うっかり足を滑らせたら大惨事だ。

それでもアレックスは止まらない。山の中で何か異変が起きていることを察し、人間に任せるより自分が解決した方が早いと判断して走っている。

呼びかけたところで応えてもらえない。

アレックスにとって善治は、いつまで経っても使えない新人のままだ。

（それならそれでいいから、俺みたいな新人に心配されるなよ！）

犬の足は細い。がっしりとした胴を支えるには少々心許ないと思えるほどだ。怪我などしたらこれまでのようには歩けなくなってしまうかもしれない。散歩中、アレックスが自分の前ではなく、後ろを歩くようになったらどうするのだ。

犬にリードされずに済んで万々歳だ、なんてもう思えない。そんなのは寂しい。

アレックスにはいつだって、自信満々に自分の前を歩いていてほしかった。

一向に立ち止まろうとしないアレックスに業を煮やし、善治は自分が転ぶことも厭わず力いっぱい地面を蹴った。見る間に大我の背中が近づいて、「ちょっとごめん！」とその脇を走り抜ける。

「おい、危ない……！」

大我の声にも振り返らずアレックスの横に並ぶ。

大我が後ろからリードを引いてくれているおかげで、アレックスの走る速度も若干落ちている。今なら前に出ることも可能かと、善治はいっそう足を速めた。

「アレックス、危ないって――……」

なんとかアレックスの半歩前に出て叫んだその瞬間、唐突に足の裏から伝わってくる地面の傾斜が変わった。

いつの間にか山道が下りに転じていた。足の裏でしっかりと地面を摑めない。自分がどこに足をついたのかよくわからないうちに視界が流れ、緩い下り道の途中で善治は盛大な尻もちをついた。

「善治！　大丈夫か！」

とっさに両手をついたので頭こそ打たずに済んだものの、したたかに尻を打ってすぐには起き上がれなかった。あまりの痛みに尾骶骨《びていこつ》が痺れる。声が出ない。

これはさすがにアレックスも素通りできなかったのか、善治の傍らで足を止めた。その機を逃さず、善治はなりふり構わずアレックスに向かって叫んだ。

「ほら見ろ！　お前が先に行くとこういうことが起こるんだよ！　先輩なら先輩らしく最後まで俺をリードしろ！　突っ走るな！」

いい年をして派手に転んだ恥ずかしさも手伝い、不自然なくらい声が大きくなってしまった。アレックスはたじろいだように足踏みしたものの、善治を置き去りにして走り出そうとはしない。

そのことに安堵して、善治は小さな声で呟いた。

「俺ほんと、お前のことよくわかんないから。手加減してくれ。心配だよ」

文脈など無視して、思ったことを次々つなげて言葉にした。伝わったのかどうなのか、アレックスは小さく耳を動かしている。

「……立てるか？」

背後から、大我が気遣わしげに声をかけてきた。

アレックスを案じて追いかけたくせに、自分が転んでいるのだから世話がない。恥ずかしさを押し殺し、大丈夫、と頷いてからアレックスへと顔を戻す。

アレックスはじっとこちらを見ていた。こげ茶色の毛に覆われた顔に表情はない。そう思っていたけれど、今は少しだけ耳を下げ、ばつの悪そうな顔をしているように見えた。

気のせいだろうか。そうであってほしいとこちらが勝手に思っているだけかもしれない。でも犬は賢いのだ。伝わるかもしれない。わざとらしく哀れっぽい声を作って言ってみた。

「アレックス、俺転んで体痛いから走れないし、置いてかれたら迷子になる。だからちゃんと一緒に歩いてくれないと困る」

アレックスが一つ瞬きをする。けれどその目はすぐに逸らされてしまい、さすがに泣き落としは通じないかと苦笑した。

この先はアレックスと大我の二人で先に行ってもらって、自分は後からゆっくり追いかけよう。そう考えながら立ち上がった善治だったが、それを境にアレックスは走るのをやめ、リードを持つ大我の隣を大人しく歩き始めた。

これには善治も驚いて、前を行く大我に声をかける。

「言葉通じた？」

「かもな。でなければ不測の事態に驚いて追跡中のにおいを忘れたのかもしれない」

「……そっちの方がありそうじゃん」

なんだ、と肩を落とした善治を見て、大我は苦笑を漏らす。

「冗談だ。アレックスもお前のことが心配なんだろ」

本当かな、と思っていたら、ぎゃん、と犬の声がした。

声は上から響いてくる。先程よりもずっと近い。向こうも近づいてくる善治たちの気配に気づいているのか、声を上げる間隔が狭くなってきた。

善治は犬の声にびくついていることを大我に悟られぬよう、腹に力をこめて山道を歩く。しばらく行くと、大きな木の根を迂回するようにS字カーブを描く道にやってきた。

その途中に、見覚えのある犬の姿がある。

ミルクティー色の毛並みに大きな耳、リボンのついた首輪と赤いリードは間違いない。

「キャンディだ」

キャンディはリードをつけているが、その先はだらりと地面に垂れている。近くに千草の姿はない。

キャンディは善治たちに向かって火がついたように吠え続けている。足が竦んで動けない善治に、大我は「ちょっと持っててくれ」とアレックスのリードを手渡してきた。静かな動作でキャンディに近づき、素早くリードの持ち手を拾い上げる。

しばらくキャンディは興奮したように吠え続けていたが、大我が宥めるうちに大人しくなって、最後は大我に抱き上げられて善治たちのもとにやってきた。

「キャンディで間違いないか？」と問われ、小さく頷く。犬の顔はあまり見分けがつかないが、リードと首輪に見覚えがあった。

「美島さんはどこだろう」

辺りを見回したところで、足元から「ここ！」と微かな声が上がった。

木々のざわめきに掻き消されてしまうくらい小さな声だったが、確かに聞こえた。声のした方に目を凝らすと、草木の茂る斜面を数メートルほど下りたところに千草の姿があった。大きな木に背中を預け、下草に身を埋めるようにして座り込んでいる。

大我はキャンディを地面に下ろすと、リードを善治に手渡してきた。思わず受け取った善治が何か言うより先に、迷わず斜面を下りていく。

「た、大我、危ない……！」

「大丈夫だ。子供の頃はよくこの辺の斜面で遊んでた」

こともなげに言い放ち、大我は斜面に生えた木々に手をついて危なげなく千草のもとまで辿り着く。しゃがみ込む千草に手を貸し、その肩を担いで慎重に斜面を登ってきた。

犬二匹とともにハラハラしながらその様子を見守っていた善治は、二人が山道に戻ってきたのを確認するなりその場にしゃがみ込んでしまった。

「よ、よかった……。大我まで一緒に滑り落ちたら警察呼ぶしかなかった……」

気が抜けて俯いたら、片足のサンダルが脱げた千草の足が目に飛び込んできた。見上げてみれば千草の服や顔は泥だらけで、赤いネイルの施された爪も幾枚か剝げていた。

息を吞んだ善治を見下ろし、千草は「大丈夫」と呟いた。

「つけ爪がとれただけだから……。それよりキャンディのこと、ありがとう」

善治からキャンディのリードを受け取って礼を述べる千草の声には覇気がない。大我にもいつになく殊勝な態度で「助けてもらってありがとうございました」と頭を下げたが、さすがに相手が何者か気になったのだろう。誰、と問うような視線を向けられ、慌てて「従兄です。犬の訓練士やってる」と説明した。ついでに道端に落ちていたシュシュのにおいをアレックスに嗅がせてここまでやってきたこともつけ加える。

善治が差し出したシュシュを泥だらけの手で受け取った千草を、大我がその場に座らせる。すぐにキャンディがその膝に飛び乗って、興奮した様子で尻尾を回し始めた。千草もこのときばかりは憔悴した表情を消し、安堵した表情でキャンディを抱きしめる。

すっかり千草の膝の上で落ち着いてしまったキャンディはそのままに、大我が千草の傍らに膝をついて状態を確認する。

「どこか痛むところは？」

「右足が……滑り落ちたときに捻ったみたいで」

サンダルの脱げた千草の右足を見て善治は息を呑む。爪先は泥で汚れ、爪の間にも土が入ってしまっていた。切り傷も多いが、何より目を引くのは赤黒く変色した足首だ。ひどく腫れあがり、本来そこにあるはずのくびれの位置がわからない。

「本当はもっと下まで落ちてたんだけど、なんとかあそこまで戻ってきて。でもだんだん足の痛みはひどくなるし、動けなくなって……」

斜面から落ちた拍子に携帯電話を落とし、助けを呼ぶこともできなかったそうだ。辺りに茂る雑草をかき分けて探し回ったが見つからず、自力で斜面を登ってきたという。

「にしても、なんでこんな所から下に……？」

この辺りは道幅が広いし傾斜も緩い。うっかり足を滑らせる場所ではなさそうだが。

千草はしばし無言を貫いていたが、善治と大我から答えを待たれ、渋々口を開いた。

「キャンディに山の雰囲気に慣れてもらおうと思ったんだけど、ここの山道結構険しかったから。キャンディの足に負担がかからないように抱っこしてここまで登ってきたの」

一人で登っても息切れしそうなこの道を、キャンディを抱え、さらに歩きにくいサンダルで登ってきたとは恐れ入る。

とはいえさすがに千草も疲れたらしく、少し道の開けたこの場所でキャンディを地面に下ろしたそうだ。

自分で思っているより足に疲労が溜まっていたと気がついたのは、キャンディを下ろして大きく伸びをしたときだった。足元がふらついて、サンダルの踵が不自然に足の内側を向いてしまった。バランスを崩し、運悪く傾斜側に倒れ込んだ。

転がり落ちる直前、キャンディのリードを放したのはとっさの判断だ。

「キャンディを道連れにしないで済んでよかったけど、ずっと上で鳴いてるから気が気じゃなかった……」

千草は目を伏せ、口元に自嘲めいた笑みを浮かべる。

「馬鹿だね。こんな危ない場所までキャンディを連れてきたあたしが全部悪い」

千草は膝に乗ったキャンディの背をゆっくりと撫でる。左右の手でつけ爪が残っているのはほんの三本程度だ。手足は泥だらけで、ミニスカートから伸びた脚も泥と血で汚れていた。キャンディのために死に物狂いで斜面を登ってきた姿が想像できてしまうだけに、善治は千草を責めることができない。

だが大我は違った。

「その犬にこの山を登らせるのは酷だと思わなかったか？」

大我の低い声に千草は肩を強張らせたものの、顔を上げてまっすぐ大我を見返した。

「思ったからここまで抱いてきたんです。ここと、それから山頂だけ歩かせたら帰ってくるつもりで」

「どうしてそこまでして山にその犬を？」

「それは、この子を警察犬にするために――」

言いかけて、千草は唐突に言葉を切る。視線が大我から逸れ、その後ろに立つアレックスに向けられた。事態が落ち着いたからか大人しく善治の隣に座っているアレックスを凝視して、千草は抑揚乏しく呟いた。

「やっぱり、シェパードみたいな賢い犬じゃないと警察犬にはなれないんでしょうか」

千草の視線がゆっくりと動いて、アレックスから大我へと戻ってくる。

大我が何か言い返すより先に、千草の顔がくしゃりと歪んだ。それまで気丈に大我を見返していたのが嘘のような、泣きだす直前の子供じみた顔だ。

「それともあたしみたいな飼い主だからトレーニングが上手くいかないの……？」

千草の声尻がひしゃげ、善治は誇張ではなくその場で飛び上がった。

「美島さんはこれまでもトレーニング頑張ってたし、諦めるのは早いんじゃないかと！」

うろたえて大きな声が出てしまい、千草の膝の上にいたキャンディの体がびくりと震えた。驚かせたかと慌てて口を手で覆うと、千草に小さく笑われる。

「努力だけじゃどうにもならないこととかあるんだよ、やっぱ」

千草はそう言ったきり目を伏せてしまい、長いつけまつ毛が目元の表情を隠してしまう。口元には微かな笑みが浮かんでいるが、表情には諦観の影が落ちていた。

「どうしてその犬を警察犬にしたいと？」

大我は千草の表情に頓着することなく淡々と質問を重ねる。

千草はしばらく躊躇するように視線を揺らしていたが、最後は顎を反らして天を仰いだ。

「キャンディが優秀だってみんなに認めさせたかったから。別に警察犬じゃなくても、アジリティーの大会でもなんでも、パッと見てわかるような結果をとって周りから馬鹿にされないようにしたかったから！」

ヤケクソじみた大きな声で言い放った千草は、すぐに疲れを滲ませた溜息をついた。

「でも最近、キャンディのトレーニングが上手くいかなくて。それだけじゃなくて、あたしも学校の実験とか課題とか上手くこなせなくて、焦ってて……」

初耳だった。有名な私立大学に通う千草は、忙しくも充実した学生生活を送りながらキャンディのトレーニングをしているのだとばかり思っていたのに。

善治の表情に気づいたのか、千草はその視線から逃げるように目を伏せた。

「あたし多分、かなりぎりぎりのところであの大学に受かったんだと思う。運よく受かっちゃったって言った方が近いのかも。だって周りの人たちみんなめちゃくちゃ頭よくて、話についていくだけで精いっぱいだもん」

キャンディの背中を撫でながら、千草は苦い笑みをこぼす。

「あたしは詰め込み式の勉強しかしてこなかったから、本当に頭がいい人たちには敵わないんだって落ち込んだ。実力以上の場所に来ちゃって、でも見栄張って周りに助けを求めることもできなくて」

一年の期末試験はぼろぼろだった。辛うじて留年を免れたレベルだ。決して怠けていたわけではなく、むしろ周りについていこうと必死で勉強していたのに。

努力すれば目標を達成することはできる。そう思ったのは錯覚だったのか。

でも諦めたくはない。キャンディだって諦めずトレーニングを繰り返したおかげで無駄吠えをやめさせることができた。必死になればできるはずだ。

もう一度、新しい目標を作って努力してみよう。

「それで飼い犬を警察犬にしようとしたと？」

大我に問われ、「目標は大きい方がいいかと思って」と千草は投げやりな口調で言う。

自分に発破をかけるつもりで、同じ学科の友人に、飼い犬を嘱託の警察犬にしようとしていると話してみた。そうしたら、予想していなかった反応が返ってきた。

「美島さん、実験のときとかいつも最後まで残ってるし、レポートも厚くて丁寧だなって思ってたんだよね。忙しいのにおしゃれも手を抜かないし、その上犬の訓練までしてるなんてすごいよ、尊敬する」

そんなふうに言われたら悪い気がするわけもない。折よく長い春休みに入り、手始めにキャンディとアジリティーのトレーニングを始めてみた。

最初はトンネルに入ることすら尻込みしていたキャンディだが、様々なトレーニングを試すうちに少しずつできることが増えてきた。トンネルは半ばまで入れるようになったし、最初は見向きもしなかったスラロームも、根気強く教えるうちに自ら近づいてバーの間を行ったり来たりするようになった。

まだ形にはなっていない。でも確実に行動に変化が見られる。

それは久々に感じる手応えだった。

キャンディとトレーニングをしているうちに、大学に入ってから少しずつ剝がれていった自尊心がゆっくりと戻ってくるような、そんな気分になって夢中になった。

プロのトレーニングも受けてみたいと訓練所にも通った。まずはアジリティーの大会に出場し、警察犬を目指す。周りに語った言葉が見る間に現実味を帯びてきた。

そうやってキャンディとは楽しくトレーニングをしていたが、新学期が始まり、本格的に授業が始まるとそうも言っていられなくなった。

相変わらず講義は難解で周りについていくのが精いっぱいだ。実験や演習で最後まで残っているのは単に自分の要領が悪いせいだし、レポートが厚くなるのも要点をまとめ切れていないだけに過ぎない。何ひとつ上手くいかない自分自身と、トレーニングに上達が見られなくなってきたキャンディの姿が重なって焦燥が募るようになった。

学校では友人が悪気もなく「警察犬になるための特訓は順調？」なんて尋ねてくるので、今さら後に引けなくなった。どうにか結果を出さなくてはと、キャンディのトレーニングにも熱が入った。短い時間でトレーニングを切り上げるつもりが時間を超過し、なかなか指示通りに動かないキャンディに苛立って声を荒らげたこともある。

キャンディにとってよくないことをしている自覚はあった。アジリティーのトレーニングに見切りをつけ、警察犬の審査会に目先を変えたのはその頃だ。そちらの方がまだ見込みがあるのではないかと期待した。

「自分でも中途半端なことやってる自覚はあったけど、どこで立ち止まればいいのかよくわかんなくなっちゃった」

サンダルが脱げ、赤黒く腫れ上がった足を見遣って千草は眉根を寄せる。

「服も、派手過ぎて自分の趣味から離れてきちゃったのに変えられなくて。大学に入ってからは特に……」

ただでさえ成績はぎりぎりで、キャンディのトレーニングも停滞している。これで身なりまで構わなくなったら、自分の余裕のなさが周囲にばれてしまわないだろうか。

高校生の頃、「しゃれ込むしか能がない」と自分を馬鹿にしてくる相手よりいい成績を取って「しゃれ込んででもあんたより成績上だけど？」とやり込めてやったことがある。

身なりも構わず勉強に没頭してもその程度なんだ、と鼻先でせせら笑った自分の言葉が、今になって自分自身に跳ね返ってきた。着飾ることをやめたら自分も周囲からあんなふうに嘲られるのではないかと思ったら、もう服装を変えることができなくなった。

「だからって、その靴で犬を連れて歩くのは賛成しないな」

大我は千草の足に片方だけ残っている踵の高いサンダルを指して言う。

ここで追い打ちをかけなくても、と思わず千草の表情を窺ったが、千草は自分の非をしっかりと受け止めた顔で頷いた。

「これは本当にあたしが悪かったと思ってます。もうこんな靴履いてキャンディと一緒に歩いたりしません。あたしが怪我するくらいだったら別に構わないと思ってたけど、今回みたいにキャンディが危ない目に遭ったら嫌だから」

きっぱりとした口調で宣言して、千草は膝の上でウトウトしているキャンディを撫でた。

「ごめんね、キャンディ。これまでトレーニングにつき合ってくれてありがとう。でもやっぱり、あたしみたいな素人の付け焼刃じゃ無理だったね」

掠れた声で呟く千草の姿は、地面に座り込んでいるせいばかりでなくいつもより小さく見える。何か励ましたいところだが上手い言葉が見つからない。もどかしくリードを握りしめていたら、大我がおもむろに口を開いた。

「プロも素人も関係ない。もともと犬の訓練は『できなくて当たり前』ぐらいの気持ちで挑むのが普通だ」

特別千草を励ましたり慰めたりしようとしているようには聞こえない、淡々とした口調で大我は続ける。

「一歩進んで二歩下がるどころか、百歩進んだと思ったら九十九歩戻るような毎日だ。途方もなく根気がいる。訓練所で俺が面倒見てる犬たちだって、今まで当たり前にできたことが突然できなくなることなんかざらにある」

千草はわずかに顔を上げ、大我の胸の辺りに視線を向ける。

「……そういうとき、どうしたらいいんですか？」

「また何度でも教えるしかない」

大我の答えは簡潔で、確信がこもっていた。

「その繰り返しだ。何度だって教えてやればいい。もう無理だなんて放り投げるのは早いんじゃないか？　それにこの犬は、飼い主がそばから離れてもずっとここを動かなかった。俺たちが近づいたときは警戒して吠えた。あんたの身を案じてのことだ。賢い犬だ」

千草がゆっくりと顔を上げる。予想外に無防備なその表情を見たら善治も黙っていられなくなって声を上げた。

「美島さん、キャンディの無駄吠えをやめさせられたって言ってたじゃないですか。美島さんはちゃんとした飼い主だと思います」

大我は善治を振り返り「無駄吠え？」と不思議そうな顔をする。善治が簡単に経緯を説明すると、へえ、と大我は感心したような声を上げた。

「この犬が根気強くあんたのトレーニングにつき合ってたのはそのせいだな」

不思議そうな顔をする千草に、大我は嚙んで含めるような口調で言う。

「あんたの言うことをきいて無駄吠えをやめたら周りから叱られなくなった。だからそれ以降の訓練も、自分の状況をよくするためにやってくれてるんだって信じてる。その信頼があったから、その犬は厳しいトレーニングにも懸命についてきたんだよ」

大我が言う通り、千草のトレーニングはいつも厳しかった。でもキャンディは、千草に「もう一度」と求められれば何度でも応じていた。その視線はいつも千草を追っていて、次の指示を待ち構えているようにも見えた。

たとえ上手く指示に従えなくても、いつも千草の言葉を待っていた。

「その信頼に応えるべきだ。ここで放り出すな」

周囲の木々がざぁっと揺れ、遅れて斜面から風が吹き上がってくる。

千草の髪が緩く揺れ、その気配に反応したようにキャンディが顔を上げた。千草を見上げ、その表情を読み取ろうとしているかのように小首を傾げる。

千草は視線を下げると、ゆらゆらと尻尾を揺らすキャンディを見て、夢から覚めたような顔をした。

「……あたし何やってんだろ」

千草の視線がずるずると落ちていく。そのまま顎が胸につくほど深く俯いた千草は、ネイルの剝がれた泥だらけの手で顔を覆ってしまった。

「キャンディのためとか言いながら、結果を出して自分が褒められたかっただけかもしれない。キャンディができたらあたしもできるとか、変な願掛けしてただけかもしれない。ほんと、ごめんキャンディ。あたし……」

千草の言葉はだんだんと小さくなり、善治たちの耳まで届かない。

だが、千草の膝の上にいたキャンディには聞こえたようだ。キャンディは千草の腕に前足をかけて立ち上がると、顔を覆う千草の手の甲を舐め始めた。

千草を慰めるような、あるいは励ますようなその姿を、善治は不思議な気分で見詰める。

犬に人間の言葉は伝わらない。それなのに、どうして犬は人の心の揺らぎを理解しているかのように振る舞えるのだろう。どうしてこんなにもひたむきに、人間に寄り添おうとしてくれるのか。

（俺たちは間違ってばっかりなのに）

遠い昔に出会った犬のことを思い出していたら、千草が顔を覆っていた手を下ろした。もしかしたら泣いているかもしれないと案じていたが、キャンディを抱き上げた千草は何か吹っ切れたような顔で笑っていた。

「ごめんね、キャンディ。あんたもともと賢いんだから、焦んないで時間をかけてトレーニングしよう。キャンディにできることが増えてくのは嬉しいし、他の人にもいっぱいキャンディのこと褒めてほしいもん」

千草はキャンディを抱きしめ、その首筋に顔を埋める。

「あたしも、キャンディが胸張って自慢できるくらいの飼い主になれるよう頑張るから」

声には強い意志が込められていて、千草はきっとその言葉を実現するだろうと思った。

一度は師匠と仰いだ相手だ。次に会うときは以前のように背筋を伸ばし、重たい荷物とキャンディを軽々と抱えて颯爽と歩いていってほしい。

千草の言葉に応えるつもりか、キャンディが尻尾をプロペラのように回していた。

シェパードの前足

夢を見る。夜の中を歩いている。

生臭いにおいのする夜風を吸い込み、両手で握りしめたのは使い古された箒の柄だ。

暗がりの向こうに犬がいる。怯えたように身を伏せる犬を見て、ほらやっぱり、と思った。

こんな臆病な犬が警察犬になれるはずがないのだ。

自分がどうにかしなければ。そんな使命感が背中を押す。

だって大我が、夏美が、幹彦が困っている。

自分を引き取ってくれた人たちの役に立ちたい。立たなければここにいられない。家族の輪の中には入れてもらえなくても、せめてそばにいるのは許してもらいたい。

息を詰め、高く箒を振り上げた瞬間、爆音が耳をつんざいた。

それまで大人しくしていた犬が、牙をむき出しにして激しく吠え立ててくる。ありもしない風圧を感じて後ろによろけた瞬間、犬が地面を蹴ってこちらに飛びかかってきた。

大きな耳に精悍な顔立ち。筋肉質でしなやかな体。毛並みは全体的に茶色いが、背中だけ黒いので黒いベストを羽織ったようだ。

夢の中、飛び掛かってきたシェパードはアレックスと同じ顔をしていた。


目覚めたとき、口の中がやけに苦く感じて顔を顰めてしまった。

自室のベッドに横たわり、なんて夢を見ているのだと自己嫌悪に陥る。よりにもよって、かつて自分に襲い掛かってきた犬とアレックスを重ねてしまうなんて。

溜息をついて窓辺に目を向ける。カーテンの隙間から差し込む光は眩しく、すっかり日が高くなっているようだ。

次の瞬間、善治はベッドの上に跳ね起きた。

（アレックスの散歩！）

転がるようにベッドを降り、パジャマのまま階下へ駆け下りる。茶の間の時計は朝の八時を過ぎている。いつもならとっくに散歩から帰っている時間だ。青ざめたが、庭を見回してもアレックスの姿がない。小屋の中も空っぽだ。

「あ、善治君もう目が覚めたの？」

背後から夏美に声をかけられ、掠れた声で「アレックスは？」と尋ねた。

「アレックスならお父さんと大我がお散歩に連れてったわよ。もうちょっとゆっくり寝てても良かったのに」

窓につけた手がひんやりと冷たくて、ようやく完全に覚醒した。そういえば、昨日から大我が帰ってきているのだ。

「顔洗ってらっしゃい。朝ごはんの用意しておくから」

夏美に笑顔で促されて洗面所に向かったが、あまり食欲を感じない。

(なんか昨日は、大変だったもんな……)

山で遭難しかけていた千草を助けにいったのが昨日のこと。足を捻った千草を大我が背負い、二匹の犬は善治が引き受けて山を下りた。

下山後は善治の携帯電話から千草の実家に電話をして、車で千草を迎えに来てもらった。事情を聞いた千草の両親が『何かお礼を』と申し出てきて、これを辞退するのにもまた時間がかかった。おかげで帰宅したときはすっかり昼時を過ぎていて、夏美から「どこまで行ってたの、お昼冷めちゃったじゃない」と小言を言われてしまった。

しかもこんな日に限って夕食は駅前の焼き肉屋でコースを予約していて、遅い昼食を終えたばかりだというのに次々肉が運ばれてくる。

「あんたたち若いんだからたくさん食べなさい！　ほら、これもう焼けてるわよ！」と夏美がどんどん焼いた肉を皿に積んでくるので困った。さすがの大我も「いつまでも息子の胃袋が高校時代のままだと思うな」と苦言を呈していたが、なんだかんだと皿に載せられた肉は食べきっていたのだからすごい。そうなると善治も残すわけにはいかず、無心で肉を口に運んだ。

もう水一滴入らないくらい大量の肉を食べて帰宅した後は大我と話をする余裕もなく、ベッドに倒れ込んで眠ってしまった。

そんなわけで朝になってもまだ空腹を感じなかったが、せっかく夏美が朝食を用意しているのだ。身支度を済ませると台所へ向かい、出された朝食は残さず平らげた。

「ご馳走さまでした」と皿を下げると、夏美に「お粗末さまでした」と返される。

「善治君はちゃんと食べてくれてよかったわ。大我なんて『腹が減ってない』って言って一口も食べてくれなかったんだから」

笑いながらそんなことを言う夏美に、善治も曖昧に笑い返す。実の息子ならその程度の我儘も簡単に口にできるのだろう。

自分にはもう、そんなことを言える相手もいない。

時を経るにつれどんどん曖昧になっていく両親の輪郭を頭の中でなぞりながら、善治は汚れた皿を洗い桶の底に沈めた。


朝食の後、膨満感に苛まれて再び自室のベッドで横になっていたら、少しウトウトしていたらしい。幹彦の笑い声が耳を掠めて目が覚めた。

アレックスの散歩から帰ってきたようだ。そのまま庭に回ったらしく、外から声が聞こえてくる。間を置かず夏美の声も響いてきた。茶の間の窓を開けて何かお喋りしているようだ。玄関の扉を開ける音はしていないので、きっと大我も庭先にいるはずだ。

庭先でドッと笑い声が弾け、善治は静かに目を閉じた。

（……なんかこの感じ、懐かしいな）

この家に引き取られたばかりの頃を思い出す。

自室で宿題を済ませて階下に下りるとき、風呂上がりに廊下を歩いているとき、夜遅くにふと目が覚めてしまったとき、どこかから稲葉家の三人がお喋りをしている声が流れてくると、微かな疎外感を感じた。寂しいなら自分も会話に参加すればいいのに、それができない。家族のだんらんに部外者が紛れ込むようで気が引けた。

庭先ではまだ夏美と幹彦の声がする。ときどきそこに大我の低い声も交じり、善治はゆっくりと瞼を開いた。ベッドから立ち上がり、そっと窓から庭を見下ろしてみる。

庭の真ん中に立つアレックスと、その傍らにしゃがみ込む幹彦、犬小屋の横に立つ大我の姿が見える。夏美は茶の間にいるのだろう。華やかな笑い声だけが聞こえてきた。

鮮明に声が届くほど近い距離なのに、随分遠い。そんなことを思っていたら、ふいにアレックスがこちらを向いた。善治に顔を向け、そのまま動かなくなる。いつもなら善治と目が合っても興味のない顔ですぐ目を逸らすくせに。

アレックスがいつまでも鼻先を天に向けていることに気づいたのか、幹彦と大我もその視線を追うように顔を上げる。

慌てて窓から飛び退《しさ》ったが、こっそりみんなを見ていたことが二人にもばれてしまっただろうか。だとしたら、このまま部屋に引きこもっているのもおかしい。

しばらく室内をうろうろと歩き回り、観念して部屋の外に出た。

それにしてもアレックスのあの態度はなんだろう。お前は来ないのか、と案ずる顔をされていた気がして癪だ。余計なお世話だぞ、と口の中で呟きながら一階まで下りてきたものの、まっすぐ庭に向かうのも何やら気恥ずかしくて台所へ向かう。みんなの様子を見にきたわけではなく、水を飲むために下りてきたのだ、という小芝居だ。我ながら無意味なことをしている。

素直に家族の輪に入れない自分に呆れながら廊下を歩いていたら、台所から夏美の声がした。善治が階下に下りるか否か迷っているうちに室内へ戻っていたらしい。それに相槌を打っているのは大我か。いつ家に上がったのか気づかなかった。

二人で話し込んでいるところに割って入るくらいなら庭に向かった方がましだ。回れ右したところで、背後から大我の声が響いてきた。

「アレックスの次の引き取り手の件なんだけどな……」

ぎくりとして足が止まった。息を詰めて次の言葉を待っていたら、夏美が台所の蛇口をひねったらしく、シャワーがシンクを叩く音が廊下に流れてきた。水音が大我の低い声を掻き消して何も聞こえない。たまに夏美の「そう」という相槌だけが微かに聞こえてくる。

しばらく耳を澄ませていたが、次に聞こえてきたのは夏美の「お昼どうしようか」という言葉だ。アレックスの話題はすでに終わってしまったらしい。

(アレックスの引き取り手、決まったのかな)

足音を忍ばせて茶の間に向かいながらそんなことを考える。大我が急に実家に帰ってくるなんて珍しいと思っていたが、もしかするとその件を家族に報告するつもりだったのか。

茶の間に行ってみると、庭先に幹彦とアレックスがいた。アレックスと短いロープを引っ張り合って遊んでいた幹彦が、「善治君、ただいま」と声をかけてくる。アレックスもちらりとこちらを見たものの、先程とは打って変わってすぐに目を逸らされてしまう。

(……さっき俺のこと見てたと思ったのは、ただの勘違いかな)

相手は犬だ。人間のような高度な知能など持っているはずもない。

そのはずなのに、アレックスが庭先から自分を見上げてきたのには何か意図があったのではと思ってしまう。なかなか稲葉家の輪の中に入れない自分の手を引こうとしているような、そんな気がしてならなかった。

実際、アレックスが来てから夏美や幹彦との会話は格段に増えた。ほとんどアレックスに関するものだが、学校のことなど訊かれるよりずっとリラックスして受け答えができる。もう何年もぎくしゃくした関係だった大我と電話で頻繁にやり取りができるようになったのもアレックスがきっかけだ。

アレックスがいなくなったら、また以前の状態に戻るだろうか。少なくとも大我から連絡が来ることはなくなるだろう。お互い共通の話題もないのだから。

でも自分が今惜しんでいるのは、そんなことではない気がする。

（ここからアレックスがいなくなるのか）

犬は苦手だ。鳴き声を聞くと体が竦むし、突然飛び掛かってきやしないかとびくびくする。アレックスを引き取ると決まったときは絶望した。早く次の引き取り手が決まってくれないかとひたすら祈っていた。

今朝だって犬に襲われる夢を見た。けれど飛び掛かってきた犬の顔がアレックスだと気づいた瞬間、なんだアレックスかとホッとしている自分がいなかったか。

（犬は苦手だけど、アレックスだけは……）

庭先ではまだアレックスと幹彦がロープを引っ張り合って遊んでいる。

アレックスがいずれいなくなることくらいわかっていたはずなのに、この庭が再び空っぽになるところが上手く想像できなくて、しばらくその場に立ち尽くしてしまった。

結局のところアレックスの引き取り手はどうなったのか。

昼食の準備をしながら、夕飯の買い出しをしながら、風呂を洗いながら、いつ大我が話を切り出すかとそわそわ待っていたが、結局夕食を終えても大我はその話題に触れようとしなかった。先に大我から何か聞かされていたはずの夏美もだ。

今日の夕食はすき焼きで、昨日と同じく大量に食材を用意した夏美から「もっと食べなさい」と勧められて腹の皮が突っ張るほど食べさせられた。

食後、さすがにぐったりして茶の間で伸びていたら大我に声をかけられた。

「善治、一緒にアレックスの散歩に行かないか」

リードを持った大我に声をかけられ、弛緩していた体に緊張が走った。いよいよか。

幹彦の「お父さんも一緒に行きたかったなー」という声と「お父さんはもうビール飲んじゃったでしょ」という夏美の声を背中で聞きながら、大我とともに家を出る。

アレックスのリードは大我が持ってくれて、互いの間にアレックスを挟む格好で夜の住宅街を歩きだす。辺りに人気はなく、アレックスの爪が地面を掻く音と、二人分の足音が夜道に響くばかりだ。

いつ大我から「アレックスの引き取り手が決まった」と切り出されても動揺せずにいられるよう深呼吸を繰り返していたら、前置きもなく大我に尋ねられた。

「未だに犬は苦手か？」

ガチガチにガードを固めていたつもりが、まるで予期していなかった角度からパンチが飛んできて上手く避けることも、弾き返すこともできなかった。

声を出すどころか次の足を出すのも忘れて立ち止まってしまった善治を振り返り、大我が目元におかしそうな笑みを浮かべる。

「あれだけびくびくしながらチワワを抱く姿を見せておいて、まだごまかせるとでも思ったか？」

瞬時に脳裏に蘇ったのは、千草とともに山を下りたときの光景だ。

雨上がりの山道は足元が濡れていて滑りやすい。そのうえ傾斜もきついので、小柄なキャンディを歩かせては足に負荷がかかりそうだ。大我は千草を担いでいるので手が空いていないし、覚悟を決めて善治がキャンディを抱き上げた。

キャンディはすっかり疲れているようで、善治に抱き上げられても暴れたり吠えたりしなかった。覚束ない手つきに、少々尻の据わりが悪そうな仕草をしたくらいだ。

抱き方がぎこちないのは自分でもわかっていたが、最初に「小型犬を抱いた経験がない」と言っておいたし、キャンディを取り落とすようなこともなかったので上手くごまかせた気でいたのだが。

（……全然ごまかせてなかったか）

今からでも全力で否定しようかと思ったが、こちらを見る大我の表情は思いがけず穏やかだ。同じくこちらを振り返ったアレックスも自分を見ている。庭先から自室にいる善治を見上げてきたときと同じ、どこか案じるような表情で。

大我とアレックスの顔を同時に視界に納めたら、無理に言い繕おうとする気持ちがやわやわと剝がされていくのを感じた。迷った末、項垂れるようにして小さく頷く。

大我は視線を落とし、「そうだよな」としみじみ呟く。もうずっと前からわかっていたことを、改めて確認したような口調だった。

善治が隣まで来るのを待って、大我はまたゆっくりと歩き出す。

「アレックスの散歩はお前がしてるって聞いてるけど、一緒に歩くの怖くないのか？」

「最初は怖かったけど、アレックスは聞き分けがいいから今はそんなには……。ただ俺、アレックスに新人扱いされてるから散歩の行き先とかは全然決めさせてもらえないけど」

「ああ、それで山の中で先輩とかなんとか言ってたのか」

大我が喉の奥で笑う。その横顔を、善治は信じられないものを見るような目で見詰めた。

長年隠していたことを打ち明けたら、大我との間にこれまで以上の断絶が生じてしまうと思っていた。それなのに、実際は今までと変わらず会話ができている。それどころか前より空気が軽くなっているような気すらした。

想像と違う展開に、足をふわつかせながら川沿いの土手にやってくる。四月の終わり、川を渡る風はすっかり柔らかくなって、夜の散歩にはちょうどいい季節だ。

辺りはすっかり日が落ちて、遠くの鉄橋を走る電車の明かりが川の上を流れていく。微かに聞こえてくる電車の音を聞くともなしに聞いていたら、ふいに大我が口を開いた。

「犬が苦手になった原因は、俺だな」

大我が足を止めると、指示を出すまでもなくアレックスも立ち止まった。

質問ではなく、断定に近い口調に棒立ちになる。軽くなったと思っていた周囲の空気が一気に重たくなり、何も答えられないでいるうちに大我に深々と頭を下げられた。

「俺がまだ訓練所の見習いだった頃、俺の担当していた犬に襲われたのが原因だろう。あのときは悪かった。俺が目を離したせいで危ない目に遭わせて、申し訳ない」

もう長いこと、お互い触れることを避けていた話題だ。それが今になって、こんなふうに大我から謝罪を受けるとは思ってもいなかった。

「い、いや、あれは、俺こそ不用意に犬に近づいたからで……」

言いかけて口をつぐむ。頭を下げ続ける大我の横で、アレックスがこちらを見ていたからだ。まっすぐな視線はこちらの胸の内すら見透かしてきそうだ。とっさに目を逸らしかけたが、思い留まって動きを止めた。この視線から逃げたら、アレックスはもう二度と自分と目を合わせてくれないのではないかという予感に胸を摑まれたからだ。

千草たちを探しに行った山の中で、アレックスは自分の言葉に応えて走るのをやめてくれた。人間より有能であるがゆえに人間を信頼せず、深刻な状況だと判断したら決して主導権を渡そうとしなかったアレックスが。

信頼に応えるべきだ、という大我の言葉が耳の奥でこだまして、善治は逃げ出したくなる気持ちを胸の中から蹴り出した。

「あれは、大我のせいじゃない」

本当のことを言ったら大我にどんな顔をされるか、想像すると怖かった。

子供の頃のこととはいえ、自分のやったことは「悪気はなかった」で済む話ではない。わかっていたからこそ、一生誰にも言わず墓まで持っていくつもりだったのだ。

でもアレックスが見ている。嘘はつけない。ついてもどうせすぐばれる。

善治は声が震えないよう、腹に力を入れてから口を開いた。

「あのとき、大我の犬に先に襲い掛かったの、俺なんだ」

大我がゆっくりと目を見開く。

アレックスは二人の会話の行きつく先を見届けるかのように、静かにその場に立っていた。


昔の記憶は途切れたフィルムのように、突然始まり突然終わる。印象に残っている場面だけが何度も繰り返され、その前後はばっさりと消えている。

大我が訓練所に入所してから半年以上が経った年の瀬の夜、善治は夏美と幹彦とともに車で訓練所に向かっていた。なぜ訓練所に向かっていたのかはもうわからない。記憶のフィルムにその前の映像は残っていない。

後部座席に乗っていた善治は、車中でぼんやり夏美たちの会話に耳を傾ける。大人の話は半分も理解できなかったが、大我が犬の訓練に苦戦しているということだけはわかった。

訓練所には警察犬にすべく育てられている犬が多数いる。大我はそのうちの一頭を担当することになったが、なかなか犬が言うことを聞いてくれないらしい。

「警戒訓練が上手くいってないんだって？」

「そう。怪しい人間に襲い掛かるようにしつけてるらしいんだけど、犬が臆病なのか言うことを聞いてくれないんですって」

エンジン音と、最大出力にしたエアコンの音に二人の声はたびたび掻き消される。途切れがちな会話に耳を傾け、よくわからないと思った。訓練所のことも、犬のことも。

何よりも、大我にもできないことがあるのだという事実が一番よくわからなかった。あの大我が？　と腑に落ちない気分で思う。

訓練所に車が到着すると、善治は夏美に手を引かれて施設の中に入った。周囲は暗くて訓練所の全貌はよくわからなかったが、小学校に似ていると思った。訓練士たちが住む寮の前に横たわる広いグラウンドが、校庭のように見えたからだ。

夏美たちと事務所に向かい、しばらくその場で待たされることになった。退屈しのぎに持ってきた本を車の中に忘れてきたことに気づいた善治は、幹彦から車の鍵を借りて駐車場に向かった。夏美がついて来ようとしたが、事務所から駐車場までの道くらい覚えている。手を煩わせるのも申し訳なく、一人で大丈夫だと言い張って事務所を出た。

ズボンのポケットに鍵を入れてグラウンドの外周を歩いていると、闇の向こうから「善治」と声をかけられた。誰かと思えば、犬を連れた大我がグラウンドを突っ切ってこちらに歩いてくるところだ。

「お前も来てたのか」

「うん。伯母さんたちもあっちにいるよ」

善治が事務所を指さすと、大我もそちらに顔を向けた。

「そうか……。犬を犬舎に戻してこないと」

「俺も行く」

とっさにそう口走ったのは、久々に大我に会えたのが嬉しかったからだ。

大我が家を出ていく前は、大我に嫌われたのではと不安になって距離を置いてしまったが、いざ大我が家からいなくなったらやっぱり寂しかった。夏美や幹彦より、年の近い従兄に自分は随分頼っていたのだと気がついたのは、大我が家を出た後だ。

犬舎にはまだ明かりがついていた。コンクリートが打ちっぱなしになった犬舎の周囲は柵で囲われ、奥に上下二段になったケージがずらりと並んでいる。

あの場所には一体何頭の犬がいたのだろう。正確なことはわからないが、犬舎に近づいただけで独特の獣のにおいが鼻を衝いて二の足を踏んでしまった。

犬舎に向かう途中、大我は担当している犬の名前なども教えてくれたが今となってはもう覚えていない。覚えているのは、犬を犬舎に戻そうとする大我に、もう少し犬を見ていたいと駄々をこねたことだけだ。

稲葉家に引き取られてからというもの我儘らしい我儘などほとんど言ったことはなかったが、そのときは勇気を振り絞って訴えた。必死で頼み込むと大我も根負けしたのか、犬のリードを柵の端に括りつけてくれた。

「事務所に顔を出したらすぐ戻ってくるから、それまでの間だけな。見るだけだぞ。手を出したりするなよ。約束できるか？」

「わかった。約束する」

しっかりと頷いて大我を見送る。後には善治と犬だけが残された。

大我が担当していたのは、アレックスとよく似た毛色のシェパードだった。

柵に繋がれた犬の姿をじっと観察する。犬もこちらを見返してきたが怖くはなかった。それよりも、大我が担当しているという犬に腹を立てていた。

この犬が言うことを聞かないせいで大我は訓練所の教官から怒られているらしい。車の中で聞いた夏美たちの話を総括すると、つまりそういうことだろう。

怪しい人間を見つけても吠えたり飛び掛かったりできないのは、この犬が臆病だからだ。大我が悪いわけではないのに叱られるなんておかしいではないか。

あの頃の善治は、稲葉家のために何かできることをずっと探していた。自分のせいで稲葉家の家庭内バランスが崩れてしまったのではないかという不安を覚えていたからだ。

犬の訓練士を目指している大我の夢のために、それを後押ししようとしている夏美と幹彦のために、今自分にできることはなんだろう。

辺りを見回し、犬舎を囲む柵の内側に立てかけられていた箒に目を留める。

柵には鍵などかかっておらず、善治は容易にその中に忍び込むと、箒を手に取り犬のもとに戻った。

この犬が不審者に襲い掛かろうとしないのは、きっと大我に甘えているからだ。本当に危ない目に遭えばちゃんと吠えたりするだろう。

自分が犬を鍛えてやる。そんな気持ちで、箒の柄を握りしめじりじりと犬に近づいた。

犬は軽く身を伏せて善治を見ているが、唸ることも吠えることもしない。

（お前が弱虫だから――）

だから大我が叱られるのだ。全部この犬のせいだ。

善治は大きく箒を振りかぶる。ここまでされても一声も上げようとしない犬を見て、こんな臆病な犬に警察犬なんて務まらないと思った。

だが、今ならばわかる。あの犬はじっと善治の出方を窺っていたのだ。異変を察して、注意深く善治を観察していた。そして善治が箒を振り上げた瞬間、善治を害意ある者とみなした。

箒を振り下ろそうとした瞬間、目の前で爆音が上がった。

びりびりと鼓膜を震わせたのは犬の声で、それまでの大人しさから一転、犬は火がついたように善治に吠えかかった。

耳を圧するほどの音量に目がくらんだ。車の中で聞いた話と違う。不審者役の人間にけしかけられても、吠えたり飛び掛かったりしないから困っているのではなかったのか。だからこそ善治も後先考えず箒を振り上げられたのだ。どうせ怯えるばかりで歯向かってくることもないのだろうと。

慌てて箒を下ろした瞬間、犬が善治に向かって飛び掛かってきた。

恐怖で喉が締めつけられて悲鳴も出なかった。目の前に黒い口元と鋭い牙が迫る。その前足が善治の体に届く前に、リードが犬の首を引っ張ってその動きが止まった。

前足を宙に浮かせたまま、犬はさらに激しく吠え立てる。訓練中は手を抜いていたのか、それとも訓練所の外からやってきた善治を警戒して初めて人間に立ち向かったのか。そんなことはわかるはずもなく、ただ犬の剣幕に圧倒されてその場に尻もちをついた。

犬舎にいた犬たちにも興奮が伝播《でんぱ》したのか次々と声が上がり、いくつもの咆哮がグラウンドに響き渡る。その圧倒的な音量に気圧され、立ち上がることもできなかった。

すぐに異変に気づいた大人たちが犬舎の前までやってきて、善治をその場から助け出してくれた。善治は大人たちからいろいろと訊かれたはずだが、その内容はほとんど覚えていない。善治自身パニックに陥ってまともな受け答えが一つもできなかったからだ。

家に帰ってから、大変なことになってしまったとガタガタ震えた。

あの騒ぎの原因は自分だ。自業自得としか言いようがない。けれどあの状況を見た大人たちは、善治ではなく犬を置き去りにした大我を責めるのではないか。

自分のせいで大我が訓練所にいられなくなってしまうかもしれない。犬の訓練士になるという夢を台無しにしてしまうかもしれない。

その日は一晩中布団の中で震え続け、一睡もできなかった。

翌朝、善治は夏美たちに、昨日のことは全部自分が悪かったのだと泣きながら訴えた。大我は何ひとつ悪くない。大我からは犬に近づくなと言われていたのに、勝手に触ろうとした自分が悪いと。

箒を持って犬に襲い掛かろうとしていたとは言えなかった。犬に害をなすような人間が身内にいると周囲にばれたら、訓練所で大我の立つ瀬がなくなってしまうかもしれない。犬の訓練士になるほど犬好きな大我に軽蔑されるのも怖かった。

夏美にも幹彦にも大我にも、本当のことは言えなかった。何を言ったところで許してもらえるとも思えなかった。所詮自分は後からあの家に入った人間で、本当の家族でもないのだから。

後日、再び夏美たちと訓練所を訪れた善治は、訓練所の所長を名乗る男性と顔を合わせるなり、相手が口を開くのも待たず訴えた。大我は何も悪くない。勝手に犬に触ろうとした自分が悪い。どうか大我をやめさせないでください、と。

興奮して泣き出して、過呼吸すら起こしかけたその熱意が通じたのかどうかは知らないが、大我は訓練所を退所することなく引き続き訓練士を目指すことになった。

こんなトラブルを起こしてしまったにもかかわらず、大我は善治を叱らなかった。それどころか、犬に飛び掛かられそうになった善治を心配すらしてくれた。

「犬が苦手になったりしてないか？」と尋ねられたとき、とっさに否定したのは大我に不要な責任感を負わせたくなかったからだ。あの一件で犬に対する恐怖心が植えつけられてしまったなんて知ったら、大我は犬と関わる仕事を諦めてしまうかもしれない。

もうこれ以上、大我の夢を邪魔したくない。

善治が何年も犬好きを演じてきた理由は、その一点に尽きるのだった。


アレックスを連れて土手沿いを通り過ぎ、住宅街をゆっくり回って再び土手に戻ってくる間に、善治は大我に当時のことを洗いざらい打ち明けた。

「だから、あのとき犬に襲われたのは完全に俺のせいだった。でもそのことが言えなくて、大我には本当に迷惑をかけて……ごめんなさい」

土手の途中で足を止め、善治は深く頭を下げる。

夜道に響いていた足音が消え、大我も立ち止まったのがわかった。

何を言われるだろう。なぜあのとき言わなかったと激昂されるかもしれない。ただただ頭を下げ続けていると、大我がぽつりと呟いた。

「少し休憩していこう」

感情の窺えない低い声で言って、大我はアレックスと土手を下りていく。

斜面の途中に大我が腰を下ろすと、アレックスもその隣に座った。善治と二人のときはいつでもビシッと背筋を伸ばしているが、今日は大我が隣にいるからかくつろいだ様子で身を伏せる。その隣に善治もおずおずと腰を下ろした。

眼下には夜の川が流れている。大我は真っ黒な川を眺めるばかりでなかなか口を開こうとしない。地獄の沙汰を待つ心境で大我の言葉を待っていたら、深い溜息が耳を打った。

「あれはお前のせいじゃない」

溜息に溶かすように呟かれた言葉に、善治は眉根を寄せる。

「俺のせいだよ。今さら庇《かば》ってくれなくても……」

「違う。本当にお前のせいじゃないんだ。だっておかしいと思わなかったか？　目の前には犬舎があるのに、犬をケージに戻さずその場に残していくなんて」

「それは俺が犬を見たいって我儘言ったからで――」

やはり自分のせいだと言うつもりで大我を見遣り、それきり二の句が告げなくなった。

大我が両手で顔を覆って俯いていたからだ。

「……違う。わざとあの場に犬だけ残したんだ。本来だったらあり得ない」

背中を丸めた大我の体が、いつもより小さく見えてうろたえた。

幼い頃、大我と暮らした時間は一年足らず。こんな弱った姿を見るのは初めてだ。かける言葉を見つけられずにいると、大我の掌の下からくぐもった声がした。

「辞めるつもりだったんだ」

小さい声を聞き逃しかけ、思わず身を乗り出した。もう一度、と促す空気が伝わったのか、両手で顔を覆ったまま大我は言う。

「あの件とは関係なく、もうずっと前から訓練所は辞めようと思ってた。あの日、母さんたちが訓練所に来たのも、その件で所長と話をするためだったんだ」

善治は息を呑み、掠れた声で「なんで」と呟く。

返事の代わりに、遠くの鉄橋を電車が通り過ぎていく音が辺りに響く。それがゆっくりと遠ざかり、河原を渡る風に完全に掻き消されてから、ようやく大我は口を開いた。

「あのときまで、自分は周りより要領がいい方だと思ってた」

顔を上げた大我の横顔に浮かぶのは苦々しげな表情で、善治は困惑を深める。

実際、大我はなんでもそつなくこなしていた。たまに夏美から家のことを手伝えと小言が飛んでくる以外は特に苦言を呈されることもなく、夏美たちから大学進学を勧められていたくらいだから成績だって悪くなかったのだろう。口数は少ないが家族と不仲ということもなく、後から突然やってきた善治にまでよくしてくれた。

「別に間違ってないんじゃ？」

「まさか」

鋭く息を吐くように言い放ち、大我は川面に目を向ける。

「それまでが上手くいきすぎてただけだった。特に犬に関することについては。チョコのこと覚えてるか？」

稲葉家で引き取った保護犬のことだ。おぼろな記憶を手繰り寄せて頷く。

「前の飼い主の影響かチョコは人間に怯えて、なかなかうちの家族に懐いてくれなかった。父さんたちですらお手上げだったけど、俺はどうにかしてチョコに触りたくて四六時中そばにいた。そうやって時間をかけてようやくチョコが警戒を解いてくれたとき、勘違いしたんだ。俺は犬の気持ちを理解してやれるって」

自分は犬に好かれる。そういう接し方ができるのだと思い込んで犬の訓練士を目指した。早く結果を出したくて大学に行く時間も惜しんで入所したが、いざ訓練所に入ってみれば慣れない寮生活と犬の世話で、新人訓練士の生活は目が回るほど忙しかった。

入所してしばらくは、犬舎の掃除、フンの始末、餌の準備に忙殺されて犬の訓練などさせてもらえない。その過酷さと、入所前に想像していた仕事とのギャップで、一緒に入所した同期は半年を待たず半分近くが辞めていった。

辛い期間を歯を食いしばって耐え、ほどなくしてしつけのために訓練所を訪れた家庭犬を担当することになった。頰のふくふくとした柴犬だ。飼い主は四十代の男性。マメシバだと思って飼い始めたら普通の柴犬だったらしく、思ったより大きくなってしまった。室内で飼っているが最近あまり言うことを聞かず、家族に対して唸ることもあるのでしつけ直してほしい。そんな依頼内容だった。

ようやく犬の訓練に携われると張り切った。見たところ犬の方に問題があるようには見えない。多少むらっけはあるものの、根気強く指示を出せばきちんと従うし、褒めてやれば喜ぶ。どちらかというと飼い主が犬に対して及び腰になっていることの方が問題だ。

飼い主とのカウンセリングに重きを置いて、しつけ教室は数回程度で終わった。最後は犬も飼い主の指示に従順に従うようになり、仕事をまっとうした充実感をもって飼い主と犬を訓練所から送り出すことができた。

そう思っていた。

「でもその犬はしつけ教室を終えてしばらくした後、飼い主の家族を噛んだんだ」

大人しく大我の言葉に耳を傾けていた善治は息を呑む。

大我は相変わらずこちらを見ない。視線は川に向いているが何か見えているのだろうか。夜の川は闇に沈んで真っ黒だ。

「噛まれたのはその家の息子で、まだ小学三年生だった。しつけ教室に通わせたのにどういうことだってとんでもない勢いでクレームが来て、所長と一緒に謝罪に行った」

飼い主の家に着くや頭ごなしに怒鳴られた。どういう状況で犬に噛まれたのか訊きだしたかったが、新米の自分が口を開けるような状況ではなかった。

家の奥には腕に包帯を巻いた息子がいた。善治と同じくらいの年の子だ。

息子は恐怖に顔を強張らせ、決してこちらに近づいてこようとはしなかった。訓練所からやって来た自分たちに染みついた犬のにおいにすら怯えているかのようだった。

謝罪を終えて帰る際、部屋の隅に置かれていたケージに気づいた。

ケージの中は空っぽで、ペットシートもなければ、餌や水を入れる器も置かれていない。

あの柴犬はどこに行ってしまったのか、家族に尋ねることはできなかった。ただ、この家に犬が来ることはもうないだろうことはわかった。あの子供がこの先二度と犬に触れることがないことも。

――一人の人間の人生を変えてしまった。もちろん、犬の運命も。

「あのときは犬の訓練士って仕事を甘く考えてた事実を突きつけられたし、自分を過信してたことも思い知らされた」

しつけ教室は完璧に終えたはずだった。あの犬はきちんと自分の指示を聞いてくれたし、こちらの意図するところをわかってくれたと思っていた。でも違った。

自分は犬の気持ちを理解していると思っていた。多分、それも違った。

もう自分は犬に関わらない方がいいのかもしれない。そう思ったら、これまで順調だった犬の訓練が途端に上手くいかなくなった。どう犬と接すればいいのかわからない。

自分の声は、言葉は、どこまで犬に伝わっているのだろう。わからなくて訓練所のグラウンドで声を張れなくなった。

「これはいよいよ駄目だと思って、所長に訓練士を辞めたいって相談したんだ。でも所長は俺を引き留めてくれた。それで一度、うちの両親も交えて訓練所で今後について相談することになった」

それこそが、善治が夏美たちと訓練所に行くことになった経緯だったそうだ。

「……じゃあ、あのときはもう、大我は訓練士を辞める気だったってこと？」

「そのつもりだった。なんだったらそのまま家に帰るつもりだったからな。だから最後に担当してた犬と散歩をしてたんだ。そうしたら、お前に会った」

善治と一緒に犬舎に向かう間、大我はずっと、両親からなんと言われるだろうということばかり考えていたそうだ。あれほど大学に進学するよう勧められていたのに突っぱねて、入所から一年足らずで辞めたいなんてさすがに甘え切っている自覚はある。所長と一緒にもう少し頑張れと促してくるかもしれない。

でも自分が失敗すれば、その報いは犬や飼い主に返ってくる。そうなったときの責任を負いきれない。まだそれだけの覚悟がない。

もういっそ、誰かが自分に「辞めろ」と言ってくれたらいいのに。

そんな思いが胸を過《よぎ》り、大我は訓練士としてあるまじき行動に出た。善治と別れる際、犬を犬舎に戻さず、適当な柵にリードを括りつけて放置したのだ。

「部外者の前にあんなふうに犬を置いておいたら、俺が何を言うまでもなく所長からクビを言い渡されると思った」

大我は善治を振り返り、申し訳なさそうに眉を寄せる。

「危ない目に遭わせて本当に悪かった。あのときは、『犬に近づくな』とさえ言っておけば問題ないと思い込んでたんだ。うちに来てから、お前が俺たちの言いつけに背いたことなんてなかったから」

大我がそう考えるのも無理はない。あの頃の善治は稲葉家の誰かから「右を向いていろ」と言われたら、本当に一日中だって右を向いているような子供だったのだから。

当時のことを思い出していたら、膝に温かな重みを感じた。何かと思えば、足を伸ばして座る善治の膝に、アレックスが顎を乗せている。散歩中は気を抜いたように地面に寝そべることすら稀なのに、こんな甘えた態度は初めてだ。

呼吸のたびにアレックスの鼻息でズボンの布地が湿る。寝息のようなその息遣いを聞いていたら妙に気が抜けて、長年口にしたことのなかった本心をこぼしていた。

「……あの頃は、ちゃんとみんなの言うことを聞かないと家にいられなくなるかもしれないって思ってたんだ。だって俺、本当の家族じゃないし」

両親を失ったばかりで他に寄る辺もなかった善治は、何か失敗して稲葉家の人たちから手を放されることを何より恐れていた。そんなことをぽつぽつと口にすると、うん、と短い相槌が返ってきた。

「俺も、お前が随分俺たちに気を遣ってたことに後になってからやっと気づいた」

大我がそれに気づいたのは、善治が二度目に訓練所にやって来たときのことだ。

真っ青な顔で事務所に入ってきた善治を見たとき、てっきり犬に襲われたことを思い出して怯えているのだと思った。けれど善治は犬のことなど一つも口にせず、大我に訓練士を続けさせてほしいと周りの大人たちに必死で頼み込んでいた。悪いのは全部自分だと言い張って、少し落ち着くよう促す周りの言葉もすべてはねつけた。

善治が怯えているのは犬に襲われたことではなく、大我の不利益になることなのだ。そう気づいたとき、ようやく善治がどれほど周囲に気を遣っていたのか理解した。

「犬に吠え立てられて犬舎の前で腰を抜かしてたお前を見たときは、また判断を間違えたと思った。こんな簡単なことも予想できなかった自分の未熟さが恥ずかしかったし、今度こそ全部放り投げて家に帰るつもりだったんだ。誰がなんと言おうと訓練士は辞める。そう宣言するつもりだったのに、俺を訓練所にいさせようとして過呼吸まで起こしかけてるお前を見て、これは家には戻れないな、と思った」

柴犬の訓練に失敗してからというもの、腕に包帯を巻いた少年の怯えた顔と、空っぽのケージを思い出しては、水に押し沈められるような息苦しさを覚えていた。他人の運命を変えてしまった。もう取り返しがつかない。その重圧から逃れることで頭がいっぱいで無様にもがき続けていたが、ふいに水面から顔を出したような気分になった。

目の前には、今まさに溺れかけている善治がいる。

多分善治は、自分が犬の訓練で手痛い失敗をしたことを両親から聞かされていない。だからこそこんなにも必死になっているのだろう。端から辞めるつもりだったのだと説明しても素直に信じてくれるかわからない。

もしここで訓練士を辞めたら、善治も他人の運命を変えてしまったと悩むだろうか。

知ったことかと訓練士を辞めることは容易い。だがそれは善治を見放すことを意味する。その選択もまた自分は後悔するだろう。

後悔は続く。延々と続く。多分周囲も巻き込んで、事態は悪化の一途を辿る。

だったらここで自分が踏ん張るしかないではないか。

善治にまで罪悪感は背負わせられない。訓練の失敗も、善治が犬に襲われたことも、すべて自分の見通しの甘さが招いたことだ。

泣き言を言っている場合ではないと、ようやくここで覚悟が決まった。

「今俺が訓練士として働けてるのは、あのとき踏みとどまらせてくれたお前のおかげだ」

話を締めくくるように言って、「ありがとう」と大我は微かに笑った。

川向こうから、夜の柔らかな風が吹いてくる。

当時の大我がそんな煩悶を抱えていたなんて夢にも思わず、すぐには口が利けなかった。

大我の挫折も悩みも知らず、大我に嫌われたのでは、なんてびくびくしていた自分が情けなかった。知らぬところで自分は大我に庇われていたのだ。あのとき大我が訓練士を辞めていたら、自分は罪悪感に押しつぶされて、稲葉家の面々と今より歪《いびつ》な関係しか作れなかったかもしれない。

「……訓練士辞められなかったこと、後悔してない？」

恐る恐る尋ねると、もちろん、としっかり頷かれた。

「こうして訓練士を続けられて良かった。最初に担当した柴犬には謝っても謝りきれないし、一生忘れられないとも思うが、どんなにトレーニングしたって絶対なんてないんだ。犬も人間も失敗する。万能の解決策はないし、犬や飼い主によって対応も様々だ。毎回手探りで、失敗もあるがそういうもんだって覚悟できた。正解じゃなくても、現状の最善策を提案したい」

迷いのない口調で言ったものの、すぐに大我は視線を落としてしまう。

「とはいえ毎回悩むことばっかりだ。アレックスを実家に預けるときも相当悩んだ」

善治は必死で隠していたが、あの一件で犬に対して苦手意識を抱いたのは一目瞭然だ。にもかかわらず夏美たちは善治の犬嫌いを全力で否定する。もしや自分が実家を離れている間に善治も犬に対する苦手意識を克服したのかと期待したが、アレックスと対面させてみたときに確信した。善治の犬嫌いは治っていない。

犬が苦手だろう善治と、人の言うことを聞かないアレックス。

引き合わせてよかったのだろうかと後から悩んだ。また人と犬の運命が変わってしまうかもしれない。

「でもお前、山の中で本気でアレックスを心配して声まで荒らげてただろ。あんなに犬に対して尻込みしてたのが嘘みたいに。アレックスも俺の指示には全然反応しなかったのに、お前の言うことはちゃんと聞いた」

運命は、思ったのとは違う方向に舵《かじ》を切ったのだと思った。

「あれを見たとき少し、救われた気分になった」

呟いて、大我は唇の端に柔らかな笑みを浮かべた。肩の荷が下りたような顔だった。

そんなにいろいろなことを考えていたなら言葉にしてくれたらよかったのに、と思い、そうできなかったのは自分のぎこちない態度のせいだったのかもしれないと思い直す。

隠していたつもりで、大我には犬嫌いがばれていた。大我に対して苦手意識を持っていたことだってばれていたのかもしれない。

善治は膝の上で拳を握りしめ、うろうろと視線をさ迷わせてから思いきって口を開いた。

「あの……俺、ずっと、大我に嫌われてるんじゃないかと思ってて」

緩んでいた大我の顔が瞬時に強張った。

「子供の頃、大我から伯母さんたちをとっちゃったから……。伯母さんたち、何かっていうと俺のことばっかり構ってたし、大我は面白くない思いしたんじゃないかって……」

険しい顔でこちらを見ていた大我の顔がふいにほどけた。なんだ、と空を仰ぐ。

「高校の頃のことだろ？　そんなこと思うわけない。むしろあの頃は進路にあれこれ口出ししてくる親が煩わしかった。お前が来てくれたおかげで親の目がそっちに向いて喧嘩が減ったくらいだ」

夜空に顔を向けて笑う大我の横顔を見た瞬間、肩にのしかかっていた重たいものが背中の方に倒れて消えた。そんな感覚に小さく息を吐く。

ようやくようやく、長年胸にわだかまっていたものがほどけた気がした。ゆっくりと肩を落としたところで、大我が声の調子を改める。

「アレックスの次の引き取り手のことなんだが」

出し抜けに名前を呼ばれたせいか、善治の腿に顎を乗せていたアレックスの耳が小さく動いた。善治の背筋にも緊張が走る。

いよいよ引き取り手が見つかったのかと覚悟したが、あっさりと「まだ見つかってない」と続けられて肩透かしを食らった。

「母さんにはもう伝えたんだが、なかなか条件に合う家がなくてな。もうしばらくこっちで面倒を見てもらうことになりそうだ。佐々木の腰もすっかり良くなったし、いっそ俺が引き取って訓練所で飼ってもいいかと思ってたんだが」

そこでいったん言葉を切って、大我はまじまじと善治の顔を覗き込む。

「な、何……？」

「いや、お前たちが思った以上に信頼関係を築けてたから驚いたんだ。でもお前、まだ犬全般を克服したわけじゃないよな？　チワワ相手にびくびくしてたし」

大我の言う通り、まだ犬に対する苦手意識は消えていない。犬の声を聞くと、それがチワワのような小型犬でもびくついてしまう。

でも、アレックスに対してびくびくすることはなくなった。

アレックスは賢い。きちんと自分を導いてくれる人間に対しては従順だ。

一方で、善治のように腰が引けている相手は平気で舐めてかかる。そういうところは可愛げがない。よその犬に吠えられても動じないところは頼りにしている。でもあまりに行儀がいいので、たまには気を抜いてほしいとも思う。

気を抜けないのは、居場所が定まらないせいかもしれない。

最初に引き取られた訓練所から一般家庭、大我の訓練所、稲葉家へと、転々と居場所を変えてきたアレックスに、そろそろ気の抜ける居場所を作ってやりたかった。

大我や夏美や幹彦が、行き場のない自分にそうしてくれたように。

「……俺、まだ就職先とか全然決まらないんだけど」

話の流れを断ち切ってしまうのを承知で、善治は最近自分が悩んでいたことを口にする。

大我は特に質問を挟むことなく、目顔で先を促した。

「ずっと、早くあの家を出たいと思ってたんだ。別に伯母さんたちと一緒にいるのが嫌なわけじゃなくて、これ以上迷惑かけたくなかったから。仕事が見つかれば家を出られる。だから仕事の内容はなんでもよかったし、希望とか全然思いつかなかった」

でも涙ながらにリクのことを語る悠真を見ていたら、そんなふうに将来のことを決めては夏美たちを傷つけてしまうのではないかと思うようになった。

だから自分がしたいことを懸命に探し、思い浮かんだのはあまりにもささやかなものだ。

「大学の友達に何を基準に会社を選ぶんだって聞かれたとき、一つだけ浮かんだのが『家から近い』ってことだった。そしたらアレックスの散歩ができるかなって思って……」

口にしてから、本当にささやか過ぎて恥ずかしくなった。自分の将来のことなのに、真っ先に頭に浮かんだのがアレックスのことだなんて自分でもどうかと思う。

でも捨て置けなかった。久々に身の内から溢れてきた個人的な願望だ。

「こんな理由で就職先決めようとしてるの、おかしいかもしれないけど」

言い訳めいたことをもごもごと呟いていたら「おかしくないだろ」と静かな声で言われた。

ふらふらと迷う心に楔《くさび》を打つような、芯の通った声で。

横目でそろりと大我の顔つきを窺う。こちらを見る大我は真剣な表情だ。

「犬のために就職先を決めるなんて、伯母さんたちに知られたら呆れられないかな」

「呆れないと思う。二人とも大概犬が好きだしな。アレックスも、自分のためにそこまで考えてくれる相手が飼い主なら幸せだ」

何気なく口にされた言葉にどきりとする。それは今後も善治がアレックスの飼い主でいいということか。期待を込めて大我を見上げると、少し言いにくそうにつけ足された。

「ただ、アレックスはもう六歳だ。年齢としてはシニアの域に入ってる。これから世話が大変になってくると思う」

「六歳でもうシニア？」

「シェパードの平均寿命は九歳から十三歳だからな」

思っていたより断然短い寿命に愕然とした。九歳なんてほんの数年後ではないか。

「人間と同じで、老いれば犬も介護が必要になる。母さんたちはそれでもアレックスを引き取りたいって言ってる。その頃にはお前も就職してるだろうし、アレックスの世話を頼まれることもないだろうから実家に預けてもいいかと思ってたんだが……」

犬嫌いだと思い込んでいた善治が、アレックスのために地元就職まで考えていたとは思っていなかったのだろう。大我は改めて善治に、どうする、と問いかける。

「犬を飼うのは楽しいばかりじゃないし、最期まで看取るのは結構しんどいぞ」

大我の言葉に耳を傾けながら、善治はアレックスに目を向けた。

アレックスは善治の膝に顎を乗せ、本格的にうとうとし始めている。今は老いなど感じさせないアレックスが弱っていく姿を見るのはどんな気持ちだろう。胸の詰まる思いがするかもしれない。どんな経緯を辿るにしろ、アレックスを見送らなければいけない日はいつか必ずやって来る。

飼う前からこんな想像をしなければいけないのかと思うと気が重くなった。だが、犬を引き取るのなら絶対に考えておかなければいけないことだ。

瞬きもせずアレックスを見詰めていたら、その視線を感じ取ったかのようにアレックスが瞼を開けた。眠たそうな瞬きの後、視線だけ上げて善治を見る。

ふすん、と鼻を鳴らし、アレックスが善治の腿に前足を置いた。どうした、と先輩が後輩の肩を叩くようなその仕草に、思わず笑みがこぼれる。

そっとアレックスの前足に触れてみる。すでに目を閉じかけていたアレックスは片目だけ開けてこちらを見るも、善治の手を嫌がらない。

体に反して小さなアレックスの前足を柔らかく握り込んで、小さく揺らす。指切りをするような気持ちで。

「大丈夫。最後までちゃんと面倒見るよ」

だからこれからもこんなふうに、アレックスには安心して居眠りをしてほしい。そうしてもらえるような飼い主になりたい。

「ペットロスなんて言葉もあるが……」

「それなら、わりとリアルに想像つくと思う。俺、父さんと母さんの葬式出てるから」

大我が小さく息を呑む気配がした。思えば稲葉家に引き取られてからというもの、自分から両親が亡くなったときの話題を口にしたのは初めてだ。

胸の中心に空洞ができて、どんな感情もそこから流れ落ちて自分の中に残らなくなるような、あの途方もなく空虚な心地は忘れられない。最初はただ呆然とするばかりだったが、日が経つにつれ空洞の周辺に少しずつ、悲しいだとか、寂しいという感情が生えてきて、蔓植物のようなそれが胸の空洞を覆うのに数年を費やした。

それでもやはり完全に穴はふさがらないし、両親のことも忘れられない。

だからといって、最初から稲葉家の子供だったら良かった、とは思わない。そうなれば両親を失った悲しみは負わずに済むだろうが、家族で過ごした楽しかった記憶もごっそり失ってしまう。

それに、悲しみに寄り添ってくれる人がいることの心強さを善治は知っている。

両親の葬儀で、夏美は善治と一緒に泣いてくれた。幹彦は力強く善治の背を支えてくれた。大我も辛抱強く控えめに、黙って傍らに寄り添ってくれた。

だからきっと、アレックスとお別れするときがきても大丈夫だ。耐えられる。少なくとも、引き取ったことを後悔することはないだろう。

「介護の経験はないから、そこは任せてってまだ言えないけど」

「心配しなくても、そのときは俺が手伝いに行くし、レクチャーもする」

力強く言い切って、大我は善治に尋ねる。

「アレックス、引き取ってもらえるか？」

頷いたらもう後には引けない。責任重大だ。

けれどもう、善治に迷いはなかった。

「引き取る。ちゃんと最後まで面倒見る」

口にしてみてやっと、自分はアレックスを引き取りたくて仕方がなかったんだなと自覚した。

わかった、と大我が頷くのを見た瞬間、深い安堵に包まれた。

善治は手の中に握り込んでいたアレックスの前足を膝の上に戻してその顔を覗き込む。

「よかったな、これでアレックスも稲葉家の一員だ」

アレックスを起こさぬよう小声で囁いた。これからは夏美や幹彦がたっぷり可愛がってくれるし、大我も良きアドバイザーになってくれるだろう。自分も微力ながら稲葉家を手伝わなければと思っていたら、ふいに横から大我の手が伸びてきた。

「お前もな」

頭にずしりと重いものが乗せられたと思ったら、犬を撫でるような手つきで頭を撫でられた。目を白黒させていたら、笑い交じりの声が耳を打つ。

「お前だってずっと前からうちの家族だぞ」

え、と小さく声を上げてしまった。続けて、でも、と漏らしそうになる。

でも俺、途中から来たし、本物の家族じゃないし。

そう口にしようとしたのに、腿からしみ込んでくるアレックスの体温に声をせき止められた。

アレックスだって自分と同じく後からあの家にやって来たけれど、すでに稲葉家の一員だ。夏美たちはアレックスが来る前から、犬小屋やボールやおやつを大量に買い込んでいたのだから。あの段階ですでに家族として扱われていたと言って差し支えない。

では自分は？

夏美たちは善治のことも、同じようにあれこれ準備して待っていてくれたのではないか。

茶碗と箸、真新しいパジャマ、新しい学校で使うノートと教科書。大我に至っては自分の部屋まで譲ってくれた。慣れない環境に身を置かざるを得なくなった善治が、少しでも居心地よく過ごせるように。

自分だって、家族として扱ってもらっていたんじゃないか。最初から。

乱れた前髪の隙間から見えていた街灯の光が、水に溶けるようにぐにゃりと滲んだ。

どうして与えられる愛情を最初から素直に受け入れられなかったのだろう。今になって気づくなんて本当に鈍い。大我の掌の重さに負けて俯いたきり、顔を上げられなくなる。

「善治？」と大我が自分を呼ぶ。眠っているアレックスの耳が微かに動いて、引き取った直後のアレックスがやけに自分の名前に反応していたことを思い出した。

もしかすると本当に、離れた場所で大我は何かと自分のことを話題にしていたのかもしれない。夏美や幹彦が、ふとしたときに大我のことを口にするように。

（……家族のこと心配するみたいに）

寝ぼけているのか、アレックスが前足で善治の腿を叩く。

うっかりその鼻先に涙を落として安眠を妨げないよう、善治は服の袖で乱暴に目元を拭った。

エピローグ

正式にアレックスを引き取ってほしい、と大我から告げられたときの夏美と幹彦の喜びようは想像以上だった。夫婦揃って歓声を上げ、「今さらアレックスを返せって言われても返す気なんてなかったわよ！」と諸手を挙げて大喜びしていた。

大我はその後も二日ほど実家に滞在したが、長年のわだかまりが解けた状態で過ごす時間は新鮮だった。

大我はもっと口数が少なくて何に対してもドライな反応をする気がしていたが、意外と下らない冗談を言うし、夏美に小言を言われても聞こえないふりをしたりする。アレックスの前では厳しい顔しかしないかと思いきや、ブラッシングをするときは機嫌よく鼻歌を歌っているし、ボール遊びに夢中になりすぎてアレックスからもういいとばかりそっぽを向かれていることもあった。

夏美たちのいない場所で思いきって犬のしつけ教室に通っていたことを打ち明けたときは、「なんでうちに来なかった」と不満げな顔をされた。怒っているというよりは拗ねたようなその顔を見たとき、もしかすると自分は長年色眼鏡をかけて大我を見ていたのかもしれないと思った。なんだ、と思ったら肩の力が抜けて、声を立てて笑ってしまった。

帰り際、来たときと同じように夏美と幹彦に車で駅まで送ってもらうことになった大我は、車に乗り込む直前、「何かあったらすぐ連絡しろ」と善治に声をかけてきた。

「アレックスのことでも、それ以外でも。変な気を遣わず今度はちゃんと俺を頼れよ」

半分は江波のしつけ教室に通っていたことに対する当てこすりだろう。わかった、と肩を竦めた善治の頭を、大我はアレックスにそうするように荒っぽく撫でて車に乗り込んだ。

大我たちを見送った後、善治はアレックスを連れて昼下がりの散歩に出た。

山の中でのやり取りを経て、自分とアレックスの仲も深まったはず——などと思っていたが、現実はそう順調に進まない。

「アレックスー、今日はいつもとちょっと違うルートで歩いてみたいんだけど。おーい、聞いてるかー？」

家を出てから何度となく呼びかけているが、アレックスは一向にこちらを振り返らない。善治の左脇ではなく半歩前を歩き、悠然とこちらをリードしている。

溜息をつきたくなったが、ぐっとこらえた。

犬のしつけは百歩進んで九十九歩戻るようなもの。気長にいくしかあるまいと、今日のところは大人しくアレックスに主導権を譲った。

この先も一生アレックスの面倒を見ると決めたのだ。今さら焦る必要もない。

いつもの散歩コースを巡り、土手に戻ってきたところで「稲葉さーん」と聞き覚えのある声に呼び止められた。前方から、見知った人影が近づいてくる。

頭の上で大きく手を振っているのは黒いパーカーを着た悠真だ。その隣には、片手で松葉杖をつき、もう一方の手で犬のリードを持っている女性の姿がある。

あんな状況でよく犬の散歩なんてできるものだと感心していた善治だが、近づいてくるその顔を見て目を見開いた。松葉杖をついてゆっくりと歩いていたのは千草だ。

一瞬本気でわからなかった。千草はこれまでのミニスカート姿から一転、すとんとしたシルエットの、丈の長いニットワンピースを着ていたからだ。髪も太い三つ編みにして肩から垂らしており、ギャルとは呼べないくらい落ち着いた雰囲気だ。

「稲葉さん、こんにちは。アレックス君もこんにちは！」

先に善治たちのもとまでやってきた悠真に挨拶を返すが、どうしたって視線はその背後から近づいてくる千草に行ってしまう。

「美島さんのあの足……」

「あ、なんか転んで怪我したそうですよ」

山から落ちたときの怪我だろう。悠真はその詳細を知らないらしく、それ以上の説明もなくアレックスの前にしゃがみ込んでいる。

テーピングが施された足にぶかぶかのサンダルをつっかけて近づいてくる千草に、善治は「もう歩いて大丈夫なんですか？」と声をかける。遅れて悠真に追いついた千草は立ち止まり、「大丈夫」と両足に体重をかけてみせた。

「がっちりテーピングされてるし、そんなに痛みもないから。松葉杖は補助的に持たされてるだけで、なくても歩けるよ」

「キャンディが急に走り出したりしたら……」

「キャンディは賢いから急に走ったりしない」

確信を込めた口調で断言されては何も言い返せない。

「それより、この前はありがとね。この通り足は捻挫程度で済んだし、キャンディも特に異常ないよ。強面の従兄さんにもよろしく言っといて」

そう言って、山で項垂れていたのが嘘のように千草は晴れ晴れと笑う。

髪型のせいか、それとも服装のせいか、いつもと雰囲気の違う千草にどぎまぎした。もしかすると化粧も変えているのだろうか。眉のカーブがいつもより優しい気がする。

まじまじとその顔を見詰めていたら、ふいに後ろから膝を押された。不意打ちにがくんと膝が折れて慌ててバランスを取る。悠真がふざけているのかと思いきや犯人はアレックスだ。鼻先で善治の膝裏を押してきたらしい。隣で悠真がくすくすと笑っている。

「何してんの？」と千草にまで笑われ、照れ隠しに視線をあちこちに飛ばした。

「いや、美島さん、なんか雰囲気が変わったな、と思って……」

「ああ、服？　もう服で周りを威嚇すんのやめたの。そんなことよりキャンディの方が大事だもん」

見た目はおしとやかになったものの、からりとした口調はそのままに千草は笑う。

「勉強も大学の友達に教えてもらうことにしたんだ。レポートに時間かけてる暇があったらもっとキャンディと遊んであげたいから。これまでは周りを頼るなんて格好悪い気がしてたけど、人に教わった方が断然効率よかったわ。おかげで連休中に仕上げなきゃいけないレポート、もう終わっちゃった」

意地張ってたのが馬鹿みたーい、と明るい口調で言い放ち、千草はキャンディに愛しげな視線を注ぐ。

「アジリティーも、これからはキャンディの遊びの延長で挑戦できたらいいなって思ってる。連休中はあたしものんびりできるし、一緒に頑張ろうね」

キャンディも千草を見上げ嬉しそうに尻尾を振っている。仲がよさそうで何よりだ。

「悠真君は連休中、どこかに行ったりしないの？」

アレックスの横にしゃがみ込んでいた悠真にも声をかけると「行きます！」と弾むような声が返ってきた。

「明日からお祖母ちゃんの家に泊まりに行くんです。リクもアジリティーの練習をしているので一緒にやってみようと思って。お父さんもつき合ってくれるらしいので」

悠真は少し照れくさそうな、それでいてひどく嬉しそうな顔だ。父親とも良好な関係を築けているようで安心する。

「今日は美島さんと一緒にドッグランにも行ってきたんですよ」

「そう。この足じゃキャンディと走ることもできないし、ドッグランで好きに遊ばせてあげようと思って。そしたら途中でたまたまこの子と一緒になったから連れてっちゃった」

「久々にいっぱい犬と触れ合えて嬉しかったです！　やっぱり定期的に犬を吸いに行きたくなるんですよね」

またた。また犬を吸うという不思議な言葉が出てきた。

困惑する善治とは対照的に、千草は真顔で「わかる」と頷き、危なげなく片手でキャンディを抱き上げた。その背中に鼻先を埋めて目を細める。

「犬ってホントいいにおいするよね、幸せなにおい」

「僕も好きです！　肉球のにおいも好きですし」

「ポップコーンのにおいね」

「枝豆のにおいにも似てますよね」

「……そんな美味しそうなにおいがするんだ？」

他愛もない話に興じる善治たちを、アレックスは大人しく見守っている。それに気づいたのか「ごめん、散歩の途中だったね」と千草が話を切り上げた。

「それじゃ」と千草は善治たちに手を振って去っていく。いつもはアレックスの散歩についてくる悠真も、明日から祖父母の家に行く準備をしなければいけないらしく後ろ髪を引かれるような顔で帰っていった。

善治が二人に手を振り返すと、立ち止まっていたアレックスが歩き出した。家に帰るのかと思いきや、土手の斜面を下っていく。

五月の連休真っただ中で、普段はあまり人気のない河原に今日は子供の姿が見受けられる。

アレックスは斜面の途中に腰を下ろし、子供たちを興味深そうに眺め始めた。

善治もその隣に腰を下ろし、まっすぐ伸びたアレックスの背中を眺める。

（いいにおいって、どんなにおいなんだろ……？）

茶色い体に黒いベストを羽織ったようなアレックスの背をしげしげと見詰めて想像する。幸せなにおい、と千草は言っていたが。

あれこれ想像しているうちに、いつの間にかアレックスの背に顔を近づけすぎていたらしい。アレックスが警戒したようにさっと振り返る。

やはりいきなり背中に触れられるのは嫌なようだ。ならばと善治はアレックスに横顔を向け、そっと片手を差し出した。初対面の犬にそうするように。

アレックスが善治の手に鼻先を近づける。手の甲に息がかかってくすぐったい。

「撫でさせてもらってもいいですかね？」

尋ねると、アレックスにべろりと手の甲を舐められた。許可を得られたのかどうか知らないが、とりあえず胸の辺りを撫でてみる。それからもう一方の手でそっとアレックスの背に触れた。今度はいきなりではなかったからか、アレックスも嫌がらない。

善治はアレックスの体を両腕で緩く抱きしめ、その背に顔を近づけた。

アレックスにはすっかり慣れたつもりでいたが、こんなにも顔を近づけるのは初めてだ。精悍な横顔が間近に迫り、かつて飛び掛かってきたシェパードの口元を思い出した。みぞおちの辺りがすっと冷たくなったが、大丈夫、と自分に言い聞かせる。

（本気で嫌だったら、こいつはとっくに立ち上がってる）

じっと動かないということは、善治の行動を許しているということだ。そう判断して、そっとアレックスの背に鼻を埋めてみた。鼻から大きく息を吸い込む。

（あー……犬のにおいだな）

濡れた土のような、独特の獣のにおいだ。ずっと日向に当たっていた背中は少し香ばしい気もするが、千草たちが言うほどいいにおいとも思えない。

(でもこのにおい、なんか知ってるな……？)

不思議に思ってさらにアレックスの背に顔を近づければ、頬に硬い毛が触れた。

ごわごわした毛の感触と、呼吸のたび上下する広い背中。

懐かしい、と思った。においだけではなく、この背中の感触も知っている。

頭をよぎったのは大我の背中だ。幼い頃、家出した自分をおぶって家まで連れ帰ってくれた。

(いや、違うな……もっと前)

アレックスの背中に顔を埋めていると、どんどん記憶が過去に巻き戻る。

泣いて泣いて泣いて、汗をかくほど必死で泣いて、泣き疲れて声も出なくなった頃、誰かが善治を背中に乗せてくれた。

ゆらゆらと優しい振動。あれは善治の父親だったか。

(でもあのときは確か、迷子になって泣いてたような……？)

両親の姿が見えず不安で泣いていたのだから、父ではない。もちろん母でもない。

大きな背中からは馴染みの薄いにおいがした。

湿った土のような、日光に温められた岩のような。

(――犬のにおいだ)

思い出した途端、霧がかかったようにおぼろだった記憶が鮮明になった。

まだ小学校に入る前、出先で両親とはぐれて迷子になった。あれは一体どこだったか。広々とした公園のような場所だったことしか覚えていない。

両親を見失った善治は不安で胸が張り裂けそうで、どうにかその不安を外に逃がそうと口を開けて力の限り泣いていた。そうしたら、大きな影が善治に近づいてきたのだ。

涙で濡れた善治の頬をべろりと舐めたのは、見上げるほど大きな犬だった。金色の毛並みの、あれはゴールデン・レトリーバーだったのではないか。

突然の犬の登場に驚いて涙も引っ込んだ。犬は善治よりはるかに大きかったが、不思議と怖くはなかった。こちらを見詰める目がひどく優しかったせいかもしれない。

しゃくりあげる善治の頬を、犬は繰り返し舐めてくれた。立ち上がってその首に抱きついても嫌がらない。首の辺りに顔を埋めると独特のにおいがした。犬のにおいだ。幼い善治はそう理解した。

その後すぐに善治の両親が駆けつけてくれたが、善治は犬と離れるのを嫌がった。それで犬の飼い主が、厚意で善治を犬の背に乗せてくれたのだ。

大きな犬は善治を振り落とそうとせず、ゆったりとした足取りで歩いた。

使い慣れた毛布とは違うごわついた毛の感触と、ゆらゆらと優しい振動。頬から伝わる体温に、振り返る優しい眼差し。犬のにおい。

あの日出会った犬は思慮深い目でこちらを見詰め、善治の涙を舐めとって慰めてくれた。

（そうだ、俺……昔は犬のこと嫌いじゃなかった）

幼い頃に優しいゴールデン・レトリーバーに慰めてもらったおかげか、むしろ犬は好きだった。だからこそ、学校に迷い込んだ犬の世話係に立候補したのだ。結果としてクラスから浮いてしまい迷い犬に八つ当たりしたこともあったが、やっぱり放っておけずあの後も世話は続けた。大我が就職した訓練所を初めて訪れたときだって、たくさんの犬を飽きもせずに眺めていたはずだ。

十年前、犬に飛び掛かられた恐怖で塗りつぶされていた記憶がゆっくりと蘇る。

優しい犬や我儘な犬、臆病な犬、たくさんの犬に出会ってきた。

アレックスもそのうちの一匹だ。賢くて、人間より自分の方が上だと思っている節があって、人の膝を枕がわりにして無防備に眠り、立ち尽くす善治の手を引くように家族の輪の中に入れて、たまにはこうして背中に触れさせてくれたりもする。

言葉は通じないはずなのに、こちらの胸の内を読んだように寄り添ってくれる。リクもキャンディもそうだった。幼い頃に出会ったゴールデン・レトリーバーも泣きじゃくる自分を慰めてくれたし、犬にはそういう不思議な力がある気がしてならない。

懐かしい記憶を手繰り寄せ、アレックスの背中に顔を埋めたまま深く息をつく。

視界の端で何かが動いてそちらに目を向けると、善治に抱きつかれた状態でアレックスがゆったりと尻尾を振っていた。

思わずアレックスの顔に目を向けたが、河原を見下ろすその横顔はいつもと変わらず澄ましたものだ。

アレックスは喋らない。でもこの尻尾の動きを、無言の意思表示と思ってもいいだろうか。

少しは懐いてくれたなら、こんなに嬉しいことはない。

もう一度アレックスの背中に顔を埋めて大きく息を吸う。いいにおいではない。けれど、なるほど不思議と癖になるにおいだ。

すんすんとにおいを嗅いでいたら、おもむろにアレックスが立ち上がった。もう休憩は終わりだと言いたげにすたすたと土手を上っていく。

いつものようにアレックスにリードされて土手の端までやってきた善治は、十字路を右手に折れようとするアレックスを呼び止めた。

「アレックス、今日はもうちょっと歩かない？」

リードを引かれたアレックスは煩わしそうな顔で振り返り、構わず前に進もうとする。

「いいじゃん。こっちの道からでも帰れるから」

立ち止まり、善治は正面に伸びる道を指さした。

いつもならこんなことはしないのだが、今日はこのまま帰るのが惜しかった。もう少しだけアレックスと一緒に歩きたい。

「ちょっとだけ話を聞いてほしいんだ。就活のこととか。頼むよ、アレックス先輩」

わざとらしく懇願するような口調で言うと、それまでぐいぐいとリードを引っ張っていたアレックスが足を止めた。善治を振り返り、ふん、と鼻から息を吐く。

アレックスはゆっくりと身を翻すと、善治の左隣でぴたりと立ち止まる。そのまま歩き出すこともなく善治を見上げてきた。

行くんだろう、と目顔で促され、慌てて最初の一歩を踏み出した。アレックスもそれについてくる。

二人きりの散歩で、初めてアレックスがリードさせてくれた。

少しはアレックスに信頼してもらえるようになったのかと胸を熱くしたのも束の間、またすぐにアレックスは善治の前に出てしまう。リードさせてくれたと思ったのは思い違いだったのか。それとも傍らを通り過ぎていった自転車を警戒して前に出てくれたのか。

試しに少し足を速めてアレックスの横に並んでみた。

アレックスはちらりとこちらを見たものの、善治を追い抜かそうとはしない。でも前方から大きな車が走ってきたりすると、善治を庇うように前に出る。

互いをつなぐリードを引っ張ったり、引っ張られたりしながら、初めての道をふたりで行く。

土手からだいぶ離れた頃、晴れた空に乾いた音が響き渡って善治は顔を上げた。

それはもう爆発音でもなければ銃声でもなく、わん、とどこかでのどかに鳴いた、犬の声にしか聞こえなかった。

本書は書き下ろし作品です。

ステイ！ ぼくとシェパードの5カ月《げつ》の戦《たたか》い

二〇二四年六月 二十 日 印刷
二〇二四年六月二十五日 発行

著 者 青《あお》谷《や》真《ま》未《み》

発行者 早 川 浩
発行所 株式会社 早川書房
郵便番号 一〇一 - 〇〇四六
東京都千代田区神田多町二ノ二
電話 〇三 - 三二五二 - 三一一一
振替 〇〇一六〇 - 三 - 四七七九九
https://www.hayakawa-online.co.jp
定価はカバーに表示してあります

Printed and bound in Japan

印刷・製本／三松堂株式会社

ISBN978-4-15-210336-9 C0093